《仪表维修工技术培训读本》编写委员会

主　任：王永红

副主任：何立雄

委　员：王永红　何立雄　朱光衡　邓素萍　张国华
　　　　江光灵　王　霆　朱晓宁

仪表维修工技术培训读本

计算机控制与装置

朱晓宁　张国华　雷庆国　编

化学工业出版社
工业装备与信息工程出版中心
·北　京·

图书在版编目（CIP）数据

计算机控制与装置/朱晓宁，张国华，雷庆国编．
北京：化学工业出版社，2006
仪表维修工技术培训读本
ISBN 7-5025-8246-0

Ⅰ．计…　Ⅱ．①朱…②张…③雷…　Ⅲ．计算机
控制系统-技术培训-教材　Ⅳ．TP273

中国版本图书馆 CIP 数据核字（2006）第 017250 号

仪表维修工技术培训读本
计算机控制与装置
朱晓宁　张国华　雷庆国　编
责任编辑：赵丽霞　刘　哲
文字编辑：朱　磊
责任校对：蒋　宇
封面设计：于　兵

*

化　学　工　业　出　版　社　出版发行
工业装备与信息工程出版中心
（北京市朝阳区惠新里 3 号　邮政编码 100029）
购书咨询：(010)64982530
(010)64918013
购书传真：(010)64982630
http://www.cip.com.cn

*

新华书店北京发行所经销
大厂聚鑫印刷有限责任公司印刷
三河市延风装订厂装订
开本 850mm×1168mm　1/32　印张 8¾　字数 225 千字
2006 年 3 月第 1 版　2006 年 3 月北京第 1 次印刷
ISBN 7-5025-8246-0
定　价：19.00 元

前　言

随着科学技术的发展，在石油、化工、炼油、电力、轻工和冶金等行业的连续生产过程中，自动化水平日益提高，仪表检测和自动控制的地位越来越重要。仪表维修人员的综合素质，直接影响到仪表的安装、维护和检修质量，关系到工厂企事业单位的正常运行和经济效益。应广大仪表维修人员的要求，化学工业出版社组织南京化工职业技术学院、中石化扬子石化公司和中石化南化集团公司等单位编写了《仪表维修工技术培训读本》丛书，包括《仪表维修技术基础》、《检测仪表与控制仪表》、《过程控制系统》、《计算机控制与装置》、《可编程控制器与紧急停车系统》和《在线分析仪表》。

为保证本套丛书的质量，成立了仪表维修工技术培训读本编写委员会，编写人员均为生产一线具有丰富生产经验的工程技术专家或具有多年丰富的教育培训教学经验的教师。根据国家《化工仪表维修工》职业标准的有关规定，结合工厂企业的生产特点，借鉴当前仪表维修工的实际工作经验，为仪表维修职业教育、职业培训和仪表维修工职业技能鉴定，提供一套具有充实内容的教材和参考书。

本书是《仪表维修工技术培训读本》之一，共分三篇。随着计算机技术、通信技术、自动控制技术、图像显示技术的不断发展，计算机在工业生产过程控制方面的应用迅速扩大，目前已经渗透到工业生产的各个领域。掌握计算机控制系统的操作方法和维护技能是企业工艺操作人员、仪表维护人员和技术管理人员必备的基本素质和基本能力。

《计算机控制与装置》着眼于工业控制计算机系统的应用现状，介绍了计算机控制系统的基本知识和实际应用技术，侧重于实用性，并体现了一定的前沿性。第一篇介绍了计算机控制系统的基本知识，对网络基础和通信协议进行了简要介绍；第二篇介绍了集散控制系统知识，除了介绍集散控制系统的共性知识以外，重点介绍了 TDC-3000 集散控制系统和 Delta V 集散控制系统的基本组成、硬件配置、系统组态等知识；第三篇介绍了现场总线控制系统，重点介绍了使用较为广泛的基金会现场总线和 PROFIBUS 现场总线，并以现场总线在 Delta V 系统中的应用为例介绍了现场总线的应用。每篇章配备小结和思考题，便于自学和组织仪表技术工人的培训。

本教材由朱晓宁担任主编，其中第 1～3 章及第 4 章的 4.2.3 节由张国华编写，第 5～9 章、第 11 章及第 4 章中的其余部分由朱晓宁编写，第 10 章、第 12～15 章由雷庆国编写。全书由朱晓宁统稿，王永红主审。

本书可作为仪表维修工技术培训和职业技能鉴定教材，也可作为中、高职业院校仪表控制专业学生的实训教材，并供广大自控工程技术人员参考。

由于编者水平有限，书中难免存在不足之处，恳请广大读者批评指正。

编者
2006 年 1 月

目　　录

第一篇 计算机控制系统基本知识

第1章 计算机控制系统概述

学习目标

1. 了解计算机控制系统的概念、基本组成及作用。
2. 了解计算机控制系统的特点。
3. 了解计算机控制系统的简单工作原理。
4. 了解计算机控制系统的发展趋势。

自从 20 世纪 70 年代初 Intel 公司生产出第一个微处理器 4004 以来，随着半导体技术的进步，计算机得到了飞速的发展。已从 4 位、8 位、16 位、32 位机，发展到目前的 64 位机。计算机已经应用于社会的各个领域，并正在逐步改变人们的生活、工作方式。在工业控制领域，计算机具有成本低、体积小、功耗小、可靠性高和使用灵活等特点，为实现计算机控制创造了良好的条件。其控制对象已从单一的工艺流程扩展到生产全过程的控制和管理。

计算机控制系统已成为工业控制的主流系统。计算机控制系统是以计算机为核心部件的自动控制系统或过程控制系统，它已经取代了常规的模拟检测、调节、显示、记录等仪器设备，并具有较高级的计算机和处理方法，使受控对象的动态过程按预定方式和技术要求进行，以完成各种控制、操作管理任务。

计算机控制技术是计算机、控制、网络等多学科内容的集成。本章主要介绍计算机控制系统的基本概念、组成及分类。

1.1 计算机控制系统的概念

自动控制系统由控制器和控制对象两大部分构成。图 1-1 给出了根据偏差进行控制的闭环控制系统框图。

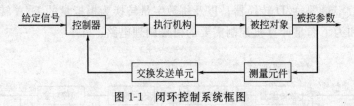

图 1-1　闭环控制系统框图

　　图 1-1 中，控制器首先接受给定信号，根据控制的要求和控制算法，向执行机构发出控制信号，以驱动执行机构工作；测量元件对被控对象的被控参数（温度、压力、流量、液位、成分等）进行测量；变换发送单元将被测参数变成电压（或电流）信号，反馈给控制器；控制器将反馈信号与给定信号进行比较；如有偏差，控制器就产生新的控制信号，修正执行机构的动作，使被控参数的值达到预定的要求。由于闭环控制系统能实时修正控制误差，因此它的控制性能好。

　　图 1-2 给出了开环控制系统框图。控制器直接根据控制信号去控制被控对象工作。被控制量在整个控制过程中对控制量不产生影响。它的控制性能比闭环控制系统差。

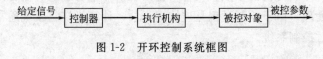

图 1-2　开环控制系统框图

　　由图 1-1、图 1-2 可以看出，自动控制系统的基本功能是信号的传递、加工和比较。这些功能是由测量元件、变换发送单元、控制器和执行机构来完成的。控制器是控制系统中最重要的部分，它决定着控制系统的性能。

　　如果把图 1-1 中的控制器用计算机来代替，就可以构成计算机控制系统，其基本框图如图 1-3 所示。在计算机控制系统中，运用各种指令，可编出各种控制程序；计算机执行控制程序，就能实现对被控参数的控制。

　　在计算机控制系统中，由于计算机的输入和输出信号都是数字信号，而被控对象信号大多是模拟信号，因此需要有将模拟量转换

3

为数字量的 A/D 转换器，以及将数字量转换为模拟量的 D/A 转换器和为了满足计算机控制需要的信号调理电路。

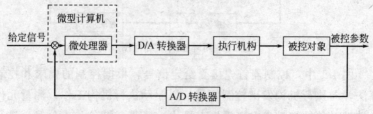

图 1-3 计算机控制系统基本框图

计算机控制系统的控制过程可归纳为以下步骤。

① 发出控制初始指令。

② 数据采集。对被控参数的瞬时值进行检测并发送给计算机。

③ 控制。对采集到的表征被控参数的状态量进行分析，并按给定的控制规律，决定控制过程，实时地对控制机构发出控制信号。

上述过程不断重复，整个系统就能够按照一定的品质指标进行工作，并能对被控参数和设备本身出现的异常状态及时监督并做出迅速处理。由于控制过程是连续进行的，计算机控制系统通常是一个实时控制系统。

1.2 计算机控制系统的组成

计算机控制系统由计算机和被控对象组成，如图 1-4 所示。计算机多采用专门设计的工业控制计算机，也有采用一般计算机或单片机的。计算机由硬件和软件两部分组成。硬件是指计算机本身及外部设备实体，软件是指管理计算机的系统程序和进行控制的应用程序。控制对象包括被控对象、测量变换、执行机构和电气开关等装置。

（1）硬件

硬件包括计算机、过程输入输出通道和接口、人机交互设备和接口、外部存储器等。

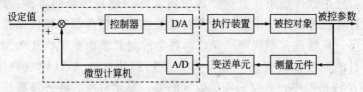

图 1-4 计算机控制系统

计算机是计算机控制系统的核心，其核心部件是 CPU（中央处理单元）。由 CPU 通过接口接收人的指令和各种控制对象的参数，向系统各部分发送各种命令数据，完成巡回检测、数据处理、控制计算、逻辑判断等工作。

人机交互设备和接口包括操作台、显示器、键盘、打印机、记录仪等，是控制系统与操作人员之间联系的工具。

输入输出通道和接口是计算机和控制过程之间信息传递和变换的连接通道，它一方面将被控对象的过程参数取出，经传感器、变送器变换成计算机能够接收和识别的代码，另一方面将计算机输出的控制指令和数据，经过变换后作为操作执行机构的控制信号，实现对过程的控制。

输入输出通道一般分为：模拟量输入/输出通道，数字量输入/输出通道，开关量输入/输出通道。

外部存储器（外存）有磁盘、光盘、磁带等，主要用于存储系统大量的程序和数据。它是内存容量的扩充，可根据需要选用外存。

（2）软件

所谓软件是指能完成各种功能的计算机程序的总和。软件是计算机控制系统的神经中枢，整个系统的工作都是在软件的指挥下进行协调工作的。软件由系统软件和应用软件组成。

系统软件一般由计算机生产厂家提供，是专门用来使用和管理计算机的程序，系统软件包括操作系统、监控管理程序、故障诊断程序、语言处理程序等。它们一般用不着用户设计，用户只要了解其基本原理和使用方法就可以了。

应用软件是用户根据要解决的实际问题而编写的各种程序。在计算机控制系统中，每个控制对象或控制任务都有相应的控制程序，用这些控制程序来完成对各个控制对象的要求。这些为控制目的而编写的程序，通常称为应用程序。如 A/D 转换程序、D/A 转换程序、数据采样、数字滤波、显示程序、各种过程控制程序等。编写这些程序时，只有对控制过程、控制设备、控制工具、控制规律深入了解，才能编写出符合实际的效果好的应用程序。

计算机控制系统硬件是基础，软件是灵魂，只有硬件和软件相互有机地配合，才能充分发挥计算机的优势，研制出完善的计算机控制系统。

1.3　计算机控制系统的特点

计算机控制系统和一般常规模拟仪表控制系统相比，具有以下突出特点。

① 技术集成和系统复杂程度高。计算机控制系统是计算机、控制、电子、通信等多种高新技术的集成，是理论方法和应用技术的结合。由于控制速度快、精度高、信息量大，因此能实现复杂的控制，达到较高的控制质量。

② 控制的多功能性。计算机控制系统具有集中操作、实时控制、控制管理、生产管理等多种功能。

③ 使用的灵活性。由于硬件体积小、重量轻以及结构设计上的模块化、标准化，软件功能丰富，编程方便，系统在配置上有很强的灵活性。

④ 可靠性高、可维护性好。由于采取了有效的抗干扰技术、可靠性技术和系统的自诊断功能，计算机控制系统的可靠性高，而且可维护性好。

⑤ 环境适应性强。由于控制用计算机一般都采用工业控制机或专用计算机，能适应高温、高湿、振动、灰尘、腐蚀等恶劣环境。

1.4　计算机控制系统的分类

计算机控制系统与其所控制的对象密切相关，控制对象不同，其控制系统也不同。下面根据计算机控制系统的工作特点、控制功能和系统结构进行介绍。

（1）操作指导控制系统

操作指导控制（operate direct control，ODC）是指计算机的输出不直接用来控制生产对象，而只是对系统过程参数进行收集和加工处理，然后输出数据。操作人员根据这些数据进行必要的操作，其原理框图如图1-5所示。

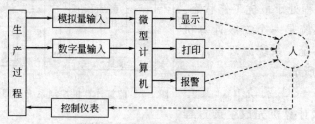

图1-5　操作指导控制系统原理图

在这种系统中，每隔一定的时间，计算机进行一次采样，经A/D转换后送入计算机进行加工处理，然后进行显示、打印或报警等。操作人员根据这些结果进行设定值的改变或必要的操作。

该系统最突出的特点是比较简单，安全可靠。特别是对于未搞清控制规律的系统更为适用。常用于计算机控制系统的初级阶段，或用于试验新的数学模型和调试新的控制程序等。它的缺点是仍要人工进行操作，操作速度不可能太快，而且不能同时操作多个环节。它相当于模拟仪表控制系统的手动与半自动工作状态。

（2）直接数字控制系统

直接数字控制（direct digital control，DDC）系统，是用一台计算机对多个被控参数进行检测，检测的结果与设定值进行比较，并按照既定的控制规律进行控制运算，然后输出控制信号，实现对生产过程的直接控制。DDC系统是计算机闭环控制系统，是计算

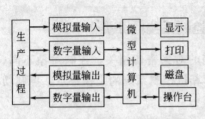

图1-6 直接数字控制系统原理框图

机在工业生产过程中应用最普遍的一种方式。为了提高利用率，一台计算机有时要控制几个或几十个回路。DDC系统原理框图如图1-6所示。

（3）监督计算机控制系统

监督计算机控制（supervisory computer control，SCC）系统。在DDC系统中，给定值是预先设定的，它不能根据生产过程工艺信息的变化对给定值进行及时修正，所以DDC系统不能使生产过程处于最优工作状态。SCC系统是一个二级计算机控制系统，系统原理框图如图1-7所示。

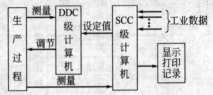

图1-7 监督计算机控制系统原理框图

在SCC系统中，其中DDC级计算机完成生产过程的直接数字控制，SCC级计算机则根据生产过程的工况和已确定的数学模型，进行优化分析计算，产生最优化的给定值，送给DDC级执行。SCC级计算机承担高级控制与管理任务，要求数据处理功能强，存储容量大，一般采用高档计算机。

如果把SCC系统中的DDC级使用模拟调节器，则构成了SCC系统的另一种结构形式。这种结构形式特别适合老企业的技术改造，既用上了原有的模拟调节器，又实现了最优给定值控制。

SCC系统比DDC系统有着更大的优越性，可以更接近生产的实际情况，而当系统中的模拟调节器或DDC控制器出了故障时，可由SCC机完成模拟调节器或DDC的控制功能，大大提高了系统的可靠性。

但是，由于生产过程的复杂性，其数学模型的建立是比较困难的，所以SCC系统要达到理想的最优控制比较困难。

（4）分布式控制系统

分布控制系统（distributed control system，DCS），也称集散控制系统或分散型控制系统。DCS 的基本思想是集中管理，分散控制。DCS 的体系结构特点是层次化，把不同层次的多种监测控制和计划管理功能有机地、层次分明地组织起来，使系统的性能大为提高。DCS 适用于大型、复杂的控制过程，我国许多大型石油化工企业就是依靠各种形式的 DCS 保证它们的生产优质高效连续不断地进行的。

DCS 从下到上可分为分散过程控制级、控制管理级、生产管理级等若干级，形成分级分布式控制，其原理框图如图 1-8 所示。

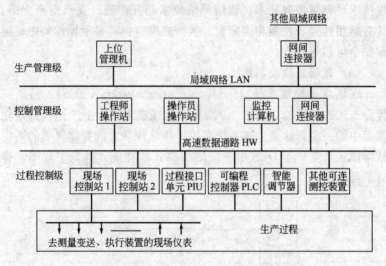

图 1-8　分布式控制系统原理框图

分散过程控制级用于直接控制生产过程。它由各工作站组成，每一工作站分别完成对现场设备的监测和控制，基本属于 DDC 系统的形式，但将 DDC 系统的职能由各工作站分别完成，从而避免了集中控制系统中"危险集中"的缺点。

控制管理级的任务是对生产过程进行监视与操作。它根据生产管理级的要求，确定分散过程控制级的最优给定量。该级能全面反映各工作站的情况，提供充分的信息，因此本级的操作人员可以据此直接干预系统的运行。

生产管理级是整个系统的中枢,具有制定生产计划和工艺流程以及产品、财务、人员的管理功能,并对下一级下达命令,以实现生产管理的优化。生产管理级可具体细分为车间、工厂、公司等几层,由局域网互相连接,传递信息,进行更高层次的管理、协调工作。

三级系统由高速数据通路和局域网两级通信线路相连。

DCS的实质是利用计算机技术对生产过程进行集中监视、操作、管理和控制的一种新型控制技术。它是由计算机技术、信号处理技术、测量控制技术、通信网络技术相互渗透、发展而产生的。具有通用性强、控制功能完善、数据处理方便、显示操作集中、运行安全可靠等特点。

(5) 现场总线控制系统

现场总线控制系统 (fieldbus control system, FCS),是新一代分布式控制结构,如图1-9所示,已经成为工业生产过程自动化领域中的一个新热点。该系统采用工作站现场总线智能仪表的两层结构模式,完成了 DCS 中三层结构模式的功能,降低了成本,提高了可靠性。

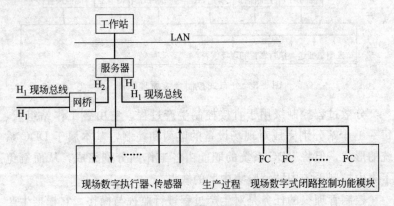

图 1-9　现场总线控制系统

FCS的核心是现场总线。现场总线技术是20世纪90年代兴起的新一代控制技术，现场总线是连接智能现场设备和自动化系统的数字式、全分散、双向传输、多分支结构的通信网络。

现场总线控制系统将组成控制系统的各种传感器、执行器和控制器用现场总线连接起来，通过网络上的信息传输完成各设备的协调，实现自动化控制。现场总线控制系统是一个开放式的互联网络。

FCS 具有全数字化的信息传输、分散的系统结构、方便的互操作性、开放的互联网络等显著特点，代表了今后工业控制发展的一种方向。

现场总线是一种工业数据总线，它是自动化领域中计算机通信体系最低层的低成本网络。它是以国际标准化组织（ISO）的开放系统互连（OSI）协议的分层模型为基础的。目前较流行的现场总线主要有控制器局域网络（CAN）、局域操作网络（LANWorks）、过程现场总线（PROFIBUS）、可寻址远程传感器数据电路通信协议（HART）、现场总线基金会（PP）。

现场总线有两种应用方式，分别用代码 H_1 和 H_2 表示。H_1 方式是低速方式，主要用于代替直流 4～20mA 模拟信号以实现数字传输，它的传输速率为 31.25Kbps，通信距离为 1900m（通过中继器可以延长），可支持总线供电，支持本质安全防爆环境。H_2 方式是高速方式，它的传输速率分为 1Mbps 和 2.5Mbps 两种，通信距离分别为 750m 和 500m。

（6）计算机集成制造系统

计算机集成制造系统（computer integrated manufacturing system，CIMS）由决策管理、规划调度、监控、控制四个功能层次的子系统构成，实现管理控制的一体化模式。具体地说，决策层根据管理信息和生产过程的实时信息，发出多目标决策指令。规划调度层则按指令制定相应的生产计划并进行调度，通过监控层对控制层加以实施，使生产结构、操作条件在最短的时间得到调整，跟踪和满足上层指令。同时，生产结构和操作条件调整后的信息反馈到决策层，与决策目标进行比较，若有偏差，就修改决策，使整个

系统处于最佳的运行状况。CIMS是以企业的全部活动为对象，对市场信息、生产计划、过程控制、产品销售等进行全面统一管理，使其形成一个动态反馈系统，具有自己判断、组织、学习的能力。CIMS是综合应用信息技术和自动化技术，通过软件的支持，对生产过程的物质流与管理过程的信息流进行有效的协调和控制，以满足新的市场模式下对生产和管理过程提出的高效率和低成本的要求。CIMS实现了管理控制一体化。

（7）可编程序逻辑控制器系统

可编程序逻辑控制器（programmable logical control，PLC）实际上是一种应用于工业环境下的专用计算机系统，以其卓越的技术指标和优异的抗干扰性能得到了广泛的应用。PLC具有以下特点。

① 可靠性高、抗干扰能力强。为了适应工业现场的恶劣环境，PLC在软件和硬件方面采取了一系列措施，使其具有了很强的抗干扰能力和很高的可靠性。

② 编程容易。PLC的编程采用了面向控制过程的梯形图语言，形象直观，易学易懂，甚至不需要计算机专门知识就可以进行编程。

③ 扩充方便、配置灵活。当前的PLC系统提供了各种不同功能的模块和控制单元，PLC采用积木式结构，用户只需要简单地组合，就可以灵活地改变控制系统的功能和规模。因此可适用于任何控制系统。

④ 功能完善。PLC发展到现在，不仅具有逻辑运算、算术运算、定时、计数等基本功能，还可提供许多高级功能，如数据传输、运动控制、矩阵处理、网络通信等，还可以用高级语言编程。

正因为PLC具有上述优点，PLC被广泛应用在冶金、机械、石油化工、纺织等各个工业领域。

1.5　计算机控制系统的发展趋势

随着计算机控制技术的发展，新的控制理论和控制方法层出不穷，新的控制器件不断问世，发展前景非常光明。发展趋势有以下几个方面。

（1）成熟的先进技术得到更广泛的应用

采用计算机控制技术后，可大大提高企业产品的质量和企业的管理水平，增强企业的市场竞争力。运用信息技术改造传统产业，给计算机控制技术提供了广阔的市场。经过近十几年的发展，计算机控制技术已经取得了很大的进步，许多技术已经成熟。它们是今后大力发展和推广的重点。主要有：普及应用 PLC，广泛使用智能化调节器，采用新型的 DCS 和 FCS。

（2）系统开放化

计算机控制系统中的 DCS，用实现开放系统互连（OSI）来满足工厂自动化对各种设备（计算机、PLC、单回路调节器等）之间通信能力加强的要求，可以方便地构成一个大系统。

开放化的关键是技术标准的统一。通信标准化 MAP/TOP（制造自动化协议/技术与办公协议）已获成功，已被世界各国所接受。因此，新型的 DCS 都采用开发系统的标准模型、通信协议或规程，以满足 MAP/TOP 的要求。

（3）系统小型化

随着大规模和超大规模集成电路的不断出现，功能强大、体积小巧、可靠性高、价格低廉的计算机控制系统已受到用户的青睐，得到越来越广泛的应用。

（4）控制硬件、软件专业化生产

过去的控制硬件、软件一般是由用户自己研制开发编程，开发难度大，并有很多考虑不周全的地方，影响了控制效果。如今，有很多专业化的公司，集中了一批专业工程师，专门从事控制硬件、软件的开发，提供了很多产品供用户选择。用户只需根据需要进行选择，就可以方便地组成所需的硬件系统，再配置相应的控制软件，进行简单的二次开发，即可获得良好的控制效果，缩短了开发时间，节省了开发成本，提高了控制系统的可靠性。

（5）系统智能化

13

人工智能是用计算机模拟人类大脑的逻辑判断功能，人工智能的出现和发展，促进了自动控制向更高的层次发展，即智能控制。智能控制是一种无需人工干预就能够自主地驱动智能机器实现其目标的过程。其中具有代表性的两个领域是专家系统和机器人。

所谓专家系统实际上是计算机专家咨询系统，是一个存储了大量专门知识的计算机程序系统。不同的专家系统具有不同领域专家的知识。该系统将专家的知识分为事实和规则两个部分存储在计算机中以形成知识库，供用户咨询使用。

机器人是一种能模仿人类肢体功能和智能的计算机操作装置。目前已出现的机器人可以分为两类：工业机器人和智能机器人。工业机器人能代替人在工业生产线上不知疲倦地工作，能提高工作质量和生产效率，而且能从事人不宜做的工作，如有毒、有害的工作。目前，全世界有 10 多万个工业机器人在不同的岗位上工作着。

近年来，人们又致力于给机器人配置各种智能，使其具有感知能力、判断能力、推理能力等，出现了越来越灵巧聪明的智能机器人。它们具有观察力和判断力，能根据不同的环境，采取相应的决策来完成自己的任务。

随着计算机技术的发展，运用自动控制理论和控制技术来实现先进的计算机控制系统，必将大大推动科学技术的进步和提高工业自动化系统的水平。

思考与练习

1-1 什么是计算机控制系统？

1-2 计算机控制系统有哪些基本组成部分？各部分的作用是什么？

1-3 计算机控制系统与常规模拟控制系统相比，具有哪些特点？

1-4 操作指导、直接数字控制、计算机监督系统的工作原理是什么？它们之间的主要区别是什么？

1-5 集散控制系统有哪些特点？

1-6 现场总线控制系统有哪些特点？

1-7 哪些方面将体现计算机控制系统的发展趋势？

第2章 网络基础

学习目标

    1. 了解计算机网络的概念。

    2. 了解常用网络拓扑结构及其特点。

    3. 掌握常用网络传输介质的使用特点。

    4. 了解数据串行并行通信方式及其特点。

    5. 了解计算机控制系统中常用的通信控制方式。

    通信功能是计算机控制系统的重要支柱。为实现计算机控制系统中各处理机之间的数据传送和信息共享，必须将系统组成一定的网络形式。计算机控制系统的通信网络通常采用计算机网络中的局域网络 LAN（local area network）来实现。

2.1　计算机网络

    凡将地理位置不同的具有独立功能的多个计算机，通过通信设备和链路连接起来，由功能完善的计算机软件支持，实现资源共享的计算机系统，就称为计算机网络。计算机网络由网络软件、通信链路和网络节点组成。网络节点是网络中参加通信的最小单位，完成信息的发送、接收功能；通信链路是信息传递的通道；网络软件提供网络通信控制的方法，可正确地完成信息传递。

    按照计算机网络覆盖的地域范围大小，将计算机网络分为远程网络 WAN（wide area network）和局域网络 LAN。局域网络的传输距离在几米到 2km，数据传输速率在 $1 \sim 100$Mbps，响应时间为 $0.01 \sim 0.5$s，数据传送的误码率低于 $10^{-11} \sim 10^{-8}$，在工业控制中被广泛应用。

2.2 计算机网络的拓扑结构

所谓拓扑结构指网络节点实现互连的方式。网络拓扑结构常用的有星形、环形、总线形和混合形等。

（1）星形结构

图 2-1 星形网络拓扑
结构示意图

星形网络拓扑结构如图 2-1 所示。网络中有一个主节点，其他为从节点，呈星形连接。从节点间进行数据和信息交换必须经过主节点进行，主节点和各从节点间的通信介质专用，传输效率高，但网络对主节点的依赖性高，一旦主节点出现故障，网络通信全部中断。

（2）环形结构

环形网络拓扑结构如图 2-2 所示，网络由点对点链路接成封闭的环路，所有节点通过网络接口单元（未画出）与环相连接，数据沿环单向或双向传输。环形拓扑结构的优点是结构简单、控制逻辑简单、挂接或摘除节点容易、开发和维修费用低，缺点是节点故障可能阻塞信息通路，给整个系统的通信带来威胁。

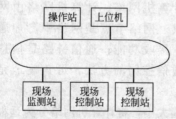

图 2-2 环形网络拓扑结构示意图

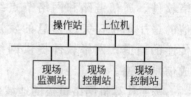

图 2-3 总线形网络拓扑结构示意图

（3）总线形结构

总线形网络拓扑结构如图 2-3 所示。网络上所有节点通过通信接口直接连接到一条总线上，共享一条传输链路。任何站发送的信息都在总线上传输，某一时刻只能有一个站发送信息，信息可以被所有的其他站接收。它的主要优点是结构简单、系统扩展灵活、安装费用较低，设备的挂接或摘除都比较方便，且设备故障不会威胁整个系统，是目前计算机控制系统广泛采用的一种拓扑结构。

（4）混合形网络结构

在比较大的计算机控制系统中，为提高其适应性，常把几种网络拓扑结构合理地运用于一个系统之中，发挥各自的优点。图 2-4 （a）是环形网络和总线形网络相结合的系统结构，图 2-4 （b）是总线形网络与星形网络相结合的系统结构。

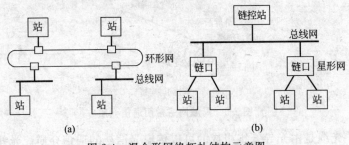

图 2-4　混合形网络拓扑结构示意图

2.3　网络传输介质

网络传输介质是通信网络中传输信息的物理通路。用于局域网的常用通信介质有双绞线、同轴电缆和光缆。

双绞线和同轴电缆的结构如图 2-5 所示。把两根平行的绝缘导线按一定的节距有规则地绞合在一起组成的信号传输线称为双绞线，如图 2-5 （a）所示。双绞线对电磁干扰有较强的克服能力，但因双绞线有较大的分布电容，不宜传输高频信号。双绞线的价格比同轴电缆低得多。通常把多股导线套在屏蔽护套内，形成多股线，如图 2-5 （b）所示。同轴电缆由中心导体、固定中心导体的电介质绝缘层、外屏蔽导体和外绝缘层构成，如图 2-5 （c）所示，同轴电缆是局域网中较为常用的通信介质，分基带同轴电缆（如 50Ω 同轴电缆）和宽带同轴电缆（如 75Ω 同轴电缆）。基带同轴电缆用于数字信号传输，宽带同轴电缆既可用于数字信号传输，又可用于模拟信号传输。同轴电缆在连接时需采用专用接头，以实现阻抗匹配。

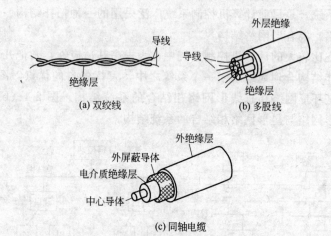

图 2-5 局域网络常用通信介质

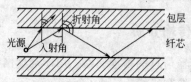

图 2-6 光纤的传输原理

光缆是由光导纤维组成的可以传输光信号的通信介质。光纤的传输原理见图 2-6。网络信息可以经过光电转换器件变换成光信号，在光缆中传输。光缆传输不受电磁干扰的影响，适用于特别恶劣的环境。近年来光缆在网络中的应用越来越广泛。

双绞线、同轴电缆和光缆三者的性能比较见表 2-1。

表 2-1 网络传输介质的性能

通信介质	信号技术	最大传输率/Mbps	最大传输距离	可连接设备数
双绞线	数字	1~2	几千米	几十
同轴电缆（50Ω）	数字	10	几千米	几百
同轴电缆（75Ω）	数字、模拟	50	1km	几十
光导纤维	模拟	10	几千米	几十

2.4　数据通信方式

（1）并行通信与串行通信

数据通信的基本方式分为并行通信与串行通信两种。

并行通信指数据的各位同时进行传输的通信方式。进行并行通信需要多根传输线，适合于短距离通信。

串行通信指数据一位一位地顺序传送的通信方式。进行串行通信只需要一根传输线，成本低，传输速率较并行通信慢。但由于串行通信在物理介质上可以做得很简单，连接扩展方便，且随着网络通信速度的提高，串行通信速度慢的缺点被弥补。如在集散控制系统网络中，以采用串行通信方式为主。

（2）串行通信的基本方式

进行串行通信方式下的数据传输，又分异步传送和同步传送两种方式。

异步传送指按照通信规程，数据以字符为单位进行传送，每个字符的数据在传送时，加上起始位、奇偶校验位、停止位，其信息格式如下。

起始位(1 位)	字符位(5~8 位)	校验位(0~1)	停止位(1~2 位)

一般起始位用逻辑"0"，即低电平表示，占 1 位；字符位可以是 5 位、6 位、7 位、8 位，在字符位中根据需要还可加入奇偶校验位，并由使用者决定采用奇校验还是偶校验。停止位用逻辑"1"，其长度根据约定为 1 位、1.5 位或 2 位。

异步通信由于传输每个字符要求 20％以上的位数（bit）开销，减低了传输速率，常用于计算机与外设之间的通信、上位计算机与控制站之间的点对点通信。要提高传输速率，则需采用同步通信技术。

同步传送以数据块为单位传送，不采用起始位和停止位标志。常用的同步传送中，通过接收装置确定数据块的开始和结束来实现同步，为此每块数据采用前同步比特组合开始，用后同步比特组合结束。这些比特组合不是数据，而是同步控制信息。一个数据块传送中还加入数据链路控制的其他信息，如数据传递的目的地地址、检错判别等。数据加上控制信息组成的块称为"帧"，帧是高速数据通道数据传送的单位。帧的格式如下：

标　志 （8 位）	地　址 （8 位）	控　制 （8 位）	数　据 （长度可变）	检错码 （16 位）	标　志 （8 位）

近代大型工业计算机控制系统中的数据高速公路通信系统所采用的通信规程多数基于同步串行通信方式发展起来。

（3）串行通信数据传送的方向

在 DCS 系统信息交换过程中，常存在数据需双向传送的情况，即网络节点既可以发送数据，又可以接收数据。在串行通信中，双向数据传送有半双工、全双工之分。半双工指发送端与接收端在每次数据传送时，只能有一个发送，一个接收，不能同时发送。全双工指两个站可以同时发送，又可以同时接收。工作原理如图 2-7 所示。

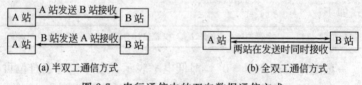

(a) 半双工通信方式　　　　　　　　　　(b) 全双工通信方式

图 2-7　串行通信中的双向数据通信方式

2.5　通信控制方式

星形网络各节点间通信需要安排先后顺序，总线形和环形网络均共享一条通信链路，为防止同一时刻多个节点试图访问通信介质而发生冲突，必须采用一定的通信控制方式和介质访问控制协议（MAC），使各节点按照一定次序访问介质。在计算机控制系统中网络通信的控制方法主要有采用通信指挥器的"主从"通信控制方式、不采用通信指挥器的"无主"的竞争通信控制方式和令牌传递控制方式等。

（1）"主从"通信控制方式

在这种控制方式下，通信网络中存在一个主站或通信指挥器 HTD，主站或通信指挥器 HTD 控制各从站对介质的访问，通信在主站或通信指挥器 HTD 指挥下进行。在这种通信控制方式下，主站或通信指挥器 HTD 首先将接收从站要发送的信息，并将信息存储起来。待到从站的信息发布完毕，再转发这个信息，传送到目的节点。这种通信方式又称为存储转发式通信方式。这种方式多用于星形网络和总线形网络。如 TDC-3000BASIC 网络的通信采用串行、半双工方式工作，优先存取和定时访问方式控制，传输介质为75Ω 同轴电缆，传输速率为 250Kbps，通过通信指挥器 HTD 指挥来进行。

主站或通信指挥器 HTD 对各从站的通信控制采用巡回查询或申请优先的方式进行。巡回查询式指主站或通信指挥器 HTD 依次查询各从站是否有信息要发送，若有则允许发送；申请优先式指各从站要发送信息时，首先向主站或通信指挥器 HTD 提出通信申请，若发生冲突，则按照预先设定的优先级别由主站或通信指挥器 HTD 安排各从站的发送顺序。这种通信控制方式的优点是各从站的通信接口硬件设备简单，缺点是主站或通信指挥器 HTD 的任何失效将导致整个系统的通信瘫痪。

（2）"无主"竞争通信控制方式

所谓"无主"竞争通信控制方式即所有节点相互协同控制通信链路。竞争通信控制方式的特点是每个节点任何时候都可以发送信息，当两个或两个以上的节点同时要发送信息时，将产生"冲突"，解决冲突的方式是采用争用的方式。

竞争方式的典型例子是具有冲突检测的载波侦听多路存取（CSMA/CD），IEEE802.3 协议规定了 CSMA/CD 的介质存取控制（MAC）协议，用于总线形拓扑结构局域网，挂在网络上的各节点随机发送信息。CSMA 载波侦听多路访问技术中，当一个站要发送数据时，首先应对介质进行侦听，以确定是否有其他的传输正在进行。如果有，则等待一个退避时间再试；如果介质空闲，即可发送。但即使采用了事先侦听方法，仍有可能有两个或更多的站同时侦听、同时发送，发生冲突（但发送继续）。若发生了冲突，接收站不发回确认已收到信号，发送站应重发该帧。为克服此缺陷，增加冲突检测技术（CD），即当发送站开始发送数据后，在发送过程中继续保持对介质的侦听，一旦检测到冲突，立即发送一个干扰信号，通知所有的站已发生冲突，随即停止发送。发送了干扰信号后，等待一随机时间，然后重新尝试发送。

CSMA/CD 通信协议属于广播式协议，即在同一时间内，只有一个站在发送信息，其他站都在收听。例如 I/A Series 集散控制系统的节点总线网就是采用 IEEE802.3 协议，传输速率 10Mbps。

(3)"令牌"通信控制方式

令牌（Token）代表通信控制权，只有得到令牌的节点才有权控制和使用通信介质。令牌是一组特定的二进制码，网上的节点按某种逻辑次序排序，令牌被依次从一个节点按逻辑次序传送到下一个节点。已发送完信息、无信息发送或令牌持有时间已到的节点，将令牌传给下个节点。"令牌"通信控制方式实际上是一种轮流占用总线的控制方法。环形网络和总线形网络均可以使用令牌进行介质存取控制。令牌传递方式亦属于广播式通信方式。

IEEE802.5 令牌环协议适用于环形拓扑结构网络的介质存取控制。令牌环（Token Ring）是一种较老的环形网络控制技术。环网上的所有节点使用一个令牌，令牌沿环旋转。当某站需要发送数据时，必须先捕获令牌，再进行发送。在令牌持有站发送期间，其他各站在环上监听，不断转发通过的帧，若发现该帧是发给自己的数据，则复制该帧存入自己的缓冲区内，并进行转发，在转发的该帧上标明目的站已经接收数据。在此期间环网上不会有令牌存在，因此其他需要发送数据的站必须等待。这个发送出的帧在环网上环行一周后回到发送站，由发送站将其清除，并在环上插入一个新的令牌，它下游的第一个站可以率先捕获这个令牌，若有数据要发送，可以进行发送。由信息传递过程可见，令牌环协议在每一个目的节点上均进行存储转发。令牌环通信控制在轻负载情况下，要发送数据的站必须等待令牌传递过来，令牌环的效率很低。在重负载情况下，由于令牌在环上依次循环传递，因此本策略既有效又公平。TAYLOP 公司的 MOD300 系统采用的通信标准为 IEEE802.5 令牌环协议，数据传送速率为 5Mbps。

IEEE802.4 令牌总线协议适用于总线形拓扑结构网络的介质存取控制。令牌总线（Token Bus）是一种较新的 MAC 技术。挂在总线上的各站构成一个逻辑环路，各站按逻辑序号排成一个有序的序列，并且该序列中的第一个站接在最后一个站之后，这种逻辑上的顺序和各站在网络上的物理位置无关。令牌决定各站对网络的访问权，当某站获得令牌之后，即获得一定时间控制网络的访问权。在这段时间内该站可以发送一个或多个数据帧。若该站没有数据要发送或已经发送完成时间到，它就将令牌传递给下一个站。令牌总线支持节点的摘除和添加，能自动调整逻辑站号。TDC-3000LCN 主干网采用 IEEE802.4 令牌总线协议，数据传送速率为 5Mbps。

"令牌"通信控制方式都提供了优先级控制技术，按数据的重要性划分一定的优先级，级别高的数据可以优先发送。同时令牌通信控制协议提供了良好的实时性，因此被广泛地应用于集散控制系统的网络通信中。

当前较为流行的网络有 ARCnet 令牌总线网、Ethernet 以太总线网和 FDDI 光纤令牌环网等，Ethernet 采用 CSMA/CD，广泛应用于办公自动化局域网中。目前很多不同网络间相连接的网关（Gateway）和路由器出现，使各个不同类型的网络之间可以传送信息，打破了过去存在的网络"孤岛"现象。

思考与练习

2-1 什么是计算机网络？

2-2 什么是网络拓扑结构？常用的网络拓扑结构有哪几种？各有什么特点？

2-3 常用的网络传输介质有哪些？各具有什么特点？

2-4 什么是数据的并行通信和串行通信？

2-5 什么是数据传送的半双工和全双工方式？

2-6 计算机控制系统中常用哪些通信控制方式？

2-7 简述总线形拓扑网络使用的 CSMA/CD 介质存取控制协议的主要内容。

2-8 简述总线形拓扑网络使用的令牌总线协议的主要内容。

第 3 章　开放系统互连参考模型

学习目标

1. 了解 OSI 模型的层次结构及各层的主要功能。
2. 了解 OSI 模型中的信息流动过程。

　　不同计算机控制系统生产厂家的产品存在很大差异，实现各家产品之间互相通信是相当困难的，制定单一的标准来规范网络通信很难实现，同时通信软件开发十分困难，惟一的解决办法是使厂商接受一组共同的约定。国际标准化组织（ISO）1977 年提出了开放系统互连（OSI）参考模型，它提供了研制、开发和发行的通信系统在功能和概念上的结构框架，以便将异种计算机连接在一起，是协调系统互连的各类标准的共同基础，为保持所有相关标准的相容性提供了共同的参考。所谓"开放"即表示遵循参考模型的相关标准的任何两个系统具有互相连接的能力，并不包含具体实现的技术和方法。

3.1　层次结构

　　OSI 参考模型采用分层（layering）结构，将网络的软硬件功能分为七层，如图 3-1 所示。自下而上依次为物理层、数据链路层、网络层、传输层、会话层、表示层和应用层。在分层结构中，每一层执行一部分通信功能。它依靠相邻的比它低的一层来完成比较原始的功能，因此简化了其功能实现的细节。同样，它为比它高的相邻层次提供服务，每一层通过接口与其上层发生联系。要更换某一层时，只要它和上下两层之间的接口功能不变，上下两层可以不进行变更，这样便把通信问题分解成许多便于管理的子问题了。

3.2 信息流动过程

图 3-1 表示出了 OSI 参考模型的基本结构，同时也说明了信息在 OSI 模型中的流动情况。

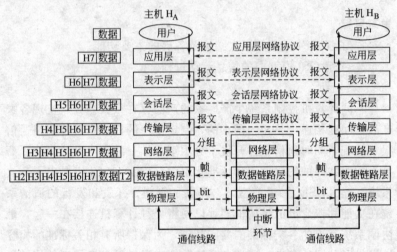

图 3-1 OSI 参考模型及其信息流动情况

图中以 H_A 和 H_B 两个主机的通信方式为例。设主机 H_A 的用户要向 H_B 的用户传送数据。H_A 用户的数据首先传送到本机的应用层，这一层在接收到的用户数据前附加应用层控制信息 H7，形成数据报文，并把该报文传送到下层，即表示层；表示层在报文前再附加表示层的控制信息 H6，然后把新报文传送给会话层……如果采用分组交换的数据传输技术，网络层把报文分成若干个适当大小的数据分组，在每个分组的头部附加控制信息，然后把分组逐个传送到数据链路层；当数据链路层接收到由网络层传送来的信息以后，在头和尾分别附加上控制信息 H2 和校验信息 T2，形成数据帧，数据帧最后按位（bit）由物理层经过传输介质发送到对方。

H_B 主机接收后，按相反的方向由下一层去掉附加在数据上的控制信息，用户数据在 H_B 的应用层得到最终的还原，传送到 H_B

的用户进程。

在 OSI 参考模型的信息流动中，除物理层外，H_A 和 H_B 中的其余各相应层之间均不存在直接的通信关系，而是通过对应层的协议进行逻辑上的通信，主机之间只有物理层之间的连接。

3.3　各层的主要功能

① 物理层。在物理层上通过通信介质实际传输比特流。模型中规定了要处理的与电、机械、功能和过程有关的各种特性，以便建立、维持和拆除物理连接。如规定"1"、"0"的电平值、极性、1bit 的时间宽度、连接器端子个数及每个端子的意义、信号传送方向特性及采用的编码等，物理层标准如 RS-232C、RS-499/422/423 等。

② 数据链路层。在物理层提供的比特服务的基础上，用以建立相邻节点之间的数据链路，传送数据帧。并把一条物理传输信道处理为可靠的信道，如在帧中包含应答、差错链路层标准的例子有 HDLC、SDLC、LAP-D 和 LLC。

③ 网络层。网络层研究的对象是通信子网（指通信的中间系统）以及与其主机的接口，负责通信子网内的路由选择和拥挤控制功能，实现在通信子网中传输信息包或报文分组（指具有地址识别和网络层协议信息的格式化信息组）。网络层的功能通过网络层/传输层的接口实现，该接口与基础通信介质无关。网络层提供的服务如下。

a. 提供网络地址，形成网络层识别传输实体的标志也作为传输实体相互识别的标志。

b. 为建立、维持和释放网络连接提供各种方法，提供由网络地址识别的两个传输实体之间的数据传输。

c. 提供信息包或报文分组在网络连接上的传输。

d. 提供路由选择、拥挤控制、差错报告等服务。

④ 传输层。在网内两实体之间建立端点之间的通信信道，提供可靠、透明的数据传送。传输层在不同的进程之间提供一种数据

交换的可靠机制，确保端点之间传送的数据有序、不被丢失或重复，提供错误恢复。

⑤ 会话层。协调、同步表示层内的实体组织之间的对话（即在两个进程之间建立、维护和结束连接），为管理它们的数据交换提供必要的手段。该层可以提供隔离服务、异常报告等。

⑥ 表示层。向应用程序和终端处理程序提供数据变换服务，完成编码和字符转换功能，提供标准的应用接口和公共的通信服务，例如加密、文本压缩、重新格式化等。表示层的标准协议有虚拟终端协议等。

⑦ 应用层。为用户提供文章 OSI 环境的服务，如虚拟文件协议、作业传送、网络管理协议等。

根据每一层所实现的功能，可将七层协议分成两组：一组是与应用有关的层，即应用层、表示层和会话层；另一组是与传输有关的层，即传输层、网络层、数据链路层和物理层，其中传输层和网络层主要负责系统的互连，而数据链路层和物理层定义了实现通信过程的技术。

对局域网而言，它用带地址的帧来传送数据，通常不存在中间交换，不要求有路由选择，应用参考模型的基本层次为物理层和数据链路层；对于混合拓扑复杂结构的集散控制系统网络，可能涉及路由问题，因此涉及网络层，故很多集散控制系统在第一、二、三层上符合 OSI 参考模型，采纳电气与电子工程师协会（IEEE）1980 年 2 月成立的标准课题组制定的 IEEE802 系列协议。

思考与练习

3-1　OSI 模型分为哪几层？

3-2　OSI 模型的七层结构中各层的主要功能是什么？

3-3　说明数据信息在 OSI 模型中流动的情况。

第4章 网络通信协议

学习目标

1. 了解网络通信协议的概念。
2. 了解常用的通信协议。
3. 掌握 HART 通信协议的特点。

4.1 定 义

在计算机网络中有许多互相连接的计算机，在这些计算机之间要不断地交换信息，使相互通信的两个计算机系统高度协调地交换数据，每个计算机必须在有关信息内容、格式和传输顺序等方面遵守一些事先约定的规则、标准或约定，称为网络通信协议。

网络通信协议含有三个要素。

① 语义。指构成协议的协议元素的含义，不同类型的协议元素规定了通信双方所要表达的不同内容。协议元素是指控制信息或命令及应答。

② 语法。指数据或控制信息的数据结构形式或格式。

③ 时序。即事件的执行顺序。

所以，网络通信协议实质上是计算机之间通信时所用的一种语言，它是计算机网络不可缺少的组成部分。

4.2 常用通信协议简介

4.2.1 TCP/IP 协议

TCP/IP 是传输控制协议/网间协议的缩写，它规范了网络上的所有主机与主机之间的数据往来格式以及传送方式。IP 协议用来给各种不同的通信子网提供一个统一的互联平台，TCP 协议用来为应用程序提供端到端的通信和控制功能。

TCP/IP 是 Internet 的核心协议。虽然 TCP/IP 体系不是国际标准，但由于 TCP/IP 协议的简单实用、高效和成熟，更由于 Internet 的流行，使遵循 TCP/IP 协议的产品大量涌入市场，几乎所有网络公司的产品都支持 TCP/IP 协议，这就使得 TCP/IP 成为计算机网络事实上的国际标准。

4.2.1.1　TCP/IP 的数据传输过程

TCP/IP 协议的基本传输单位是数据报，采用分组交换的通信方式。TCP/IP 协议的数据传输过程主要完成以下四方面的功能。

① 发送站点中的 TCP 层先把数据分成若干数据报，给每个数据报加上一个 TCP 报头，并在每个报头中标识数据报的顺序编号、接收站点的地址等信息，以便在接收端把数据还原成原来的格式。

② 发送站点中的 IP 层把每个从 TCP 层接收来的数据报进行分组，每个分组再加上 IP 报头，在报头中标识接收站点的地址，然后把各分组送给网络接口层并通过物理网络传送到接收站点。IP 协议还具有利用路由算法进行路由选择的功能。

③ 接收站点中的 IP 层接收由网络接口层发来的分组数据包，去除每个分组的 IP 报头，并把各分组数据包发送到更高层。需要说明的是，IP 协议只负责数据的传输，它不做任何关于数据包正确性的检查，因此 IP 数据包是不可靠的。

④ 接收站点中的 TCP 层负责数据的可靠传输，它需要对接收到的数据进行正确性检查、错误处理、重新排序等工作，必要时还可以请求发送端重发。

4.2.1.2　IP 协议

两台计算机彼此之间要能够进行通信，这两台计算机必须要使用相同的"语言"。互联网 IP 协议正如 Internet 网上各计算机之间交换信息所使用的共同语言，它规定了在通信中所应共同遵守的约定。任何一个网络只要可以从一个地点向另一个地点传送二进制数据，就可以通过 IP 协议接入 Internet 网络。

（1）IP 地址

IP 地址是任何使用 TCP/IP 协议进行通信的基础，互联网络上的每个节点，包括主机、网络部件（网关、路由器等）都要求有惟一的 IP 地址。IP 地址独立于任何特定的网络硬件和网络配置，不管任何网络类型，它都有相同的格式，利用它可以将数据包从一种类型的网络发送到另一种类型的网络。

一个完整的 IP 地址有 4 字节（32 位），用"."分开不同的字节。为了使用方便，IP 地址经常被写成十进制的形式，如 10.109.205.88。

每个 IP 地址包括两个标识码，即网络 ID 和主机 ID。网络 ID 用以标明具体的网络段，同一个物理网络上的所有主机都用同一个网络 ID。主机 ID 用以标明具体的节点，网络上的每一个主机（包括网络上工作站、服务器和路由器）有一个主机 ID 与其对应。

IP 地址有五种划分方式，分别对应于 A、B、C、D 和 E 类 IP 地址。每种 IP 地址结构的网络 ID 长度和主机 ID 长度都不一样，其中大量使用的仅为 A、B 和 C 三类，参见表 4-1。

表 4-1 IP 地址组成与类型

网络类型	特征地址位	起始地址	结束地址
A	0xxxxxxx.*.*.*	0.0.0.0	127.255.255.255
B	10xxxxxx.*.*.*	128.0.0.0	127.255.255.255
C	110xxxxx.*.*.*	192.0.0.0	223.255.255.255

如表 4-1 所示，A 类地址中第 1 个字节表示网络地址，其中的最高位是特征位，标识为"0"，网络 ID 的实际长度为 7 位；后 3 个字节表示网络内的主机 ID，有效长度为 24 位。B 类地址中前 2 个字节表示网络地址，其中的前 2 位是特征位，标识为"10"，网络 ID 的实际长度为 14 位；后 2 个字节表示网络内的主机 ID，有效长度为 16 位。C 类地址中前 3 个字节表示网络地址，其中的前 3 位是特征位，标识为"110"，网络 ID 的实际长度为 21 位；后 1 个字节表示网络内的主机 ID，有效长度为 8 位。A 类地址用于非常巨大的计算机网络，B 类地址次之，C 类地址用于小型网络。

（2）子网掩码

除了由主机地址和网络类型决定的网络地址之外，IP 协议还支持用户根据自身的实际需要，把一个网络再细分成数个小网，每个小网称为子网。子网中一个最显著的特征就是具有子网掩码，它的作用就是对 IP 地址进行划分，形成扩展网络地址和主机地址两部分。子网掩码的长度也是 32 位，其表示格式与 IP 地址相同。一个有效的子网掩码由两部分组成，左边是扩展网络地址位，用"1"表示；右边是主机地址位，用"0"表示。子网掩码必须结合 IP 地址一起使用。

假设有一单位计划使用 130.5.0.0（B 类）建立公司的内部网络，并且希望为不同的部门分配不同的网段，这就需要使用子网掩码对网络进行划分，通过子网掩码把主机地址分成子网地址和子网主机地址两个部分。如果网络中使用 24 位的子网掩码 255.255.255.0，就可创建 254 个新的子网络，而原先用于主机的地址位则会相应减少，每个子网中的子网主机地址变为 8 位。

例如某主机的 IP 地址是 130.5.10.57，子网掩码为 255.255.255.0。

把 IP 地址 130.5.10.57 和子网掩码 255.255.255.0 进行"与"运算就可以得到扩展网络地址：130.5.10，其中 130.5 是主网地址，10 是子网地址。把 IP 地址 130.5.10.57 和子网掩码的反码 0.0.0.255 进行"与"运算，得到主机地址，因此 57 表示子网主机地址。

子网与网络地址相结合，不仅可以把位于不同物理位置的主机组合在一起，还可以通过分离关键设备或者优化数据传送等措施提高网络安全性能。此外，由于同一网络不同子网的网络号是一致的，所以 Internet 路由器到各个子网的路由是一致的，先由 Internet 路由器根据网络号定位到目的网络，再由内部的路由器根据扩展网络号进一步定位到目的网络中的子网络。子网在此就相当于是分级寻址，可以防止路由信息的无限制增长。

4.2.1.3　TCP 协议

传输控制协议 TCP 是一种面向连接、端对端、高可靠性的数据传输层协议，它建立在不可靠的 IP 协议之上，数据传输的可靠性完全由 TCP 自己做保证。TCP 可以从用户进程接受任意长的报文，然后将其划分成长度不超过 64KB 的数据段。每个数据段前加上报头，就构成了 TCP 协议的报文。

TCP 允许运行在不同主机上的应用程序相互交换数据流，TCP 将数据流分成的小段称 TCP 数据段。大多数情况下，每个 TCP 数据段装在一个 IP 数据报中进行发送。可以把 TCP 和 IP 形象地理解为有两个信封，要传递的信息被划分成若干段，每一段塞入一个 TCP 信封，并在该信封上记录有分段号的信息，外层再套上 IP 大信封，发送上网。在接收端，TCP 软件包收集信封，抽出数据，按发送前的顺序还原，并加以校验，若发现差错，TCP 将会要求重发。如需要的话，TCP 将把数据段分成多个数据报。由于 IP 并不能保证接收数据报的先后顺序，TCP 会在接收端对各数据报进行重组，因此，TCP/IP 几乎可以无差错地传送数据。

4.2.2　HART 通信协议

HART 总线是美国 Rosemount 公司在 1986 年提出和开发的，并于 1993 年成立了 HART 通信基金会。这是一种被称为可寻址远程传感器高速通道的通信协议，其特点是在现有模拟信号传输线上实现数字信号通信，属于模拟系统向数字系统转变过程中的过渡性协议。由于该协议相对比较简单，实施也比较方便，因而 HART 仪表（现场变送器等）的开发与应用十分迅速。十年来 HART 协议广泛应用于工业现场，特别是在设备改造中受到普遍欢迎。

（1）模型结构及各部分的功能·

HART 协议以 OSI 模型为参照，使用第 1、2、7 三层即其中的物理层、数据链路层和应用层，其模型分层结构如图 4-1 所示。HART 协议的传输速率达 9600Bps，通信距离最远可达 3000m。

模型分层	内容
应用层	HART 命令
数据链路层	HART 通信协议规则
物理层	电气特性、介质 Bell 202

图 4-1　HART 协议通信模型

物理层规定了信号的传输方式、信号电压、设备阻抗和传输介质等，通常情况下以双绞线为介质，若进行远距离通信，可使用电话线或射频。HART能辨认三种不同的设备，其中最基本的是现场设备，它能对主设备发出的命令做出响应。第二种设备是基本主设备，它主要用于对现场设备进行通信。第三种设备是副主设备，它是链路的临时使用者（如手持通信器）。

数据链路层定义了HART通信协议的规则，包括信息格式（现场设备地址、字节数、现场设备状态与通信状态、数据、奇偶校验等）以及信息的发送与接收处理。

应用层规定了三类HART命令，智能设备从这些设备中辨识对方信息的含义。第一类是通用命令，这是所有设备都理解、执行的命令，例如读制造厂及产品型号、过程变量及单位、电流百分比输出等。第二类是普通应用命令，对大多数HART设备都适用，它用于写阻尼时间常数、标定、写过程变量等常规操作。第三类是专用命令，它针对每种具体设备的特殊性而设立，不要求统一。

为解决不同厂家设备互换性及互操作性问题，HART采用了设备描述语言（DLL），连接设备的软件说明按仪表供应商规定的格式写出，具有这种说明能力的便携式通信装置或控制系统能够立即识别新接入的设备，包括其具备的全部功能和菜单等。

（2）HART通信的特点

HART通信采用基于Bell 202通信标准的频移键控（FSK）技术，在4～20mA的模拟信号上叠加了一个频率信号，其中1200Hz代表逻辑"1"，2200Hz代表逻辑"0"。由于正弦信号的平均值为0，HART通信信号不会影响4～20mA信号的平均值，这就使HART通信可以与4～20mA信号并存而不相互干扰。

HART总线能同时进行模拟信号传输及数字信号的双向通信，因而在与现场仪表通信时还可使用模拟显示仪表、记录仪表及调节器。这对传统的控制系统进行改造，并逐步实现数字化较为有利。

HART总线支持多主站数字通信，在一根双绞线上可同时连接几个智能仪表。另外，还可通过租用电话线连接仪表，这样使用较为便宜的接口设备便可实现远距离通信。

HART 通信允许"应答"和成组通信方式，大多数应用都使用"应答"通信方式，而那些要求有较快过程数据刷新速率的应用可使用成组通信方式。

所有的 HART 仪表都使用一个公用报文结构，允许通信主机与所有与 HART 兼容的现场仪表以相同的方式通信。一个报文能处理 4 个过程变量，多变量测量仪表可在一个报文中进行多个过程变量的通信。在任一现场仪表中，HATR 协议支持 256 个过程变量。

4.2.3 Ethernet 网络协议

在计算机控制系统中，通信的实现需要相应的具体网络协议。在物理层和数据链路层常用的网络协议是 Ethernet 网络协议（即以太网协议）。

以太网由 ZILOG 公司的网络发展而来，1980 年由 DEC、Intel、Xerox 三家公司宣布了以太网的技术规范。以太网是著名的总线网，在 DCS 中采用 CSMA/CD 方式传输数据的总线网大多数采用以太网。

① 以太网的结构层次。以太网的网络结构分为三层：物理层、数据链路层和高层用户层，各层的功能见图 4-2。对应的同轴电缆是具体比特传送的通道，同轴电缆侧的收发器完成物理层功能，Ethernet 控制器插件板完成数据链路层的功能。

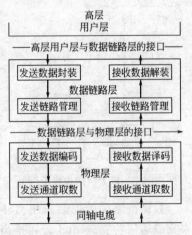

图 4-2 以太网各层的功能

② 物理层。以太网的物理层采用 50Ω 基带同轴电缆作为通信介质，数据传输速率为 10Mbps。各站点由收发器、收发器电缆、以太网接口和主机接口组成，挂接在一根同轴电缆上，组成一段段

的总线结构，各段之间用中继器连接。每根同轴电缆的长度应小于
500m，收发器电缆小于 50m，可挂接最多 100 个站。图 4-3 表示
了以太网连接的形式。以太网的站点最多为 1024 个，站点间距通
过中继站可达 2.5km。

物理层完成以下功能：采用曼彻斯特编码格式进行数据编码；
发送同步和时钟信号；载波侦听和冲突检测；数据帧的传送和
接收。

③ 数据链路层。数据链路层分为数据封装和链路管理两个子
层，如图 4-3 所示。在每个子层中，发送和接收是两个相互独立的
部分。数据链路的帧采用图 4-4 的格式，以 8 位为一个字节，采用
从左到右的顺序传送（移位模式）。目的地址可以是具体物理地址，
也可以是多目的地址或全部站点；数据长度可变。

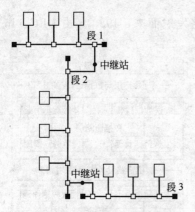

图 4-3　以太网的构成示例

图 4-4　以太网的数据帧格式

数据链路层的控制采用 CSMA/CD 方式，以现成的集成芯片
来完成通信功能。Intel 公司推出的局部通信控制器 82586 及以太
网串行接口 82501、AMD 公司用于以太网的局部通信控制器
（LANCE）Am7990 及串行接口组件（SIA）Am7991、富士通公
司的数据链路控制器 MB8795A 和编码译码器 MB502A 等硬件的问
世使以太网的实现十分方便。

以太网是一个结构简单、价格便宜的计算机局部网络。它的可靠性高，出错率极低，即使在重载情况下仍能稳定工作，并且具有较高的信道利用率。以太网的局限性是能访问的节点数较少，传播距离较短。

思考与练习

4-1　什么是通信协议？其含有哪些要素？

4-2　TCP/IP 协议有哪些特点？

4-3　HART 协议使用了 ISO 模型中的哪几层？各部分的功能有哪些？

4-4　HART 通信有何特点？

4-5　简要介绍以太网各层的功能。

第二篇　集散控制系统

第5章 集散控制系统概述

学习目标

1. 掌握 DCS 的基本概念。
2. 了解 DCS 的基本设计思想。
3. 掌握 DCS 的体系结构，了解各层次的主要功能。
4. 了解 DCS 各组成部分的作用。
5. 了解 DCS 的特点及其发展趋势。

5.1 集散控制系统的基本概念

分散控制系统 DCS（distributed control system）又名集中分散控制系统，简称集散控制系统，也称之为分布式控制系统，是一种集计算机技术、控制技术、通信技术和 CRT 技术为一体的新型控制系统。集散控制系统通过操作站对整个工艺过程进行集中监视、操作和管理，通过控制站对工艺过程各部分进行分散控制。它采用了分层多级、合作自治的结构形式，体现了其控制分散、危险分散，而操作、管理集中的基本设计思想。

5.2 集散控制系统的体系结构和基本构成

5.2.1 体系结构

图 5-1 集散控制系统体系结构

层次化是集散控制系统的体系特点。集散控制系统的体系结构分为四个层次，如图 5-1 所示。

（1）直接控制级

直接控制级直接与现场各类设备（如变送器、执行器等）

相连，对所连接的装置实施监测和控制；同时它还向上传递装置的特性数据和采集到的实时数据，并接收上一层发来的管理信息。这一层所实现的功能主要有过程数据采集、数据检查、数字开环和闭环控制、设备检测、系统测试及诊断、实施安全和冗余化措施等。

（2）过程管理级

这一级主要有操作站、工程师站和监控计算机。过程管理级监视各站的所有信息，进行集中显示和操作、控制回路组态、参数修改和优化过程处理等。这一层所实现的功能主要有：过程操作测试、优化过程控制、错误检测、数据存储等。

（3）生产管理级

也称为产品管理级。这一级上的管理计算机根据各单元产品的特点以及库存、销售等情况，总体协调生产各单元的参数设定，调整产品结构和规模，以达到生产的总体协调和控制。这一层所实现的功能主要有规划产品结构和规模、产品监视、产品报告、工厂生产监视等。

（4）经营管理级

这是集散控制系统的最高级，与办公自动化系统相连接，可实施全厂的总体协调管理，包括各类经营活动、人事管理等。这一层所实现的功能主要有市场与用户分析、订货与销售统计、销售计划制定、产品制造协调、合同诸事项、期限监督等。

目前，我国大中型企业的 DCS 系统已经达到生产管理级的功能，但部分企业的 DCS 系统只具有直接控制级和过程管理级两层功能。随着技术的进步和市场经济的不断发展与完善，经营管理级的功能也将会在 DCS 系统中实现。

5.2.2 基本构成

DCS 概括起来可分为集中管理、分散监视控制和通信三大部分（见图 5-2）。

集中管理部分又可分为操作站、工程师站和上位计算机。操作站是由微处理器、CRT、键盘、打印机等组成的人机系统，实现集中显示、操作和管理。工程师站主要用于系统组态和维护。上位

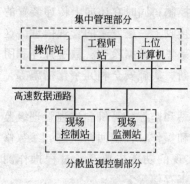

图 5-2 DCS 基本构成图

计算机用于全系统的信息管理和优化控制。

分散监视控制部分按功能可分为现场控制站和现场监测站两部分。现场控制站由微处理器、存储器、输入输出（I/O）板、A/D 和 D/A 转换器、内部通信总线、电源和通信接口等组成，可以控制多个回路，具有较强的运算能力和各种控制算法功能，可自主地完成回路控制任务，实现分散控制。现场监测站也称为数据采集装置，主要是采集非控制变量并进行数据处理。

通信部分也称为高速数据通路，其连接 DCS 的操作站、工程师站、上位计算机、控制站和监测站等各部分，完成数据、指令及信息的传递，是实现分散控制和集中管理的关键。

5.3 集散控制系统的特点

从操作运用的角度来看，集散控制系统具有如下特点。

（1）控制功能多样化

DCS 的现场控制站一般都有多种运算控制算法或其他数学和逻辑功能，如四则运算、逻辑运算、前馈控制、PID 控制、自适应控制和滞后时间补偿等，还有顺序控制和各种联锁保护、报警功能。根据控制对象的不同要求，把这些功能有机地组合起来，能方便地满足系统的要求。

（2）操作简便

DCS 具有功能强大且操作灵活方便的人机接口，操作员通过 CRT 和功能键可以对过程进行集中监视和操作，通过打印机可以打印各种报表及需要的信息。

（3）系统扩展灵活

DCS 的部件设计采用积木式的结构，可以以模板、模板箱甚至控制柜（站）等为单位，逐步增加。用户可以方便地从单台控制站扩展成小系统，或将小规模系统扩展成中规模或大规模系统。可根据控制对象生成所需的自动控制系统。

（4）维护方便

DCS 的积木式的模板功能单一，便于装配和维修更换；系统配置有故障自诊断程序和再启动等功能，故障检查和维护方便。

（5）可靠性高

DCS 的控制分散，因而局部故障的影响面小，并且在设计制造时已考虑到元器件的选择，采用冗余技术、故障诊断、故障隔离等措施，大大提高了系统的可靠性。

（6）便于与其他计算机连用

DCS 配备有不同模式的通信接口，可方便地与其他计算机联用，组成工厂自动化综合控制和管理系统。随着 DCS 系统向开放式系统发展，符合开放系统标准的各制造厂商的产品可以相互连接与通信，并进行数据交换，第三方的应用软件也能应用于系统中，从而使 DCS 进入更高的阶段。

目前，全世界的 DCS 制造厂商生产了许多种类型的 DCS 产品，虽然各产品之间因制造公司的不同而不同，但归纳起来，都有以下几个共有的特点。

① 虽然品种繁多，但都是由操作站、控制站和高速数据通路等构成，用户可根据被控系统的大小和需要，选用和配置不同类型、不同功能、不同规模的集散控制系统。

② 都采用分布式结构形式，控制和故障相对分散，从根本上提高了系统长期连续运行和抗故障的能力。

③ 都是通过高速数据通信总线，把检测、操作、监视和管理等部分有机地连接成一个整体，进行集中显示和操作，使系统操作和组态更为方便，且大大地提高了排除系统故障和调整操作的速度。

④ 重要的硬件都采用了双重配置或冗余技术，保证了系统的可靠性。

43

5.4 集散控制系统的发展趋势

随着集散控制系统的发展及其在工业控制领域越来越多的应用，DCS 充分表现出了其比模拟控制仪表优越的性能。但是，目前使用广泛的传统的 DCS 中用于对工业生产过程实施监视控制的过程监控站仍然是集中式的；现场信号的检测、传输和控制与常规模拟仪表相同，即通过传感器或变送器检测到的信号，转换成 4～20mA 信号以模拟方式传输到 DCS，这种方式精度低、动态补偿能力差、无自诊断功能。同时，各 DCS 制造厂商开发和使用各自的专用平台，使得不同 DCS 厂商的产品之间相互不兼容，互换性能差。

随着新技术的不断发展和应用，以及用户对 DCS 使用的更高要求，DCS 领域有许多新进展，主要表现如下。

（1）向开放式系统发展

对于传统的 DCS，不同制造商的 DCS 产品不兼容。基于 PC 机的 DCS 成为解决这一问题的开端。PC 机具有丰富的软硬件资源、强大的软件开发性能，尤其是 OPC（OLE for process control）标准的制定，大大简化了 I/O 驱动程序的开发，降低了系统的开发成本，并使得操作界面系统的性能得到提高。目前，国内已有基于 PC 机为操作站的集散控制系统产品，可以集成不同类型的 DCS、PLC、智能仪表、数采与控制软件等智能化控制系统。在这种 DCS 中，用户可以根据自己的实际情况自由地选择不同厂商的产品。

（2）采用智能仪表，使控制功能下移

在 DCS 中，广泛采用智能现场仪表、远程 I/O 和现场总线等智能仪表，进一步使现场测控功能下移，实现真正的分散控制。

（3）DCS 与 PLC 功能相互融合

传统的 DCS 主要用于连续过程控制，而 PLC 则常用于逻辑控制、顺序控制。在实际应用时，常常会有较大的、复杂的过程控制，既需要连续过程控制功能，也需要逻辑和（或）顺序控制功能。有些 DCS 的控制器既可以实现连续过程控制，也可以实现逻辑、顺序和批量控制；有些 DCS 提供专门的实现逻辑或批量控制的控制器和相应软件；也有的 DCS 可以应用软件编程来取代逻辑控制硬件，这样使得 DCS 和 PLC 的区别和界限变得愈加模糊。

（4）现场总线集成于 DCS 系统

现场总线的出现促进了现场设备向数字化和网络化发展，并且使现场仪表的控制功能更加强大。现场总线集成于 DCS 系统是现阶段控制网络的发展趋势。现场总线集成于 DCS 可有以下三种方式。

① 现场总线于 DCS 系统 I/O 总线上的集成。如 Fisher-Rosement 公司的 DCS 系统 DeltaV 采用的即是此方案。

② 现场总线于 DCS 系统网络层的集成。如 Smar 公司的 302 系列现场总线产品可以实现在 DCS 系统网络层集成其现场总线功能。

③ 现场总线通过网关与 DCS 系统并行集成。这种方式通过网关连接在一个工厂中并行运行的 DCS 系统和现场总线系统。如 SUPCON 的现场总线系统，利用 HART 协议网桥连接系统操作站和现场仪表，实现现场总线设备管理系统操作站与 HART 协议现场仪表之间的通信功能。

总之，DCS 通过不断采用新技术将向标准化、开放化和通用化的方向发展。未来的 DCS 将采用智能化仪表和现场总线技术，从而彻底实现分散控制；OPC 标准的出现解决控制系统的共享问题，使不同系统间的集成更加方便；基于 PC 机的解决方案将使控制系统更具开放性；Internet 在控制系统中的应用，将使数据访问更加方便。

思考与练习

5-1　什么是集散控制系统？其基本设计思想是什么？

5-2　简述集散控制系统的体系结构及各层次的主要功能。

5-3　集散控制系统由哪几部分组成？各部分的作用是什么？

5-4　简述集散控制系统的特点及其发展趋势。

第6章 DCS 的硬件系统

学习目标

1. 了解 DCS 现场控制站的主要组成部分及所起的作用。
2. 了解 DCS 操作站的主要构成及其功能。

6.1 概　述

DCS 的硬件系统是通过网络将不同数目的现场控制站、操作员站和工程师站连接起来，以完成各种数据的采集、控制、显示、操作和管理功能。

在 DCS 的四层结构模式中，最底层直接控制级与生产过程直接相连，在不同的 DCS 中，过程控制级虽然名称各异，如基本控制器、过程管理器、现场控制站、过程接口单元等，但所采用的装置结构形式大体相同，这部分的设备也常统称为现场控制站部分。第二层过程管理级由操作员站、工程师站和上位计算机组成，完成对直接控制级的集中监视和管理，这部分的设备也常统称为现场操作站部分。第三层生产管理级和最高层经营管理级由功能强大的计算机构成。

6.2 现场控制站的构成

现场控制站是一个可独立运行的计算机监测与控制系统，虽然不同 DCS 系统的现场控制站的结构形式不同，但都是由安装在机柜内的标准化模件组装而成，用户可以根据过程监视和控制的需要进行灵活配置形式不同的系统规模。

构成现场控制站的主要设备有机柜、控制运算与通信组件、输入输出（I/O）卡件、电源和连接电缆等。

（1）机柜

现场控制站的机柜内装有多层机架，用以安放电源及各种模件。其外壳采用钢板或铝板等金属材料制成，柜门等活动部分与机柜主体之间保证有良好的电气连接，以便为内部的电子设备提供完善的电磁屏蔽。为了保证电磁屏蔽的效果，也为了保证操作人员的人身安全，机柜要求可靠接地，接地电阻应满足系统的要求。

为了保证柜内电子设备的散热降温，柜内装有风扇。为了防止灰尘侵入，在柜内外空气交换处装有过滤网，柜外空气经过过滤网过滤后进入柜内。在灰尘多、潮湿或有腐蚀性气体的场合，一些厂家提供密封式机柜，冷却空气只在柜内循环，热量通过机柜外壳与外界进行交换，因此在这种类型的机柜外壳上增设有许多散热片。为了保证能够在特别冷或特别热的环境下正常工作，这种密封式机柜还设有专门的空调装置，以保证柜内温度保持在正常值。现场控制站机柜内大多设有温度自动检测装置，当机柜内温度超出正常范围时，产生报警信号。

由于大多数 DCS 系统在安装时，用户将机柜安装在控制室内部，提供了良好的环境条件，专门设计的防尘、防潮、防电磁干扰、抗冲击、抗振动及耐高低温等恶劣环境下使用的产品选用较少。

（2）控制运算与通信组件

这部分是现场控制站最重要的部分，其核心是控制计算机，主要由 CPU、存储器和内部总线等组成，完成数据的采集、存储、控制和数据通信等功能。

① CPU。目前各厂家生产的 DCS 现场控制站已普遍采用了高性能的 32 位 CPU。如美国摩托罗拉公司生产的 68000（68020、68040）系列 CPU 和英特尔公司生产的 PentiumCPU 系列产品，时钟频率已达 133～800MHz，系统还配有浮点运算协处理器，使得数据处理能力大大提高，工作周期大大缩短，并可执行更为复杂和先进的控制算法，如自整定、自适应控制、预测控制和模糊控制等。随着 CPU 技术的迅速发展，在 DCS 中使用新型芯片、扩展其功能是必然的趋势。

② 存储器。一般分为 ROM（只读存储器）和 RAM（随机存

47

储器）两大部分。ROM 用于存放系统程序和固化的应用程序。由于控制计算机在工作中运行的是固定的程序，为了工作的安全可靠，大多采用程序固化的方法，将系统程序（如启动程序、自检程序、基本的 I/O 驱动程序、各种检测及控制功能模块子程序、固定参数、系统通信及管理模块子程序等）全部固化，写入 ROM中，用户无法更改。有的 DCS 将用户组态的应用程序也固化在 ROM 中，只要一加电，控制站就可正常运行，使用更加方便可靠，但这种情况下修改组态时要复杂些。ROM 的容量一般在数百K 字节以上。其中，EPROM 为紫外线可擦除可编程只读存储器，失电后数据不丢失，写入的数据可用紫外线擦除，重新改写。EE-PROM 为电可擦除可编程只读存储器，失电后数据也不丢失，但写入的数据可用电擦除，而后可重新改写。

RAM 为程序运行提供了存储实时数据与计算中间结果的空间。用户在线操作时需修改的参数（如设定值、手动输出值、PID 参数、报警值等）都需存入 RAM 中。某些 DCS 为用户提供了组态在线修改功能，这一部分用户组态应用程序也需存入 RAM 中运行。为了防止掉电时 RAM 中的数据丢失，一般设有后备电池，保证其中的数据和程序数十天不丢失。RAM 的容量一般为数百 K 至数 M 字节。

在一些采用了冗余 CPU 的系统中设有双端口随机存储器，两块 CPU 板可分别对其进行读写，从而实现双 CPU 运行数据的同步。当主 CPU 出现故障时，冗余 CPU 可立即接替其工作，而对生产过程不产生任何扰动。

③ 总线。由于 DCS 系统是在微处理器基础上发展起来的，DCS 系统的内部总线一般采用标准的微机总线。但对于连接到扩展机架的 I/O 扩展总线，由于在这些扩展机架中只插入 I/O 模件，所使用的总线信号比主机总线少，因此有些厂家的产品中 I/O 扩展总线采用了简化的非标准的扩展总线，仅提供 I/O 模件所必需的数据线、地址线与控制线。

（3）输入输出（I/O）卡件

I/O 卡件的主要功能是对来自现场的检测信号和去现场的控制

信号进行转换处理。过程信号种类繁多，I/O 卡件一般有模拟量输入卡 AI、模拟量输出卡 AO、数字量输入卡 DI、数字量输出卡 DO、脉冲量输入卡 PI 和一些特殊过程变量的输入输出卡等。

I/O 卡件一般由端子板、信号调理器、A/D（或 D/A）模板及柜内连接电缆等几部分构成。

I/O 卡件通过柜内电缆连接端子板，端子板的另一端用于连接现场信号电线或电缆。端子板的每一路信号提供正负极两个接线端子或三线制接线端子及屏蔽层的接地端子。有的厂家的产品上还设有信号隔离与调整、电源保护、电流限制和状态指示等功能。

A/D 模板用于将模拟信号转换为 CPU 能够接收的数字信号，每块 A/D 模板一般可输入 8～64 路模拟信号，由多路切换开关选择某一路接入。有的系统提供模拟子模块，用于将 A/D 模板的输入路数进一步扩展。

D/A 模板用于将控制计算机输出的数字信号转换为 4～20mA DC 模拟信号。各厂家的 D/A 模板一般提供 4～8 路模拟输出。

柜内电缆用于端子板、信号调理器与 A/D（或 D/A）模板之间的信号连接。为了防止干扰，多采用双绞多芯屏蔽电缆。

（4）电源

高效、稳定和无干扰的供电系统是现场控制站能够正常工作的基本保证。为了做到这点，除了要保证供给现场控制站的交流电源稳定可靠之外，现场控制站本身也要采取一定的措施。

现场控制站内各功能模件所需直流电源一般有＋5V、＋15V（或＋12V）、－15V（或－12V）、＋24V 等，为了提供安全可靠稳定的电源，一般采用以下几种方式。

① 采用集成电源向各模件提供所需的直流电源。若采用冗余的双电源方式，则每一电源有输出微调装置，以调节并联的两电源处于负载均衡状态；各路电源输出端串接隔离二极管，在并联工作时，保护掉电侧稳压电源的安全。

② 由统一的主电源单元将交流电整流为直流电（一般为 24V）供给柜内直流母线，各层机架内设有子电源单元，采用 DC-DC 变

49

换方式将母线上送来的单一电压的直流电转变成本层机架所需的各种电压。主电源单元采用 1：1 冗余配置，子电源单元采用 1：1 冗余配置方式或 N：1 的冗余配置方式（在采用多个子电源单元的系统中）。所谓 N：1，即 N 个子电源单元配备一个备用单元。

③ 根据机柜内各层机架模件使用量的多少，灵活配置各自的电源单元。常采用体积小、轻便、高效的开关电源，直接将交流电转变成模件所需的各种电压等级的直流电。亦可采用 N：1 的冗余方式。

④ 采用后备蓄电池电源。有些 DCS 系统，配备有可选的后备蓄电池电源。供电系统中的电池充电电路在电源系统的交流电源接入后开始对蓄电池充电，在供给现场控制站的电源停电时，充满电的蓄电池可提供约半小时左右的后备电源。图 6-1 为 TDC-3000 系统控制站（过程管理器）的电源供电示意图。其中 48V 蓄电池能够提供大约 25min 的后备电源，3.6V AC CMOS 备份电源由 3 节 1.2V DC 镍铬电池构成。

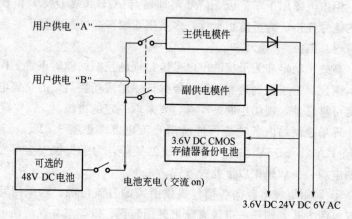

图 6-1　TDC-3000 系统控制站（过程管理器）电源供电示意图

6.3　操作站的构成

操作站是操作和管理人员进行过程监视、过程操作控制和系统在线组态修改的主要设备。操作站提供良好的人机界面，用以实现集中显示、操作和管理等功能。典型的操作站包括主机系统、显示设备、键盘输入设备、信息存储设备和打印输出设备等。

（1）主机系统

操作站的主机系统主要实现集中监视操作、对现场设备直接操作控制、系统生成和诊断等功能。在同一个系统中可连接多台操作站，采用多个操作站可提高操作性，实现功能的分担和后备作用。有的 DCS 配备专门的工程师站，用来生成目标系统的参数等。多数 DCS 系统的工程站和操作站合在一起，通过工程师键盘，起到工程师站的作用。

（2）显示设备

主要的显示设备是彩色 CRT。现在许多 DCS 系统的 CRT 具有触屏功能，使得操作更为方便和快捷。

（3）键盘输入设备

键盘分为操作员键盘和工程师键盘两种。操作和监视用的操作员键盘多为防水、防尘结构的薄膜键盘，并带有明显操作标志（图案或名称），键的排列充分考虑到操作的直观和方便。工程师键盘提供给系统工程师组态和编程之用，类似于 PC 机键盘。

（4）信息存储设备

DCS 操作站具有很强的历史数据存储功能。许多 DCS 在网络上专门配备一台或几台历史数据记录仪。而现今的外部存储器，如磁盘、磁带、光盘等，体积小、容量大、访问速度快，一般外存储器容量至少在 100MB 以上。有的 DCS 配备有自身专用的数据存储设备，如 Honeywell 的 TDC-3000DCS 系统中的历史模件 HM，就是一种专门用于系统数据存储的一种设备。

（5）打印输出设备

打印机是 DCS 操作站的外部设备。一般要配备两台打印机，分别用于打印生产记录报表、报警列表、系统维护信息和拷贝操作图形画面等，其中专用于拷贝流程图画面的打印机也称为拷贝机。

思考与练习

6-1　构成现场控制站的主要设备有哪些？各具有哪些功能？

6-2　为了给控制站提供稳定可靠的电源，一般采用哪些措施？

6-3　操作站主要包括哪些设备？各具有哪些功能？

第7章 DCS 的软件系统

学习目标

1. 了解 DCS 软件系统所包含的内容。
2. 了解 DCS 现场控制站软件的执行顺序。
3. 了解 DCS 实时数据库及其所起的作用。
4. 基本掌握数据采样周期的选择原则。
5. 了解 DCS 的组态功能。

7.1 概 述

DCS 的软件系统如图 7-1 所示。

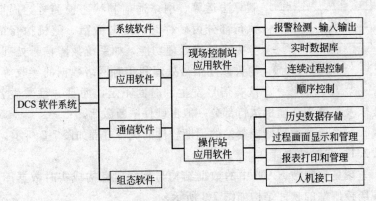

图 7-1 DCS 软件系统

DCS 的系统软件为用户提供可靠性高的实时运行环境以及功能强大的开发工具。DCS 为用户提供丰富的功能软件模块或软件包,控制工程师利用 DCS 提供的组态软件,将各种功能软件进行适当的"组装链接"(即组态),方便地生成满足系统及生产过程控制要求的各种应用软件。

7.2　现场控制站的软件系统

DCS 现场控制站的软件应具有高可靠性和实时性。此外，因为 DCS 现场控制站一般无人机接口，所以软件应有较强的自治性，即软件的设计应保证避免死机的发生，并且要有较强的抗干扰能力和容错能力。

现场控制站的软件可分为执行代码部分和数据部分。执行代码部分固化在现场控制站的 EPROM 中，而相关的数据部分则保留在 RAM 中，在系统复位或开机时，这些数据的初始值从网络上装入。

图 7-2　现场控制站软件执行顺序

执行代码分为周期执行和随机执行两部分。周期执行部分完成周期性的功能，如周期性的数据采集、转换处理、越限检查、控制算法运算、网络通信和状态检测等，周期执行部分由硬件时钟定时激活。随机执行部分完成随机处理功能，如系统故障信号处理、事件顺序信号处理和实时网络数据的接收等，这类信号发生的时间不定，而且一旦发生就要求及时处理，随机执行部分一般由硬件中断激活。

一个典型的现场控制站的周期软件的执行过程如图 7-2 所示。

7.2.1　实时数据库

现场控制站 RAM 中的数据结构与数据信息构成实时数据库。现场控制站的软件结构如图 7-3 所示。

从现场控制站的软件结构可看出，实时数据库起到现场控制站软件系统的中心环节的作用。从各输入通道采集来的数据，以及网络上传给此现场控制站的数据存放在实时数据库中，别的模块（如输出模块、控制算法模块等）需要数据时，可直接从实时数据库中取得，实现数据的共享；同时，运行的中间结果也存放在实时数据库中。

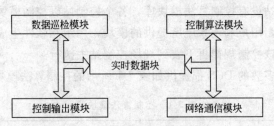

图 7-3　现场控制站软件结构

7.2.2　输入输出软件

现场控制站直接与现场设备进行数据交换，配备有齐全的输入输出软件。基本的输入输出软件包括以下几部分。

（1）模拟量输入

对采集的模拟量信号进行 A/D 转换，并根据需要进行如下处理。

① 信号预处理——对信号实施各种功能数字滤波处理。

② 信号转换——根据信号的物理性质和变送器的量程，将测量信号转换成工程单位信号；对用差压变送器测得的流量信号实施开方运算；对热电偶信号进行冷端温度补偿和插值运算；对其他相关信号进行各种补偿等。

（2）模拟量输出

按要求输出 4～20mA 或 1～5V 的模拟信号。

（3）开关量输入

开关量的输入一般是分组进行的，即一次输入操作可以输入 8位、16 位或 32 位开关状态。开关量输入处理模块成组读入开关量输入数据，并进行故障联锁报警检测。

（4）开关量输出

输出各种规格的开关量信号。

除了上述几种软件模块之外，现场控制站还有其他输入输出处理模块，如：脉冲量输入、串行接口的数据输入输出等，都有相应的处理软件支持。

7.2.3　控制软件

现场控制站直接完成现场数据的采集、输出和控制功能，为此现场控制站设有控制算法模块库，各个控制站以控制模块的形式提供给用户，用户利用系统所提供的模块，用组态软件生成所需的控制规律，该控制规律再下装到现场控制站去执行。

绝大多数的 DCS 都提供如表 7-1 所示的控制算法模块。

表 7-1　控制算法模块表

算　　法	模　块　图	功　　能
加法	$\begin{matrix}A\\B\end{matrix}$—□ ADD □—$C$	$C=A+B$
减法	$\begin{matrix}A\\B\end{matrix}$—□ SUB □—$C$	$C=A-B$
乘法	$\begin{matrix}A\\B\end{matrix}$—□ MUL □—$C$	$C=A\times B$
除法	$\begin{matrix}A\\B\end{matrix}$—□ DIV □—$C$	$C=A/B$
开方	A—□ SQRT □—C	$C=\sqrt{A}$
比例	$\begin{matrix}A\\B\end{matrix}$—□ P □—$C$	$C=K_p(A-B)$
比例积分	$\begin{matrix}A\\B\end{matrix}$—□ PI □—$C$	$C=K_p(A-B)+K_i\int_0^t(A-B)\mathrm{d}t$
比例积分微分	$\begin{matrix}A\\B\end{matrix}$—□ PID □—$C$	$C=K_p(A-B)+K_i\int_0^t(A-B)\mathrm{d}t+$ $K_d\dfrac{\mathrm{d}}{\mathrm{d}t}(A-B)$
高选	$\begin{matrix}A\\B\end{matrix}$—□ HS □—$C$	If $A\geqslant B$, Then $C=A$; Else $C=B$
低选	$\begin{matrix}A\\B\end{matrix}$—□ LS □—$C$	If $A\leqslant B$, Then $C=A$; Else $C=B$
选择	$\begin{matrix}L\\A\\B\end{matrix}$—□ TRS □—$C$	If $L=1$, Then $C=A$; Else $C=B$
超前滞后补偿	A—□ LEAD-LAG □—C	$\dfrac{C(s)}{A(s)}=\dfrac{K(T_ds+1)}{T_is+1}$

表中仅列举了控制算法中的基本算法模块，为了有效地实现各类工业对象的控制，控制算法库中还包括下列一些模块。

（1）手动/自动切换模块

专门处理手动/自动切换问题。基本的要求是在两种状态之间切换时，执行器接受的指令不能发生突变，即所谓的"无扰动切换"。所以手动/自动切换模块具有自动指令和手动指令的相互跟踪功能。

（2）线性插值模块

具有将已知的若干个点转换为一个分段线性函数的功能。

（3）非线性模块

是为了处理系统中存在的非线性特性而设置的，包括有限幅模块、死区模块和继电器模块等。

（4）变型 PID 模块

为了满足工程的需要，在基本的 PID 算法的基础上衍生出一些变型 PID 算法，如积分分离 PID 算法、不完全微分 PID 算法、带死区的数字 PID 算法等。

（5）平衡输出模块

此模块用于调节多个执行器之间的负荷分配，应用于由一个控制器控制两个或两个以上执行器的情况。

（6）执行器模块

用于限制控制器输出指令的幅值和速率，加入闭锁指令等。

（7）逻辑模块

控制系统不仅需要处理连续信号，而且还要处理逻辑信号。逻辑模块包括常用的基本逻辑运算，如"与"、"或"、"非"等基本的运算及"置位清零"等。

（8）顺序控制模块

在一些特殊的生产过程中存在顺序控制，即执行控制是根据预先规定的顺序或逻辑关系进行信息处理而产生控制输出。在一些 DCS 的算法库中包含有执行这种功能的顺序控制模块。

这里介绍采样周期的选择。集散控制的本质是计算机控制，而计算机控制系统是离散控制系统，合理地选择采样周期对控制性能的好坏起着很重要的作用。采样周期不宜太长，也不能太短。太长不能及时反映信号变化的真实情况；太短即频率太高，既增加计算量，又增加所需的内存容量，而且频率高到一定的程度，再高也不会提高信号的真实度。一般采样频率必须大于信号所含最高频率的2倍，才能保证采样的真实性。常见物理量采样周期的经验值见表7-2。

表 7-2　常见物理量采样周期经验值

物　理　量	采样周期/s	备　　注
流量	1～5	优先选用 1～2s
压力	3～10	优先选用 6～8s
液位	6～8	优先选用 7s
温度	15～20	取纯滞后时间常数
成分	15～20	优先选用 18s

在目前的 DCS 中，由于现场控制站采用 16 位或 32 位高性能的 CPU，处理能力很强，所以很多应用系统选择比表 7-2 中所列的经验数据小得多的采样周期，在这点上用户可以灵活处理。

7.3　操作站的软件系统

DCS 中的操作站部分（工程师站和操作员站）必须完成系统的开发、生成、测试、运行和程序维护等任务，这就需要相应的系统软件支持。系统软件一般是通用的，与应用对象无关，一般由操作系统、面向过程的编程语言、各种工具软件和诊断软件等几个主要部分组成。

（1）操作系统

操作系统是 DCS 自身运行的系统软件。DCS 采用实时多任务操作系统，其显著特点是实时性和并行处理特性。所谓实时性是指高速处理信号的能力，这是工业控制所必需的；而并行处理特性是指能够同时处理多种信息，它也是 DCS 中多种传感器信息、控制系统信息需同时处理的要求。此外，用于 DCS 的操作系统还应具有如下功能：基于优先级的抢占式任务调度方式、事件驱动、多级中断服务、任务同步与信息交换、资源共享、设备管理、文件管理和网络通信等。

（2）应用软件

在实时多任务操作系统的支持下，DCS 操作站配备的应用软件如下。

① 编程语言，包括汇编、宏汇编语言，以及 FORTRAN、ALGOL、PASCAL、COBOL、BASIC、C、C++等高级语言。

② 工具软件，包括加载程序、仿真器、编辑器、DEBUGER 和 LINKER 等。

③ 诊断软件，包括在线测试、离线测试和软件维护等。

一套完善的 DCS，其操作站上运行的应用软件应完成如下功能：实时数据管理、网络管理、历史数据管理、图形管理、历史数据趋势管理、数据库详细显示与修改、报表生成与打印、人机接口控制、控制回路调节、参数列表、串行通信和各种组态等。

7.4　DCS 的组态软件

DCS 组态功能的支持情况，如应用方便程度、用户界面友好程度、功能齐全程度等是影响一个 DCS 是否受用户欢迎的重要因素。所有的 DCS 都以不同的形式、在不同程度上支持组态功能。

DCS 组态功能从大的方面可分为硬件组态（也叫配置）和软件组态。

DCS 的硬件配置有以下几方面的内容：工程师站的选择，包括机型、CRT 尺寸、内存、硬盘、打印机等；操作员站的选择，包括站的个数、配置（如主机型号、CRT 尺寸、是否是复合屏幕、内存配置、磁盘容量的配置、打印机的数量和型号等）；现场控制站的配置，包括站的个数、地域分布、站中所配置的各种模块的种类及数量、电源的选择等。

DCS 的软件组态包括基本配置组态和应用软件的组态。基本配置组态是给系统一个配置信息，如系统的各种站的数量、各自的编号、每个控制站的最大点数、最短执行周期和内存容量等。应用软件的组态包括控制组态、实时数据库生成、图形生成、历史数据库生成和报表生成等，形成 DCS 运行的应用程序。图 7-4 为 DCS 组态功能示意图。

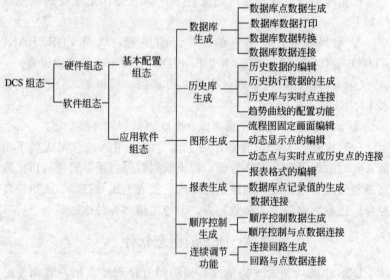

图 7-4　DCS 组态功能

在 DCS 中配有功能强大的组态软件，其通用性很强，能够提供友好的用户界面，可以适用于一大类应用对象。DCS 的应用开发过程主要是采用系统组态软件、依据控制系统的实际需要生成各类应用软件的过程。在这个过程中，使用者只需用最简单的编程语言或图表方式便可生成所需的应用软件，而无需编写复杂的代码程序。

DCS 的组态通常在离线方式下进行，亦可进行在线修改，但像结构、最大点数等组态内容一般不能在线修改。完成后的组态数据经编译，下装到目标站点进行运行。

下面对应用软件的几个主要部分进行说明。

（1）控制回路组态

利用各种控制算法模块，依靠软件组态可构成各种各样的实际控制系统。需分两步进行：首先进行实际系统分析，即对实际控制系统，按照组态的要求进行分析，找出其输入量、输出量以及需要用到的模块，确定模块间的关系；然后生成需要的控制方案，即利用 DCS 提供的组态软件，从模块库中取出需要的模块，按照组态软件规定的方式，把它们连接成符合实际需要的控制系统，并赋予各模块所需要的参数。

DCS 中控制回路的实现采用控制算法和参数分离的原则，即在组态时只需利用所需模块的名称或索引号构造控制回路，控制算法所需的参数包含在组态后生成的数据文件中，这一数据文件下载到现场控制站的 RAM 中，可以进行在线修改。这样，控制算法库中的模块可应用于许多控制系统，对于不同的控制对象，仅修改数据文件即可。在多数 DCS 中，下载的控制参数一般放在带有后备电池的 RAM 中，即使系统掉电，加电复位后立即可投入运行。

目前在各种 DCS 中常用的组态方式有以下几种类型。

① 运算模块连接方式。在工程师操作键盘上，通过触屏、鼠标或键盘等操作，调用各种独立的标准运算模块，用线条连接成各种各样的控制回路，然后由计算机读取屏幕组态图形中信息后自动生成软件。

②填表方式。按照 CRT 画面上组态表格的要求，用工程师键盘逐项填入内容、选择内容或回答问题（如 Yes、No 等）。

③步骤记入方式。这是一种面向过程的 POL 语言指令的编写方式，组态时首先编制程序，然后用相应的组态键盘输入。其特点是编程灵活，各种复杂功能都可通过一些技巧实现，但由于系统生成效率低，不适用大规模 DCS。

（2）实时数据库生成

实时数据由实时数据库存储和管理，实时数据库是 DCS 最基本的信息资源。实时数据库的内容主要包括以下几个方面。

① 站配置信息。包括站的型号、各功能卡件的槽路号等。

② 模拟量输入。包括信号类型、工程单位、转换方式、量程、线性化方法、滤波方法、报警值和巡检周期等。对于热电偶和热电

阻信号，还要有测量元件型号、热电偶冷端名称、热电阻桥路参数等的有关说明。

③ 模拟量输出。包括名称、信号类型、单位、量程、通道号和巡检周期等。

④ 开关量输入。包括状态定义、加载时初值、通道号和巡检周期等。

⑤ 开关量输出。包括输出类型、通道号和巡检周期等。

⑥ 其他。如脉冲输入量、脉冲输出量、数字输入量和数字输出量等。

在 DCS 中，实时数据库的生成是离线进行的。建立和修改实时数据库的方法有多种，常用的方法是利用通用数据库工具软件生成数据库文件，系统直接应用这种数据格式进行管理或采用某种方法将生成的数据文件转换为 DCS 所需求的格式。

（3）工业流程图画面的生成

DCS 具有丰富的控制和检测画面显示功能。利用工业流程图画面技术不仅具有模拟流程图屏的显示功能，而且将多种仪表的显示集于一个 CRT 显示器，这样通过若干台 CRT 显示器即可显示整个工业过程的多达上百幅的流程图，实现集中显示，达到纵览工业设备运行全貌的目的。DCS 的流程图画面技术支持各种趋势图、棒图和动态数据显示等。

工业流程图画面的内容可分为三种。一种为固定画面，反映生产过程的背景图形（如各种容器的轮廓、各种管道、阀门等）以及各种坐标及提示符等，这些图素一次显示出来，只要画面不切换，它们就不会改变。另一种为动态画面，图形随着实时数据的变化周期性地刷新，如各种数据显示、棒图等。还有一种为相关画面，在流程图画面上作为热键使用，用来快速打开所对应的其他画面或操作窗口。

（4）历史数据库的生成

所有的 DCS 都支持历史数据存储和趋势显示功能。历史数据包括模拟量、开关量和计算量，它们可分为短时数据（采样时间短、保留时间短的数据)、中时数据 (采样时间中等、保留时间中等的数据,如 24h 或 48h) 和长时数据 (采样时间长、保留时间长的数据,如 1 个月)。

历史数据库的建立有多种方式,较为先进的方式是采用生成方式,用户在不需要编程的情况下,通过屏幕编辑编译技术生成一个数据文件,在该文件中定义了各历史数据记录的结构和范围。多数 DCS 提供方便的历史数据库生成手段,以实现历史数据库配置。生成时,可以一步生成目标记录,再下载到操作员站、现场控制站或历史数据库管理站;或分为两步实现,首先编辑一个记录源文件,然后再对源文件进行编译,形成目标文件下载到目标站。

历史数据库中的数据一般按组划分,每组内数据类型、采样时间一样。在生成时对各数据点的有关信息进行定义。历史数据库的生成是离线进行的,在线运行时,用户还可对个别参数进行适当修改。

(5) 报表生成

大多数的 DCS 支持两类报表功能:一类是周期性的报表打印功能;另一类是触发性报表打印功能。周期性的报表用来代替操作工的手工报表,记录和打印生产过程的操作记录和一般统计 (求和、平均等) 记录;而触发性报表打印由某些特定事件触发,一旦事件发生,即打印事件发生前后的一段时间内的相关信息。

多数 DCS 提供一套报表生成软件,用户可以根据自己的需要和喜爱生成不同的报表形式。报表生成软件是人机会话式的,用户在 CRT 上生成一个表格,下装到操作员站,系统在运行时依此格式将信息输送到打印机上打印出来。在生成报表时,不仅要编制表格本身,还要建立起动态数据的相关信息。报表的格式是不变的,而报表内的数据则随着系统中数据的变化而变化。

一般在生成一张报表时,要确定以下三方面的内容。

① 公共信息。包括报表的种类、名称和形式 (各种线、框、框内文字说明等) 等内容。

② 周期性报表要确定的信息。包括打印时间及周期、表内各

数据点的名称、打印各点的取数间隔和打印点数、是否要打印统计值等。

③ 触发性报表要确定的信息。包括触发源、列表前后时间、数据点名称等。

思考与练习

7-1 DCS 的软件系统包括哪些部分?

7-2 现场控制站输入输出软件包括哪些部分?各具有什么功能?

7-3 简述数据采样周期的选择原则。

7-4 操作站的软件系统包括哪两大部分?

7-5 简述 DCS 的硬件组态和软件组态所包括的大致内容。

第8章 DCS的通信网络

学习目标

1. 了解DCS通信网络的特点。
2. 了解DCS控制系统的网络体系。
3. 了解DCS的实时局域网。

8.1 概　述

DCS的通信网络属于计算机系统中的局域网，是一个能够满足一个场所或数千米范围内有多个计算机互联要求的网络。

DCS的通信网络与一般的计算机网络的结构相同，都具有通信灵活和资源共享等优点。但是，由于DCS的网络是实时性的工业控制网络，其技术背景与一般的办公室用局域网不同，因此有其自身的特点，主要表现在如下几点。

（1）具有实时快速的响应能力

DCS通信网络的应用对象是实际的工业生产过程，它传送的主要信息是实时的现场过程信息和操作管理信息，因此要求网络必须具有很好的实时性。一般办公室自动化计算机局域网响应时间可在几秒（2~6s）范围内，而工业计算机通信网络的响应时间要求为0.01~0.5s，高优先级信息对网络存取时间应不超过10ms。

（2）可靠性高

DCS的通信系统必须连续运行，通信系统的任何中断和故障都可能造成停产，甚至引起设备和人身事故，从而造成巨大损失。因此，其通信网络必须有极高的可靠性。一般DCS的通信系统均采用双网冗余方式来提高其可靠性。

（3）适应恶劣的工业现场环境

工业现场存在各种干扰，如电源、电磁、地电位差和雷击等引起的干扰，因此，DCS 的通信环境比一般系统的环境要严酷得多。为了克服干扰，DCS 的现场通信系统采用了各种强抗干扰措施以便适应恶劣的工业现场环境。

8.2　DCS 的通信网络体系

在 DCS 发展初期，各厂家的 DCS 都采用专用的标准和协议，相互之间不兼容，不同厂家的 DCS 无法沟通。一方面，随着计算机网络技术的发展，通用的网络产品符合国际标准，其开放性、互联性增强；另一方面，用户和国际标准化组织也在不停地推动 DCS 网络向开放性和互通性方向发展；因此，目前 DCS 的开放式结构已日渐成为各厂家 DCS 市场竞争的条件和技术进步的方向。

多数 DCS 遵循如图 8-1 所示的 DCS 网络标准体系。

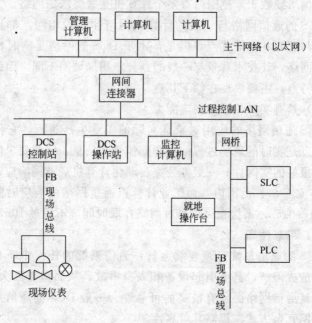

图 8-1　DCS 控制系统网络体系

在此体系结构中，网络最高级为主干网络（工厂管理级计算机），与上级管理部门联络，一般采用宽带高速以太网。第二级为过程控制局域网，一般采用中速基带数据高速通道，在局域网上各节点之间以同等级进行数据交换。最低一级为控制室 DCS 设备与现场安装的变送器和执行器等现场仪表之间相互连接的现场总线通信网络。各层网络之间的连接设备有中继器、路由器和网间连接器等，这些都是由 OSI 开放系统互联参考模型中的物理层来实现的。

8.3　DCS 的实时局域网

DCS 中各模件间的数据交换大多数基于同步串行通信方式。

在 DCS 的实时通信局域网中，通常要考虑网络的拓扑结构、传输介质的种类、通信控制方式和差错检验等因素。

（1）网络的拓扑结构

DCS 广泛采用可靠性高的总线形网络结构。在早期的 DCS 中也曾使用过星形网络结构，这种结构的网络响应速度很慢，现在已很少采用。在比较大的 DCS 中，为提高其通用性，常把几种网络结构结合在一个系统中，发挥各自的优点。如使用图 2-4（a）所示的环形网络和总线形网络相结合的系统结构，图 2-4（b）所示的总线形网络和星形网络相结合的系统结构。

（2）网络传输介质

目前 DCS 较多采用的是同轴电缆，宽带同轴电缆（如 TDC-3000 中）和基带同轴电缆（如 CENTUM 中）都有使用。光缆由于其成本较高，在现行的 DCS 中使用不是很普遍。双绞线的抗干扰能力不如同轴电缆和光缆，尤其不适用于输送较长距离和要求高速传送数据的场合。

（3）网络通信控制方式

目前 DCS 在通信控制方式方面主要采用令牌传送控制方式和载波侦听多路送取及冲突检测（CSMA/CD）方式。

令牌传送控制方式是网络中各节点可循环得到令牌，持有令牌的节点才有权发送信息。在网络中只有一个令牌，所以不会发生碰撞情况，实时性好，为许多 DCS 所采用。

67

CSMA/CD 方法采用总线结构形式，在总线下各节点都有权发送信息，因此很容易发生在同一时间各站都要发送信息的问题。特别是在装置发生事故或开停车期间，会有大量数据信息量请求发出，使数据通道交通十分拥挤甚至发生堵塞。因此，一般认为这种方法的实时性较差。为了解决这个问题，有些公司采取提高传输速率的方法；有些公司采取设立例外死区的方法，当发信站要发出的数据值超过预定值时才允许上网发出，没有超过规定值时，只在一定间隔周期报送一下刷新信息，平时就不发送，以此来减轻网络上的通信负担。

无论是自由竞争的 CSMA/CD 方式，还是令牌传送控制方式，信息的发送和接收都是采用广播方式。它没有主从站之分，在一段时间内，只有一个节点在发送信息，其余各节点都在侦听，需要该节点的信息就接收下来，不需要该节点的信息就不接收。在令牌传送控制方式中，发送完毕的节点把令牌交给下一个节点。如果接收节点时正好有故障，就顺延到下一个节点循环下去。

（4）差错检验

差错控制通常有奇偶校验、双坐标奇偶校验和循环冗余校验（CRC）等几种。

奇偶校验，是在每个 7 位的代码字符上都加上一个校验位，组成单数的 1（奇校验）或双数的 1（偶校验），在接收端中设有适当部件检测每个含单数位错误的字符。这是最简易的方法，它的缺点是：不能检出含双数位的错误字符，在接收端不能通知发送端有错误而要求重发。

双坐标奇偶校验，是上述奇偶校验的扩展，它是在每一数据块的后面加上一个块校验字符，使每个数据字符有两个奇偶校验。每个字符本身进行奇偶校验，并且连同块校验字符一起进行第二次奇偶校验。块校验字符的第一个位对应校验数据块内所有字符的第一个位，块校验字符的第二个位对应校验数据块内的第二个位，其余类推。这其中每个字符本身的奇偶校验位称为水平校验位，块校验字符的校验位称为垂直校验位。

循环冗余校验（CRC），是先把输入数据设想为一个高阶多项式 P，然后用预定的生成的多项式 G 的最高次项乘 P，得到 P′，将 G 除 P′获得商数多项式 Q 及余数多项式 P″。P″作为 CRC，并将 P″与 P′相加后传输。在接收端，利用与发送端相同的 G 去除所接收到的 P″＋P′。如果能被除尽，表示无差错，否则表示有错。这是一种较精确的检验误码率的方法，被 DCS 广泛采用。

　　总之，在 DCS 的实时局域网中，广泛采用总线形网络结构、同轴电缆传输方式、令牌传送控制方式和 CRC 差错检验。

思考与练习

8-1　DCS 的通信网络与一般办公室用的局域网相比较有哪些特点？

8-2　DCS 中常用哪种通信方式？

8-3　简述 DCS 实时局域网中所采用的网络拓扑结构、传输介质、通信控制方式和差错检验方式。

第 9 章　TDC-3000 集散控制系统简介

学习目标

1. 掌握 TDC-3000 系统的构成知识。
2. 了解 LCN 网络、UCN 网络的通信特点。
3. 了解 LCN 网络、UCN 网络上所挂接的设备及其功能。
4. 基本掌握 TDC-3000 系统的硬件组成知识。
5. 掌握网络节点地址的设定规则。
6. 了解 TDC-3000 系统应用软件的组态功能。
7. 了解 TDC-3000 系统常见故障，掌握排除故障的方法。

TDC-3000 是美国 Honeywell（霍尼韦尔）公司的一种集散控制系统。它的前身是该公司在 1975 年推出的世界上第一套集散控制系统 TDC-2000。经过多年的发展与完善，先后增加了局域控制网 LCN（local control network）及网络节点、万能控制网 UCN（universal control network）及网络设备，并将原来的 TDC-2000 改造为 TDC-3000 Basic，即 Data Hiway，使其成为 TDC-3000 的一部分。

新老系统兼容是 TDC-3000 系统的一个非常显著的特点，原有基础上的系统和设备都可以连接在今天的新系统中使用，大大地方便了应用，节省了投资。

9.1　系统基本结构

从 1975 年开始到现在，TDC-3000 系统历经了连接现场模拟仪表的 TDC-2000、可连接现场智能仪表设备的 TDC-3000、具有采用数字集成技术现场仪表的 TDC-3000^X，到现场总线集成于 DCS 的 TPS 和 PKS 系统，成为一种功能强大、配置灵活、结构开放，集营销和生产信息、先进过程控制、优化、全厂历史数据以及

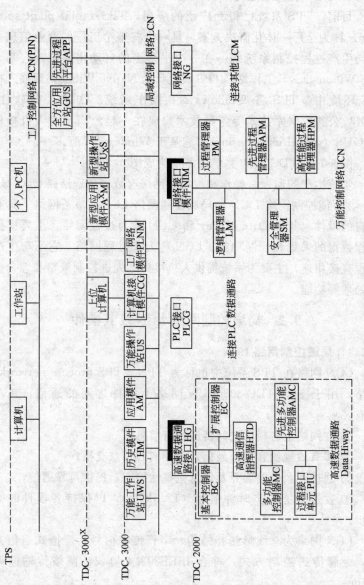

图 9-1　TDC-3000 系统基本构成

信息管理于一体的自动化系统。

目前，TPS 系统已得到广泛的应用。TPS（total plant solution）称为全厂一体化解决方案，是一个将整个工厂的商业信息系统与生产过程控制系统统一在一个平台上的自动化系统。它基于 MS Windows NT 工作站，TPS 被设计为 Native Window 而嵌入在 NT 环境中。TPS 将 Windows NT 操作系统、OLE 公共软件、ODBC 公共数据库技术等各种技术集成在一起。TPS 的人机接口是 GUS（global user station），它基于 Windows 界面。

图 9-1 是 TDC-3000 系统的基本构成图。

实施生产的监视、操作和控制的网络有数据高速通路 Data Hiway、万能控制网络 UCN 和局域控制网络 LCN，每条网络上具有各自的模件。其中 Data Hiway 和 UCN 称为过程网络，主要提供过程数据的采集和控制功能；LCN 称为非过程网络，它不与生产过程直接相连，主要为系统提供人机接口、先进控制策略和综合信息处理等功能。

9.2　局域控制网络 LCN 及其模件

9.2.1　局域控制网络 LCN

LCN 网络在 TPS 系统中也称为 TPN（TPS process network）网络，用于支持 TDC-3000LCN 网络上模件之间的通信，其功能有：

① 在网络上各模件之间传递所有信息；

② 按有效规约和高速通信，保证实时信息交换；

③ 通过冗余传输媒介及信息完整性检查，提供可靠通信；

④ 发送系统同步时钟信号（12.5kHz），以保持各模件时间同步。

LCN 网络为总线形拓扑结构，串行传输信号，广播式通信方式，令牌传送控制方式，符合 IEEE802.4 协议，网络传输速率 5Mbps。

LCN 网络采用 75Ω 宽带同轴电缆，长度不超过 300m，最多可挂接 40 个节点。若采用光缆扩展，最长通信距离可达 4.9km，最多可挂接 64 个节点。

LCN 通信电缆冗余配置（LCNA/B），自动切换，也可手动切换。LCN 网上所有模件均有两个 LCN 接口（LCNA、LCNB），对两条冗余电缆均有发送和接收电路。当一个发生故障，另一个备用的就接替。两条通信电缆与 LCN 节点的接口必须严格对应，即 A 通信电缆只能与标有 LCNA 的接口相连接，B 通信电缆只能与标有 LCNB 的接口相连接，否则 LCN 网络会发生通信故障，导致 LCN 网络部分或全部死机。

9.2.2　LCN 网络上的模件

（1）US 万能操作站

US（universal station）是 TDC-3000 系统主要的人机接口，它为操作人员、管理人员、工程师及维护人员提供了综合性的窗口。

① US 硬件。US 的硬件由主机、21″（54cm）高分辨率彩色显示器、操作员/工程师键盘、键锁，以及卡盘驱动器和打印机等外部设备组成。操作站的键锁有 OPR、SUP 和 ENG 三挡，用于确定和限制操作权限，分别代表操作员、工段长和工程师三种级别。

主机由 K_4LCN 微处理器板、SIO 串行接口卡、EPDG 增强显示驱动卡、KLCNA LCNA 接口卡、KLCNB LCNB 接口卡和 EPDG I/O 外设接口卡组成，前三块卡安装于机架的正面，后三块卡安装于机架的背面。通常称 K_4LCN 为主板，EPDG 为属性板。LCN 网络上各模件的主板型号相同，但属性板各不相同，可通过属性板区别 LCN 网络上的各种模件。

② US 系统软件。US 的系统软件分为操作员属性软件和万能属性软件。

操作员属性的系统软件包括系统正常操作的全部功能。利用该软件操作员可以进行各种操作。利用系统标准的操作画面、报警画面、用户显示画面，操作员可及时有效地对装置的整个生产过程进

73

行监视和控制。

万能属性的系统软件除包括操作员属性功能外，还包括了建立过程数据库的全部功能。

US 的系统软件具有以下特点。

a. 不同优先级别用户之间的操作不会相互影响。

b. 操作员不能改变系统组态控制算法。

c. 改变操作的属性只需重新启动，装入所需属性软件。当装入万能属性软件时，只需改变键锁的位置即可使系统选择可操作级别。

③ US 的功能。US 操作站具有操作员属性、工程师属性和万能属性三种操作属性，具有系统和过程操作的功能、过程工程师功能和系统维护功能。

当 US 内装入操作员属性软件且键锁在操作员位置时，具有系统和过程操作的功能。功能包括：对生产过程进行监视和控制、信号报警和报警打印、趋势显示和打印、日志和报表打印、流程图画面显示、系统状态显示、系统功能显示、用操作软件和数据库装载其他系统软件等。

当 US 内装入万能属性软件且键锁在工程师位置时，除具有系统和过程操作的全部功能外，还具有过程工程师功能。功能包括：网络组态、建立过程数据库、建立流程图画面、编制自由格式报表、编制控制程序、从存储媒介或硬盘中装载操作软件和数据库、装载 Honeywell 支持的其他软件等。

当 US 内装入万能属性软件且键锁在工程师位置时，调出系统维护主菜单，能实现系统维护功能。功能包括系统硬件状态显示、系统故障诊断、显示和打印故障期间的信息等。

(2) U_XS 新型万能操作站

U_XS 是 TDC-3000^X 系统主要的人机接口，提供带有 X-Windows 和 Unix 开放操作系统窗口。U_XS 也是 PIN 网上的服务模件，可以与在 X-Windows 环境下用工厂标准网络通信协议的 LCN、UCN、PIN 网上的设备进行通信，并且对 PIN 网上的设备进行操作。

X-Windows 系统允许用户在不同计算机平台上分享数据，多个设备的数据可在同一个 CRT 屏幕上打开几个窗口进行显示。

U_XS 与 US 操作相同，U_XS 可以进入 X-Windows 环境操作。

① U_XS 硬件。U_XS 机架的正面装有 K4LCN-8 微处理器板、WSI2 协处理器板、HDDT 硬盘和 TPDG 显示器外设支持卡。机架反面装有接口板：LCN I/O——提供 K4LCN 板与 LCN 的接口；WSI2 I/O——协处理器接口；HDDT I/O——硬盘驱动器的输入输出连接；TPDG I/O——TPDG 板与子系统的接口。各卡件在机架中安装排列位置如表 9-1 所示。

表 9-1　U_XS 硬件排列

槽路号	前面	背面
5	TPDG	TPDG I/O
4		
3	HDDT	HDDT I/O
2	WSI2	WSI2 I/O
1	K4LCN-8	LCN I/O

② U_XS 的系统软件。US 的系统软件同样具有操作员属性软件和万能属性软件。另外，U_XS 包括两个处理器，一个是 LCN 节点处理器，支持 TDC-3000 功能；另一个是 Unix 协处理器，通过以太网进入开放系统环境。U_XS 具有 WSI2 协处理器板，这是 U_XS 区别于其他 LCN 节点的明显之处。

Honeywell 开发的 X 侧应用软件所具有的功能：支持网络的数据交换，用于 X 侧与上位机之间的通信；可在上位机上用 X 仿真终端显示流程图画面；支持全厂数据库系统。

③ U_XS 具有如下特点。

a. 支持双操作系统。运行 TDC-3000^X 过程操作监控系统，并可灵活进入 X-Windows 和 Unix 开放操作系统。

b. 窗口管理。可在一个显示器上同时显示管理多个画面，在显示屏幕上可放大、缩小、移动 LCN 窗口。

　　c. 工作站/服务器管理。通过连接 LAN 网与非计算机系统进行通信。

　　d. 多个 PIN 窗口。在访问 TDC-3000^X 系统的同时可访问多个非 TDC-3000^X 计算机系统。

　　e. 安全返回。当 Unix 侧运行失效时，确保 LCN 侧正常工作，LCN 窗口不消失。

　　f. 系统安全性。限制用户级别，将 TDC-3000^X 系统与开放系统环境隔离。

　　(3) GUS 全方位用户操作站

　　是 TPS 系统的人机接口，基于 MS Windows NT 工作平台的 Native Window 窗口，用于整个 TPN（LCN）系统的信息访问。过程信息通过实时 TPN（LCN）网络访问，工厂信息通过 PCN（PIN）网络访问。GUS 支持过程操作和过程工程师组态及设计功能。GUS 具有本地窗口、新流程图和安全视窗。本地窗口是 GUS 的一个窗口，可显示 TPS 网络通用工作站中的流程图或经翻译后的流程图。安全视窗是指通过窗口管理器可以进行组态，确保关键窗口不被覆盖。

　　GUS 采用 PC 机作为操作站。每台 GUS 通过 LCNP 或 LC-NP4 接口与 LCN 网连接，通过 Ethernet 10/100BaseT 与 PIN 网连接。

　　GUS 系统软件包括操作员属性软件和工程师属性软件。

　　操作员属性软件支持标准显示和用户显示、在线实时控制、多窗口显示和安全视窗等过程操作功能。

　　工程师属性软件支持如下几点。

　　① 动态数据交换。将工厂信息与企业层信息结合起来，工程师通过办公室 PC 机可直接访问 TPS 网络上的数据，进行分析、打印等工作。

　　② 作图工具。新型的作图工具 Display Builder 为工程师提供了一个强有力的用户画面编制工具。同 US 中的作图工具相比，

Display Builder 有了很大改进，拥有丰富的图形库，使得图形调用方便；具有图形拖拉功能，图形移动方便、节省绘图时间；以 VB 为基础的编程语言，使用方便；可在画面中嵌入电子表格、安全性文件和紧急指示等。

③文件转换器。允许工程师观察 GUS 中的历史模件，历史模件作为驱动器将历史模件文件显示在 Windows NT 文件管理器中，工程师可使用标准文件管理器功能来管理历史文件。

④ 画面转换器。将 US 和 U_XS 中的画面转换到 GUS 中，提供操作员熟悉的画面。

（4）UWS 万能工作站

UWS（universal work station）是 TDC-3000 系统的候补人机接口，它具有万能操作站的全部功能，但是为办公室环境而设计的。其外形很像一台个人电脑，可以放在办公室，其组成中包括一张桌子，工作站的各种电子卡件和设备安装在作为桌脚的设备箱中，键盘、显示器和鼠标都放在桌面上。目前厂家已不再销售此产品，但系统仍支持这个节点。

（5）HM 历史模件

HM（history module）是 TDC-3000 系统的大容量存储器，是历史数据、应用软件和系统软件等的存储地。

HM 的硬件由 K4LCN 微处理器、SPC 温盘驱动器控制板、HDDT 硬盘以及相应的接口卡件组成。各卡件在五槽模件机架中安装排列位置如表 9-2 所示。

表 9-2 HM 硬件排列

槽 路 号	前 面	背 面
5	HDDT	WDI
4		
3		
2	SPC	SPC I/O
1	K4LCN	KLCNA,B

HM 可配置 1～2 个冗余或非冗余的温彻斯特（winchester）硬盘。硬盘驱动器托盘放置在槽路 4 和 5 中，每个托盘可装有 2 个 3.5in（1in＝0.0254m）的硬盘驱动器。主驱动器安装在右侧的托盘中，冗余驱动器安装在左侧的托盘中。不冗余的历史模件没有左侧的托盘。图 9-2 为 HM 硬件及安装示意图。

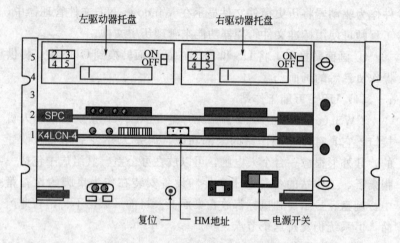

图 9-2　HM 硬件及安装示意图

在双节点卡件箱中，HM 安装示意图如图 9-3 所示。

HM 的系统软件包括在线（On-line）（操作）属性软件和离线（Off-line）（初始化）属性软件。这两种属性的软件不能同时驻留于 HM 中。

HM 在线（HMO）属性是 HM 的正常属性，用于支持所有系统活动，提供所有节点的文件服务功能，并进行历史数据的采集和存储。

HM 离线（HMI）属性是 HM 的特殊属性。运行 HM 离线属性时，HM 不响应系统其他节点的服务请求，也不进行历史数据的采集和存储，只用于 HM 自身的工作，即 HM 初始化和 HM 故障修复后的数据恢复。

HM 主要用于存储以下信息。

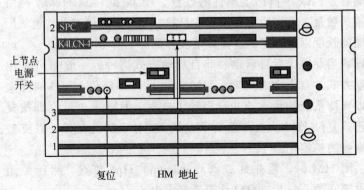

(a) 上节点卡件箱中的历史模件 (HM)

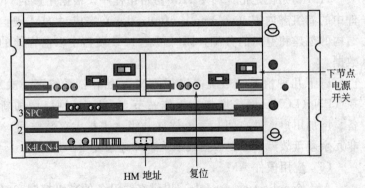

(b) 下节点卡件箱中的历史模件 (HM)

图 9-3　HM 硬件及安装示意图（双节点卡件箱）

① 过程历史数据。包括连续的过程瞬时值或平均值数据、过程事件和系统事件等日志。

② 应用软件。包括用户图形、应用数据库文件、用户文件、系统组态文件和控制语言程序等内容。为了方便操作和维护，这些应用软件都存放在 HM 中用户自定义的用户卷或用户目录中。

③ 系统软件。在系统启动后应将所有系统软件拷贝到 HM 中，以便在需要时装载。

存储在 HM 中信息的容量与下列因素有关：需装载软件备份

79

的存储容量、LCN 网络上模件的数量、UCN 和 Data Hiway 网络上设备的数量、需作历史存储的变量数、用于瞬时值和平均值的历史存储器长度以及所需的事件日报表容量等。

HM 启动方式有自启动和非自启动方式两种。一般 HM 采用自启动方式。自启动方式时，HM 上电后，自装载 HMO 属性文件，以支持系统的请求。非自启动方式时，HM 上电后立即按复位按钮，复位 HM 一次，然后手动装载 HMI 属性文件，以支持 HM 本身的初始化。

关闭 HM 时，需先卸载（shutdown）HM 节点，然后关闭 HM 电源开关。5s 后，HM 才可重新上电。

HM 初始化是指：利用 HM 初始化程序，根据用户的 NCF 文件中的卷组态内容（volume configuration）完成对 HM 硬盘目录结构的创建和空间的分配，同时覆盖 HM 硬盘中以前存储的全部数据。

以下几种情况时系统需进行 HM 初始化：系统第一次建立、在 TPN（LCN）网络增加非操作站节点、UCN 网络增加新的设备、增加用户文件空间、系统软件升级（需扩大存储空间）、HM 非冗余硬盘故障、历史数据或系统事件记录改变。

（6）应用模件 AM

AM（application module）提供在线设备的高级控制和复杂计算。其硬件包括微处理器卡 K4LCN-4、LCNI/O 输入/输出接口卡等部件组成，在五槽模件箱中与其他模件一样安装在 1 槽路，在双节点卡件箱中，既可安装在上节点的 1 槽路，也可安装在下节点的 1 槽路。若 AM 冗余配置，则还包括 EAMR 冗余卡。AM 在双节点卡件箱中的安装见图 9-4。

AM 的功能主要包括如下几点。

① 控制功能。对于一些特殊的工艺过程，当过程控制器（如 HPM、AMC）等无法完成工艺要求的控制功能时，使用 AM 的控制功能可以灵活地满足复杂控制的要求。AM 进行高级控制是上位控制，AM 不是直接和工艺过程相连，而是读取和过程连接的控制

器的值进行高级控制运算，再将运算结果写入与过程相连接的控制器中以完成高级控制。

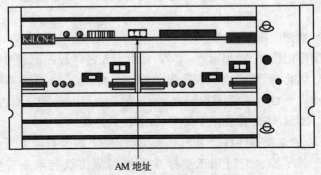

AM 地址

(a) 上节点卡件箱中的应用模件 (AM)

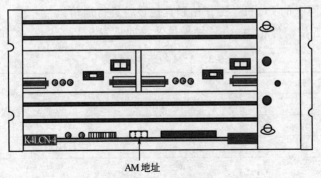

AM 地址

(b) 下节点卡件箱中的应用模件 (AM)

图 9-4　AM 卡件安装（双节点卡件箱）

② 运算功能。AM 有完善的标准控制算法，可用于一般高级控制。对于一些更高级的控制，可借助于功能丰富的 AM 控制语言 CL/AM 来完成。CL/AM 具备了功能强大的运算能力，用户可针对过程编写复杂的运算程序或优化程序。除此之外，AM 还运行 Honeywell 提供的专用软件包，包括 Looptune II 用于优化整定 PID 参数的自整定软件包、HPC 多输入单输出预测控制软件包、SPQC 统计及质量控制软件包，以及用于透平发电机管理的控制程

序等。

③ 通信功能。通过 AM 实现两条 UCN 网络之间的设备通信。另外，UCN 和 Data Hiway 网络上设备间的通信也通过 AM 来完成。

（7）新型应用模件 A^XM

新型应用模件 A^XM 优于 AM，是用于先进过程控制或对其他软件进行优化的 TDC-3000^X 系统的应用平台。A^XM 利用 AM 作为基础功能平台，采用 HP-Unix 操作系统和 HP 的 RISC 协处理器技术。RISC 协处理器用于与 Unix 系统的连接。

A^XM 的双接口硬件使其既作为 LCN 网上的节点，也可作为 PIN 网上的节点。它可用工业标准网络通信协议与单条或多条 LCN 网上的模件进行通信；与 UCN 网上的过程设备通信；与登记在 PIN 网上的 PC 机、工作站和其他设备进行通信。

在五槽模件箱中 A^XM 的硬件及排列见表 9-3。

表 9-3　A^XM 的硬件及排列

槽 路 号	前 面	背 面
5	应用板选件	
4	HDDT	
3		HDDT I/O
2	WSI2	WSI2 I/O
1	K4LCN-8	ICN I/O

（8）高速数据通道接口 HG

HG（Hiway Gataway）是 LCN 网与 Data Hiway 网的接口，负责 LCN 与 Data Hiway 设备间数据传输和格式转换，具有通信、数据管理、诊断、报警和时间同步等功能。HG 的硬件包括带 2M 内存的高性能管理器 HPK2-2、低功耗的 LCN 卡 LLCN、高速数据通路接口板 DHI（Data Hiway Interface）等。

（9）网络接口模件 NIM

NIM（network interface module）是 LCN 网和 UCN 网的接

口，它既是 LCN 网络上的模件，也是 UCN 网络上的设备。它将 LCN 网和 UCN 网之间不同的通信规约和方式进行有效转换，以实现数据的有效传输。LCN 网上的模件通过 NIM 对 UCN 网上的设备进行数据读写，将程序和数据库装载到过程管理器；UCN 网上的设备产生的报警和操作提示信息也可以通过 NIM 传送到 LCN。LCN 和 UCN 之间的时间同步由 NIM 进行处理，NIM 将 LCN 网的时间向 UCN 网传播。为了增加安全性，NIM 通常冗余配置。

　　NIM 的硬件构成见表 9-4。在双节点卡件箱中既可采用上节点安装，也可采用下节点安装。

表 9-4　NIM 硬件及排列（双节点卡件箱）

上节点安装			下节点安装		
槽路号	前面	背面	槽路号	前面	背面
2	EPNI	MODEN	2		
1	K4LCN-4	LCN I/O	1		
电源		电源	电源		电源
3			3	EPNI	MODEN
2			2		
1			1	K4LCN-4	LCN I/O

　　(10) LCN 网络接口 NG

　　NG（network gateway）作为网间连接器，通过专用的 PIN 网连接两个或更多的 LCN 系统。最多可以连接 64 个这样的专用 PIN 网。NG 由 1 块 K4LCN-4 微处理器卡和 2 块 NGI（network gateway interface）网络接口板构成。NGI 提供用于连接到专用 PIN 网的接口。在双节点卡件箱中，卡件的安装位置如图 9-5 所示。

　　(11) 计算机接口模件 CG 和工厂网络模件 PLNM

　　CG（computer gateway）提供 LCN 与非 TDC-3000 系统的计算机之间的连接通道。它的主要功能是为 LCN 与上位机提供标准接口，使上位机能够与 TDC-3000 进行实时通信，能够进行优化控制、编制各种报表、完成生产的调度和管理等任务。采用的软件是

CM50S。CG 由微处理器卡 K2LCN-2 和计算机接口卡 CLI（computer link interface）构成，在双节点卡件箱中分别安装在上节点的 1、2 槽路或下节点的 1、3 槽路。

下节点卡件箱中的网络接口(NG)

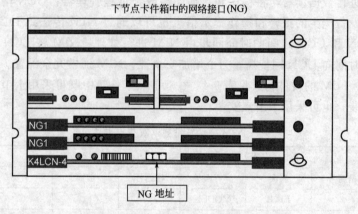

图 9-5　NG 硬件及安装位置

PLNM（plant network module）是 LCN 网络与 PIN 网络之间的通信接口，完成数据双向通信，包括实时数据和历史数据的读写，发送接收信息以及文件传输。PLNM 采用的软件可以是 CM50N，也可以是 CM50S。PLNM 由微处理器卡 K4LCN 和计算机网络接口卡 CNI（computer network interface）构成。

CG 和 PLNM 都属于 LCN 网络上的计算模件 CM（computing module）。如果系统中存在 CM，通常只有 CG 和 PLNM 中的一个，而非两者都有。

（12）先进过程平台 APP

APP（advanced processing platform）提供 AM 的所有功能。另外，APP 提供高性能的基于协处理器的 Windows NT，可以下列两种方式使用：①在基于协处理器的 Windows NT 上执行预先建立或用户开发的方案；②作为信息收集器及发生器，为开放系统用户服务。

（13）可编程序控制器接口 PLCG

PLCG（programming logic controller gateway）为非 Honey-well 可编程序控制器提供 LCN 的接口，支持实时数据访问。

9.2.3　LCN 网络节点地址设定规则

LCN 网络节点地址在每个模件的主板 K4LCN 板上用跨接片（Jumper）设定。其设定规则是：

① 跨接片拔出有效，即 Jumper Out＝"1"（逻辑 1）；

② 跨接片拔出的数目为奇数；若为偶数，则用地址设定的最高位补成奇数，即实现奇校验；

③ 主设备地址小于冗余设备地址；

④ 节点的软件地址与硬件地址相同。

NIM 既是 LCN 网络上的节点，也是 UCN 网络上的节点。NIM 的 LCN 地址在 K4LCN 板上设定，UCN 地址在 MODEM 板上设定。

9.3　Data Hiway 高速数据通路及其设备

9.3.1　Data Hiway 通信网络

Data Hiway 是原 TDC-2000 的网络，现为 TDC-3000 Basic 系统，是过程网络的一种。Data Hiway 每条高速数据通路可挂接 28 台设备，网络传输媒介采用 75Ω 同轴电缆，通信速率为 250Kbps。Data Hiway 网络及其接口模件 HG 都采用 1∶1 冗余配置。

Data Hiway 采用总线形结构和广播式通信方式，采用"有主"优先存取和定时询问方式进行通信，由通信指挥器 HTD 来指挥和协调。优先存取指在系统中所有的 Data Hiway 设备按其通信优先权分为优先设备、询问设备和只答设备三类，优先设备一般指操作站和过程上位计算机，只有它们不占用 Data Hiway 网络时，其他设备才可以进行通信。定时询问方式专指询问设备对优先设备进行的通信。通信系统中询问设备最多 27 台，HTD 通过询问方式查找需要使用 Data Hiway 的询问设备。

系统通过自诊断判断出通信故障并进行备用 HTD 和 Data Hiway 网络的切换。

9.3.2　Data Hiway 网络上所挂接的设备

（1）基本控制器 BC

BC（basic controller）是 Data Hiway 中最基本的用于连续过程控制的现场控制单元。它采用专用微处理机，可同时控制 8 个回路。BC 具有 28 种控制算法，供用户组态时选择使用。BC 采用 8：1 冗余配置，以实现不间断自动控制。BC 配备简易人机对话装置数据输入板 DEP（data entry panel），可以读出 BC 的全部输入、输出、变量、常数和进行操作修改。

（2）扩展控制器 EC

EC（extended controller）提供与基本控制器相似的功能，可同时控制 16 个回路，以 1/2s 为一循环周期；同时具有 16 点的数字输入。

（3）多功能控制器 MC

MC（multifunction controller）是 Data Hiway 的主要控制模件，具有连续控制、输入输出监控、逻辑控制和顺序控制等功能，既适用于连续过程，又适用于半连续过程、批量过程，因此也称其为批量控制器。MC 可同时控制 16 个连续回路，具有 24 种标准算法（取消了 BC 中 4 种不常用的算法）。MC 的逻辑控制功能由逻辑块实现。MC 的顺序控制功能由顺序控制槽路完成，采用面向顺控的过程语言 SOPL 编制程序以实现顺序控制功能。

（4）先进多功能控制器 AMC

AMC（advanced multifunction control）是 MC 的改进型产品，在控制性能和可靠性方面都有较大的提高。AMC 比 MC 的处理速度快一倍。可以采用 CL/MC 控制语言编制最多 16 个顺序程序，每个顺序程序都可以独立运行。

（5）高速通信指挥器 HTD

HTD（high traffic director）是 Data Hiway 通信系统的中枢，负责进行网络上各功能模件之间的通信协调和指挥工作。一个 HTD 可挂接三条 Data Hiway，总共可接 63 台设备。HTD 能重复各站的通信信息，分配各站的通信优先权，判别各单元请求通信的状态，并准予进行通信。重复通信方式是 HTD 的重要功能，它可使任一条信息在三条 Data Hiway 上重复通信，使每条 Data Hiway 上的所有设备都有监视其信息的机会。

（6）过程接口单元 PIU

PIU（process interface unit）是 Data Hiway 设备中的智能输入输出设备，是完成数据采集、数字开关控制以及 DDC 控制作用的智能终端。它有以下三种类型。

① 高电平过程接口单元 HL-PIU。可用于现场 4～20mA 或 1～5V 变送器信号以及脉冲信号的采集，同时具有数字输入/输出（开关量）处理能力。其连续扫描的速度高达 400 点/s，适用于扫描速度要求高和需要进行 DDC 控制的场合。

② 低电平过程接口单元 LL-PIU。仅具有输入功能，适用于对低电平信号、输入点较多而集中的场合进行数据采集。它可接收 64 点模拟输入信号，包括热电偶、热电阻、4～20mA 或 1～5V 标准信号或其他电压信号。具有热电偶冷端温度补偿、各种输入线性化处理、报警监视、热电偶断路诊断等功能。扫描的速率为 160 点/s。

③ 低能量过程接口单元 LE-PIU。与 LL-PIU 一样具有模拟输入功能。采样速率较低，仅为 16 点/s。主要用于构成本安系统，在危险场所采集各种热电偶、热电阻等低电平信号。

9.4　UCN 网络及其设备

9.4.1　UCN 网络概述

UCN 网络与 Data Hiway 一样是过程控制网络，执行数据采集、回路控制和过程管理等功能。网络采用总线形网络结构，令牌传送，串行信号传输，传输速率为 5Mbps，兼容 IEEE802.4 和 ISO 标准通信协议。网络支持点对点（peer to peer）通信，使得网络上的过程管理器可以互相通信，互享信息，灵活实现各种控制策略。UCN 网络采用冗余通信电缆，最多可挂接 32 对冗余设备。每条 LCN 最多可带 20 条 UCN。

87

9.4.2　UCN 网络的组成

UCN 网络的组成部件有：电缆（包括主干电缆和分支电缆）、TAP 电缆连接器、终端电阻和过程设备。

（1）电缆

UCN 电缆是冗余的，通过它连接 UCN 网上的设备。电缆有 A、B 两条，其中一条为 UCN A 电缆，另一条为 UCN B 电缆，在任何一个时刻，只能有一条电缆接收或发送数据，另一条电缆处于备用状态。主干电缆是 UCN 网络的主干道，它在发送设备和接收设备之间传递信息。主干电缆使用 RG-11 型同轴电缆，采用 MAP 协议进行区域间的信息传递。UCN 网络上的设备都使用分支电缆及 TAP 接在主干电缆上。分支电缆使用 RG-6 型同轴电缆，采用 MAP 协议传递信息。图 9-6 为 UCN 网络的拓扑结构。

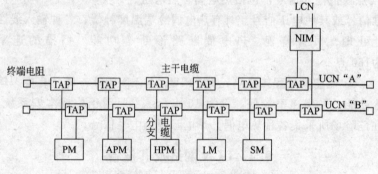

图 9-6　UCN 网络拓扑结构

（2）TAP 电缆连接器

TAP 连接主干电缆和分支电缆，用于将过程设备连接到 UCN 网络上。每个 TAP 上有 2 个主干电缆接头，有 2 个、4 个、6 个或 8 个分支电缆接头，因而具有 4 种形式。TAP 内的感容耦合变压器实现 TAP 和电缆之间的隔离，从而使各个连接在 UCN 网络上的设备间相互隔离，这种隔离使得在 UCN 网络上的某一设备失效时，不至于影响到网络上的其他设备。

（3）终端电阻

所有未使用的 TAP 接头都需要接 75Ω 的终端电阻，包括未用的主干电缆接头和分支电缆接头，以使 UCN 网络能够正常工作。主干电缆和分支电缆的终端电阻是通用的。

（4）过程设备

UCN 网络上连接以下四类设备。

① 网络接口模件 NIM。

② 过程管理器 PM（process manager），先进过程管理器 APM（advanced process manager），高性能过程管理器 HPM（high performance process manager）。

③ 逻辑管理器 LM（logic manager）。

④ 安全管理器 SM（safety manager）。

在连接 UCN 电缆时应注意以下原则。

① TAP 的隔离端与非隔离端应顺次相连。

② TAP 的空端（即不用的端子）要接 75Ω 的终端电阻。

③ 主、冗余设备的电缆 A 或 B 必须接到同一个 TAP 上。

④ A 电缆与设备 A 接口相连接，B 电缆与设备 B 接口相连接。

与电缆相关的问题常常是因为不正确的连接。不正确的连接将导致湿气的窜入，使电缆的连接出现问题。这种错误在网络连接的初期也许并不能发觉，然而在 3～6 个月后就会出现电缆故障，从而导致通信失败。UCN 的连接需要一定的预紧力，安装时要使用 Honeywell 提供的力矩扳手。图 9-7 为 UCN 网络连接示意图。

9.4.3　UCN 网络上的设备

9.4.3.1　过程管理器 PM

PM 完成数据采集和控制功能，包括常规控制、逻辑控制和顺序控制等功能。其主要特点如下。

① 集数据采集和控制功能于一体。

② 支持网络上设备间的点对点通信。

③ 模件采用多微处理器，并行处理各自的工作过程，通过 I/O

链路接口处理器与 I/O 子系统之间进行联系。

④ 系统采取了一系列措施来提高其可靠性，如 PM/APM/HPM 模件的可选冗余、低功耗 CMOS 器件、通用标准芯片、并行电源、容错技术等。

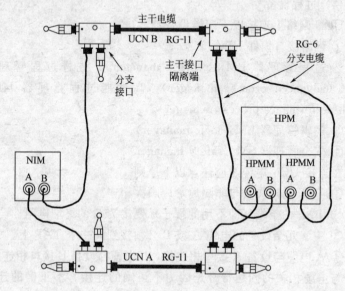

图 9-7 UCN 网络连接图

PM 的基本结构如图 9-8 所示。

（1）PM 功能

PM 由过程管理器模件 PMM（process manager module）和 I/O 子系统两大部分组成。PMM 由通信处理器和调制解调器、I/O 链路接口处理器以及控制处理器等构成，各部分实现的主要功能如图 9-8 所示。I/O 链路接口处理器是 PMM 连接 I/O 子系统的接口。I/O 子系统由一个冗余的 I/O 链路和最多 40 个主 I/O 处理器 IOP（I/O Processor）组成。所有的数据采集和预处理工作，如数据获取、工程单位转换、报警等都由 IOP 完成。

PM 的功能可归纳为输入输出处理功能、控制功能和报警功能三个方面。

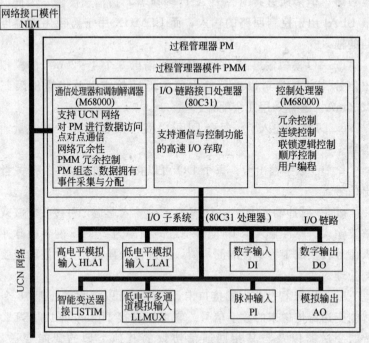

图 9-8　PM 系统结构图

① 输入输出处理功能。PM 的输入输出处理功能在 I/O 子系统中通过各种 I/O 卡实现。PM 提供 9 种输入输出卡件，其类型和信号如下。

a. HLAI 高电平模拟输入卡。每个 HLAI 可接收和处理 16 点 1～5V、0～5V、4～20mA、10～50mA 和滑线电阻等信号。可以冗余配置。

b. LLAI 低电平模拟输入卡。每个 LLAI 用来接收和处理 8 点热电偶或热电阻模拟输入，每个通道有单独的 RTD 电源和开路检查，有单独的 A/D 转换器。LLAI 可以进行热电偶冷端温度补偿，还能根据不同分度号的热电偶输入自动改变 A/D 转换器的增益。

c. LLMUX 低电平多通道模拟输入卡。每个 LLMUX 可接收和处理 32 点热电偶或热电阻模拟输入。与 LLAI 相比，它的处理

91

点数多，但多通道共用一个 A/D 转换器，扫描速度慢。因此，一般 LLAI 用于控制回路的输入，而 LLMUX 用于监视用的温度回路的输入。

d. AO 模拟输出卡。每个 AO 可输出 8 个 4～20mA 的模拟输出信号。该 IOP 可以进行输出值的返回检查，并将输出限制在 22.5mA。通常采用冗余配置。

e. DI 数字输入卡。每个 DI 可以接收和处理 32 个开关量输入信号。

f. DO 数字输出卡。每个 DO 可以接收和处理 16 个开关量输出信号。

g. PI 脉冲输入卡。一个 PI 有 8 个输入通道，可接收方波或正弦波输入。脉冲输入卡 PI 能够把最高频率为 20kHz 的各种脉冲输入信号转换成工程单位的测量值，并进行量程检查、滤波和报警监测处理。

h. STIM 智能变送器接口卡。STIM 可以接收和处理 16 个从智能变送器传送来的数字信号。它可以连接 Honeywell 的 ST3000 智能变送器以及与其相同通信协议的其他类型的智能变送器。STIM 完成输入信号滤波、抑制高频信号噪声并限制冲击信号；在每个通道接收并译码串行输入数据；向智能变送器传送组态数据；处理输入数据等。STIM 可以冗余配置。

i. SDI 串行设备接口卡。此卡为采用 RS-232、RS-485 串行通信的现场设备提供接口，使这些设备在与 APM 通信时，其输出信号可直接进入 I/O 数据库参与 PM 的计算与控制。这些数据可在操作站上进行显示，并可应用于分析和制作报表，以及进行高级控制策略之用。

② 控制功能。PM 的控制功能在 PMM 中实现。PMM 提供大量的功能模块，供用户组合使用，满足各种过程自动控制的需要。PMM 的功能块可以组态为不同类型的数据点。PMM 内部数据点的类型包括。

a. 常规 PV 点（Reg PV）。提供可选择算法的菜单，其中包括数据采集、流量补偿、三者取中值、高低值平均等。

b. 常规控制点（Reg CTL）。提供标准的可组态控制算法，例如常规 PID、带前馈 PID、带外部积分反馈 PID、位置比例、比率控制等，可通过简单的菜单选择实施复杂的控制算法。另外，常规控制点还提供了诸如初始化、抗积分饱和等功能，设定点的斜坡变化率也可以通过组态来确定。

c. 数字复合点（Dig COMP）。指开关量输入点和开关量输出点。除了接收普通的开关量指示信号外，它还为二位或三位式的间歇装置如电机、泵、电磁阀和电动控制阀等提供多点输入和多点输出的接口，并与逻辑点共同提供联锁处理功能。

d. 逻辑点（logic）。具有可组态的逻辑能力，与数据复合点一起提供整体的逻辑功能，也可与常规控制功能相结合。逻辑点具有 26 种逻辑算法。

e. 过程模件点（PM）。此点由用户建立，是用过程控制语言 CL/PM 编写的程序和系统的接口，用于运行 PM 控制语言程序。利用操作站和万能工作站（UWS）可方便地修改和装载程序而不影响其他用户程序、常规控制和逻辑功能的执行。所有的过程模件点程序可以共享系统的公共数据库，并通过数据库进行通信。

f. 时间点（Timer）。Timer 时间点是 PM 用于计时的点，它可以在程序中用来计时以达到定时操作的目的。

g. 数值点（Numeric）。Numeric 数值点存储批量或配方的数据及计算所得的中间数据。

h. 旗标量点（Flag）。也称为状态标志点。Flag 旗标量点反应过程的状况，它只有在被操作时才改变状态。

③ 报警功能。PM 中模拟信号的报警参数包括报警类型、报警限值和报警优先级三种。报警类型有测量值（PV）报警、偏差（DEV）报警、测量值正负变化速率（ROC）报警和坏值（Bad PV）报警。报警限值变量有上限（HI）、上上限（HH）、下限（LO）、下下限（LL）。报警优先级别有七种。

a. 紧急报警 Emergency。最高优先级，报警信号在所有报警

93

画面中显示，为红色。

b. 高级报警 High。报警信号在区域报警画面和单元报警画面中显示，为红色或黄色。

c. 低级报警 Low。默认报警级别，报警信号只在单元报警画面中显示，为黄色。

d. 日志报警 Journal。报表级报警，报警只记录在报表中，并不送往操作站显示。

e. 不响应 Noaction。不需要报警。

f. 打印 Printer。报警信号送打印机打印。

g. 日志记录和打印 Julprint。在报表中记录，同时送打印机打印。

设定报警时通常要确定报警死区范围 PVALDB：一般在 0.5%～5% 之间。

为了限制或禁止报警动作，避免不必要的报警动作发生，可设定报警允许参数 ALENBST（alarm enable state），此参数具有三种选择。

a. 屏蔽报警（Inhibit）。禁止报警检测和处理，不会输出任何报警信号。

b. 禁止报警（Disable）。报警检测照常进行，且可以进行报警打印，但不在操作台上显示，不发出声光报警。

c. 允许报警（Enable）。按照报警类型和报警限值进行报警检测和处理，产生报警优先级相应的报警动作。

(2) PM 硬件组成

PM 通常存放在一个机柜内，因而通常也称这个柜子为 PM 柜。柜子有前后两面，一般前面放置 PMM 卡件箱和 IOP 卡件箱，前面的底层放置 PM 的电源，后面放现场端子板 FTA（field terminal assembly）。图 9-9 为 PM 柜正面外形图。柜中从下到上有槽路 1、2、3 三个槽路的 PMM 卡件箱和 IOP 卡件箱。

① PMM 卡件箱。此箱为卡笼式结构，15 个槽路的卡件箱装有一组 PMM 卡和最多 10 个 IOP 卡件。PMM 卡件箱安装示意图

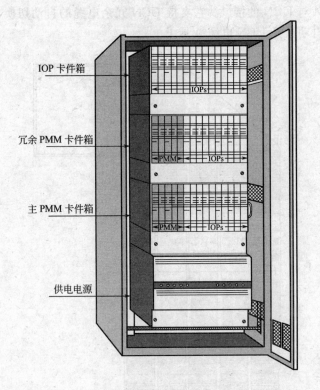

图 9-9　PM 柜正面外形图

如图 9-10 所示。PMM 通常采用 1：1 冗余配置。冗余安装的形式如下。

　　a. 同箱冗余。在同一个 PMM 卡件箱内并列安装另一组 PMM 卡，分别安装在槽路 1～5 和 6～10。

　　b. 箱间冗余。冗余的 PMM 安装在槽路 1 和槽路 2 上下两个相邻的 PMM 卡件箱内（槽路 1～5）。

　　c. 柜间冗余。冗余的 PMM 安装在两个 PM 柜中的卡件箱内（槽路 1～5）。

　　冗余 PMM 卡件箱间通过冗余电缆连接。

　　a. Modem（调制解调器）卡。该卡含有窄带载波调制解调器，

95

是 PM 与 UCN 的接口。它支持 UCN 冗余电缆的自动切换，能够在线自动选择 UCN 电缆 A 或 B。

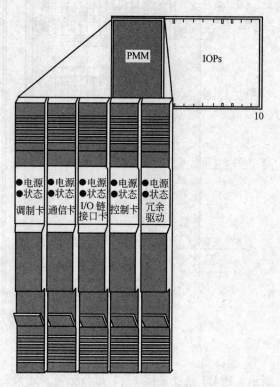

图 9-10　PMM 卡件箱安装示意图

b. Commun（通信处理器）卡。该卡含有 M68000 微处理器，它为 PM 在 UCN 上提供令牌传送功能，并控制 MODEN 卡的操作，以使 MODEN 卡能够与 UCN 进行正常通信。经 I/O 链路接口获得的 IOP 数据暂存在通信处理器中，供控制处理器和 UCN 存取。信息帧和点对点通信也由通信处理器发出。

c. I/O Link Interface（I/O 链路接口处理器）卡。该卡含有 80C31 微处理器，它负责 I/O 链路网络的管理。I/O 链路是 PMM 与 IOP 之间的通信网络，它是一条冗余的串行数据通路。I/O 链路接口处理器对 IOP 进行连续扫描，将收集的数据放到通信处理器的随机存储器中，以待控制卡和网络访问。I/O 链路接口处理器卡还装有调压器，对 PMM 各卡件进行电源调整和电路监视。

d. Control（控制处理器）卡。该卡含有 M68000 微处理器，执行各种控制处理、特殊的输入输出处理以及 CL 程序。

e. Redundancy Driver（冗余驱动器）卡。当 PMM 采用冗余结构时，需要插上该卡以便为一对冗余的 PMM 提供通信途径。

② IOP 卡件箱。此箱也为卡笼式结构，专门安放 IOP 卡件。IOP 卡件对所有的现场 I/O 进行输入/输出处理。由于其单独具有微处理器，执行这些功能时完全与 PMM 执行的控制功能无关。一个 15 槽的 IOP 卡件箱最多可以放 15 个 IOP 卡件，一个 PM 系统最多可以装 6 个 IOP 卡件箱，提供最多 40 个主 IOP 或冗余的 IOP 对。

冗余 IOP 的安装有如下原则。

a. 柜间冗余安装的 PMM 系统中，IOP 也尽可能地对应分离安装。

b. 箱间冗余安装的 PMM 系统中，IOP 卡件也必须在两个箱中对应安装。

c. 在单 PMM 系统中，冗余的 IOP 应单独地安装在两个卡件箱中。不推荐 IOP 的同箱冗余。

③ 现场端子板 FTA。FTA 连接现场信号，实现信号隔离与调整、电源冲击保护、电流限制、状态指示等功能。FTA 的型号与 IOP 相对应，每个 IOP 经多芯电缆连接到 FTA。FTA 可以安装在 PM 柜内，也可以远程现场安装。

冗余的一对 IOP 用冗余配置连接到同一块 FTA，FTA 信号通过独立的两根电缆与两个 IOP 分别相连，这些 FTA 有一个冗余的开关模块，可以自动地选择两个 IOP 中的一个。这可以通过 FTA 的 LED 灯进行判断，当灯亮时使用主 IOP，当灯灭时使用冗余的 IOP。图 9-11 为 IOP 与 FTA 连接示意图。

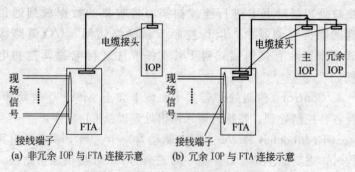

图 9-11　IOP 与 FTA 连接示意图

9.4.3.2　先进过程管理器 APM

APM 是在 PM 基础上发展起来的过程管理器，是 PM 的更新产品，在 I/O 接口、控制功能、内存容量、CL 语言方面等都较 PM 有很大的改进。APM 采用了 M68020 微处理器。APM 除了具有 PM 的全部功能外，还增加了设备管理点、数值点、数字输入顺序事件处理等功能。

（1）基本结构

APM 与 PM 的结构基本相同，由先进过程管理模件 APMM 和 I/O 子系统两大部分组成。

APMM 由先进通信处理器（M68020）和调制解调器、先进 I/O 链路接口处理器（80C31）和先进控制处理器（M68020）三部分组成，分别完成通信处理、I/O 接口处理和控制处理功能。APMM 由四块卡件构成，分别是 Modem（调制解调器）卡、Advanced Commun（先进通信处理器）卡、Advanced I/O Link Interface（I/O 链路接口处理器）卡和 Advanced Control（控制处理器）卡，安装在 APM 柜内 APMM 卡件箱中的 1～4 槽路，第 5 槽路为空槽（见图 9-12），APMM 卡件箱的其余槽路同样用于放置 IOP。

I/O 子系统提供 11 种类型的输入输出卡件，除了 PM 所具有的 9 种外，还增加了 DISOE 数字输入事件顺序处理器卡和 SI 串行卡两种卡件。

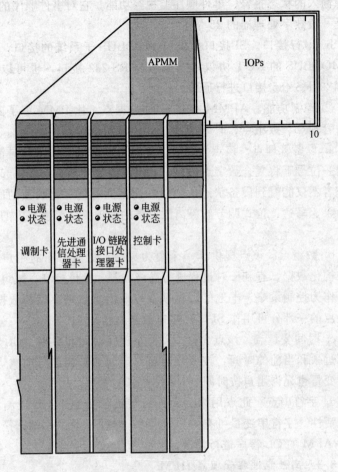

图 9-12　APMM 卡件箱安装示意图

（2）功能

APM 的报警功能与 PM 相同。这里介绍与 PM 不同的输入输出功能和控制功能方面不同的内容。

① 输入输出功能。与 PM 不同的有两种。

a. 数字输入事件顺序。专用的数字输入处理器具有按钮和状态输入、状态输入时间死区报警、输入的正/反作用、PV 源选择、状态输入的状态报警、事件顺序监视等功能。它对事件顺序的分辨率是一般数字处理器的 25 倍。

　　b. 串行接口。SI 接口提供与 MODBUS 子系统的接口，它支持 MODBUS 的 RUT 协议，既可通过 RS-232 接口，也可以通过 RS-422/RS-485 接口进行通信。

　　② 控制功能。APMM 共有 12 种数据点，比 PMM 多了四种：设备管理点、数组点、时间变量点和字符串点。

　　a. 设备管理点。该点为离散设备的管理提供了大量的灵活性，在同一位号下将复合数字点的显示和逻辑控制功能结合在一起，使操作者不仅能看到设备状态的变化，而且能看到引起联锁的原因，并为泵、马达、位式调节阀等离散设备的管理提供了强有力的操作界面。

　　b. 数组点。该点提供了一个更为灵活、更易访问的用户定义的结构化数据，有利于对过程进行高级控制和批量控制。数组的数据可作为控制策略、本地的数据获取以及历史数据存储的数据源。数组点的一部分可用作 SI 串行接口的通信。

　　c. 时间变量点。该点允许 CL 程序访问时间和日期。CL 程序可用过去和当前的时间，按用户需要对时间和日期进行加减运算。时间变量也允许用户按时间、日期执行 CL 程序。

　　d. 字符串点。此点用来提高连续与批量控制中 CL 控制程序的灵活性。字符串变量可有 8、16、32、64 个字长的不同选择，并可由 APM 的 CL 程序进行修改。

9.4.3.3　高性能过程管理器 HPM

HPM 是 TPS 系统平台。HPM 是 APM 的更新产品，它们的结构基本相同。与 APM 相比，HPM 在控制功能、I/O 处理功能、点到点通信功能等方面有所提高，主要体现在：

　　a. 改进了电子部件和软件设计；

　　b. 采用全新、结构紧凑的通用控制网络接口；

　　c. 点处理能力提高了 5 倍；

　　d. 增加了许多新的控制算法，如常规控制点增加了乘法/除法

器（MUL/DIV）、带位置比例的 PID（PIDPOSPR）和常规控制求
和器（RegCtl Summer）等算法；

　　e. CL 控制语言有许多改进；

　　f. 增加了对 PV 的扫描，改进了输入输出链路的性能；

　　g. 具有更大的用户内存；

　　h. 具有输入输出仿真能力；

　　i. 可以选择使用 7 槽或 15 槽卡件箱；

　　j. 数据点分配表可以在线灵活修改。

　　HPM 除了具有 APM 所具有的功能外，还具有写保护功能，
给用户的应用软件增加安全措施。当这一功能被激活时，HPM 的
任何数据库均不可能被操作员、工程师组态、点对点通信的写功能
和 LCN 的写功能等因素所改变。

　　HPMM 由高性能过程管理模件 HPMM 和 I/O 子系统两大部
分组成。HPM 采用两个 M68040 处理器分别作为通信处理器和控
制处理器，用 80C31 处理器作为 I/O 链路处理器。HPM 的 IOP 增
加了 16 点的 AO 模拟输出卡、32 点的 DO 数字输出卡和 32 点的
DI 数字输入卡。HLAI、STIM、AO、DI 和 DO 五种卡件可实现
冗余配置。

　　HPMM 由 UCN 网络接口模件，以及 High Performance
Comm/Control（高性能通信/控制处理器）和 High Performance
I/O Link（高性能 I/O 链路处理器）两块卡件构成。其中 Comm/
Control 卡实现与 UCN 网络的通信和控制算法运算；I/O Link 卡
实现 IOP 与 HPMM 之间的数据传输。两块处理器卡安装在卡件箱
的第 1、2 槽路。

　　图 9-13 为 HPMM 卡件箱安装示意图，图 9-14 为冗余 HPM
结构框图。

9.4.3.4　逻辑管理器 LM

　　LM 主要用于逻辑控制，它具有可编程序逻辑控制器 PLC 的
优点。同时，由于 LM 直接挂接在 UCN 网上，它可以方便地与网
络上挂接的其他设备进行数据通信，使 PLC 与 DCS 有机地结合，

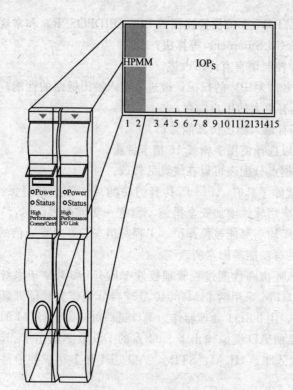

图 9-13 HPMM 卡件箱安装示意图

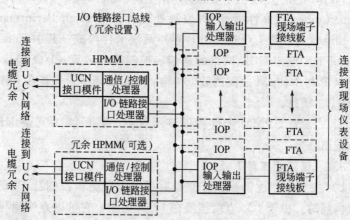

图 9-14 HPM 结构框图

并使过程数据能集中显示、操作和管理，因此它比独立的 PLC 具有更多的优越性。

（1）基本构成

LM 由逻辑管理模件 LMM、控制处理模件 CPM、I/O 链路处理器、串行连接器、并行连接器、I/O 模件等组成，如图 9-15 所示。

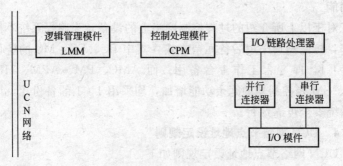

图 9-15　LM 功能结构图

LMM 是 LM 与 UCN 的接口，它的运行与控制处理器执行梯形逻辑的运行并行进行，因此它的扫描周期与控制处理器的处理速度无关。

CPM 快速采集过程数据并执行用户编写的梯形逻辑程序。程序可由 LM 的 MS-DOS 装载器、终端或 PC 机加载到 LM 中，它也可以保存在历史模件 HM 中，通过 UCN 下装到 LM。

I/O 子系统有串行和并行两类，安装在标准 I/O 模件上。LM 的冗余结构通过增加一个后备处理器来实现，采用冗余控制模件 RCM 完成自动切换。LM 的冗余结构只支持串行 I/O 子系统。

（2）功能

LM 与 PM 一样，以数据点为基础实现不同的功能。LM 共有 9 种数据点，分别是：数字输入点、数字输出点、模拟输入点、模拟输出点、数字复合点、链接点、旗标量点、数值点和时间点。LM 数据点的功能与 PM 基本相同，不同的是 LM 的数据点要与寄存器模件 RM 中数据库的 I/O 点建立对应关系。用户只要在 PC

ADDRESS 变量档内填写数据点在 RM 中的地址，就可建立起两者之间的对应关系。

9.4.3.5　安全管理器 SM

SM 将工厂紧急安全停车系统 ESD 并入 UCN。安全管理器模块 SMM 提供 UCN 与 ESD 的接口。SM 的工作是独立的，但它是 TPS 系统的一部分，支持 UCN 点到点通信的数据存取和操作员监视功能。

对于以上所介绍的过程控制网络上的设备，为确保系统不间断工作，控制器均采用后备冗余方式。其中 BC、EC、MC 的备份比是 8∶1，即 8 台工作 1 台备用；而 AMC、PM、APM、HPM、LM、SM 等控制器的冗余功能增加，均采用 1∶1 的备份比，以确保系统安全可靠运行。

9.4.4　UCN 网络节点地址设定规则

UCN 网络节点地址设定规则如下。

① 跨接片不拔有效，即 Jumper IN＝"1"（逻辑 1）。

② 跨接片不拔的数目为奇数，若为偶数，则用地址设定的最高位补成奇数，即实现奇校验。

③ 对于冗余设备来说，其主、冗余设备设为相同的奇数地址（硬件地址），冗余设备的软件地址自动加"1"。

④ NIM 地址必须为最低。一般，NIM 地址为 1～8，其余设备地址从 9 开始，最大地址 64。

NIM 的 UCN 地址在 Modem 卡上设定。若采用跨接片设置地址，则规则与 LCN 地址设定规则相同，即 Jumper OUT＝"1"；若采用开关模式来设置，则 Swith OFF＝"1"。仅在测试模式时，用这种方法设置 NIM 在 UCN 网络上的地址；正常模式时，NIM 在 UCN 网络上的地址由用户通过节点组态来建立。

9.5　系统应用软件组态

应用软件组态就是在 TDC-3000 系统硬件和软件的基础上将系统提供的功能块用软件组态的形式连接起来，以达到对过程进行控制的目的。

　　系统组态步骤中的画流程图、建历史组、建自由格式报表这几项的组态先后次序可任意。

　　这里需要特别提醒的是：TDC-3000 系统（见图 9-16）不支持中文，所有的内容（包括组态内容）都以英文的形式出现。

　　系统组态的主要内容介绍如下。

9.5.1　NCF 组态

　　NCF 即网络组态文件（network configuration file），它包括了每一个 LCN 节点所需的信息。NCF 组态是对系统的操作特性和操作环境的定义，在整个组态工作中必须首先进行。

　　NCF 所包括的每一个 LCN 节点所需的信息如下。

　　① 用户定义的系统特性。包括：

　　a. 单元、区域、操作台的名称及描述；

　　b. LCN 节点地址及类型。

　　② 工厂操作原则，如：

　　a. 与键锁位置相关的各种功能操作权限；

　　b. 轮班时间。

　　③ HM 存储分配

　　a. 连续历史存储；

　　b. 系统文件存储；

　　c. 用户文件存储。

图 9-16　TDC-3000
组态步骤

NCF 组态内容包括：单元名称（unit name）、区域名称（area name）、操作台名称（console name）、LCN 节点（LCN node）、系统广义值（system wide value）以及卷组态（volume configuration）。

　　（1）单元名称

操作单元的定义是在区域数据库中进行的，在单元名称组态中进行的工作主要是给定义好的操作单元命名。单元是点的集合，系统按单元将报警和信息分类。历史组也以单元为基础，操作员监视、操作和控制功能也是按单元分配。一条 LCN 上最多定义 100 个单元。单元名称包括单元代码和单元描述两部分，单元代码可以用 1～2 个字符或数字组成，单元描述最多可用 24 个字符来表示。增减或修改单元代码需离线进行，因此单元代码应一次确定，但单元描述可在线修改。

（2）区域名称

区域对应于操作员可操作的区域。一个区域是指从一台操作站上可操作和监视的过程设备。区域名称是系统分配区域数据库时参照的标准。区域数据库限制操作员的操作范围，限制了哪个单元可报警和被哪个操作员控制。在 NCF 组态时限制在区域数据库定义时区域包含哪几个单元。一条 LCN 上最多可定义 10 个区域。

（3）操作台名称

由操作站、工作站以及外部设备组成的一组用于显示、操作、打印和报警的设备叫做操作台。操作台的外部设备有趋势笔记录仪、磁带机、卡盘驱动器、软驱、打印机等。操作台是一个逻辑概念上的组，组成操作台的主要目的是实现外部设备的共享。一条 LCN 上最多可定义 10 个操作台，一个操作台中最多可有 10 个操作站（如 US）。操作台名称最多由 24 个字符组成。

单元（unit）、区域（area）和操作台（console）之间有如下关系：一个操作台可对应于几个区域；同一个区域可属于不同的操作台；一个区域可包含 36 个单元；同一个单元可属于不同的区域。其相互关系用图 9-17 进行说明。

（4）LCN 节点

在这里定义 LCN 上每一个节点的地址和类型以及外部设备。组态时必须与每一个 LCN 节点的硬件地址相匹配。

（5）系统广义值

用于定义系统本身及应用软件的一些特性参数。如系统代号、时钟源、用户平均值周期、轮班时间、报警器分配以及与操作站键锁位置相关的各种功能操作和属性变更等。

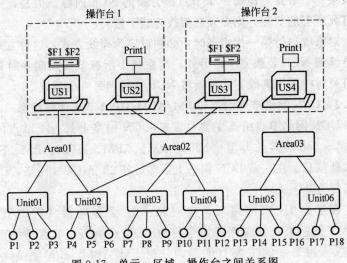

图 9-17　单元、区域、操作台之间关系图

（6）卷组态

卷组态就是对历史模件 HM 进行格式化和划分文件存储空间，使得能够合理地和最大限度地利用 HM。HM 卷可划分为历史组卷、系统卷和用户卷三部分，分别用于存储连续历史、系统文件和用户文件。

NCF 文件存储于历史模件 HM 之中。NCF. WF 是一工作文件，组态数据在安装之前都存在 NCF. WF 中。在安装时，工作文件被拷贝并重命名为 NCF. CF。当 NCF. CF 安装结束，系统自动删去 NCF. WF。在装载每一个 LCN 节点时，组态文件 NCF. CF 作为惟一的数据文件被装载到 LCN 节点的内存。

NCF 组态方式有在线方式（on-line）和离线方式（off-line）两种。

在在线方式下，在对系统中已建立的 NCF 组态内容进行改变和调整时，不需离线进行；安装完 NCF 时，信息传播到 LCN 上的

107

所有节点，它允许新的 NCF 文件与旧的 NCF 文件共存。这就允许工程师在某一时间使某一节点处于非激活状态（俗称打死）和重新装载某一个节点，使每一个节点都为新的 NCF 内容。但是，一旦要打死所有的节点，则必须在离线方式下进行。

对系统进行第一次组态时，必须设定为离线方式，这种方式一直持续到 NCF 装载完毕。另外，当系统中所有节点在同一时刻均被打死时，采用离线方式重新将 NCF 装载到每一个节点。

9.5.2　UCN 网络节点组态和 PM/APM/HPM 节点详细组态

UCN 网络节点组态主要是定义 UCN 网络上每一个节点的地址（1～64）、节点类型（NIM、PM、APM、HPM、LM、SM）及其他信息。在一条 LCN 网络上最多可挂 20 条 UCN 网络，UCN 网络号为 01～20。

在建立 UCN 网络后，应对每一过程管理器（PM/APM/HPM）进行节点详细组态，也称为 BOX 点组态。节点详细组态（BOX 点组态）的主要目的是：分配 PM/APM/HPM 控制功能（控制点类型及个数）、控制点的扫描周期、定义 I/O 卡件的类型以及它们所安装的位置（卡笼和槽路）。

9.5.3　过程数据点组态

过程点是 TDC-3000 控制系统组态中的最小单元，过程数据点组态是应用软件组态工作的基础。

PM/APM/HPM 包括两类过程点。

① IOP 中的点。完成对过程变量的输入输出处理，包括 AI、AO、DI 和 DO 点。这种类型的点通常也称为硬点。

② 过程管理器模件（HPMM/APMM/PMM）中的点。完成对受控变量的各种控制方案，包括 Regulatory PV（常规 PV 点）、Regulatory Control（常规控制点）、Digital Composite（数字组合点）、Logic point（逻辑点）、Device Control（设备控制点）、Internal Variable（内部变量点，包括 Flag 旗标量点、Numeric 数值点、Timer 定时器点、Time 时间点、String 字符串点）、Array（数组点）、Process Module（过程模件点）等。这种类型的点也称

为软点。

点有无名点和有名点之分。无名点是直接使用 IOP 通道的过程点，不需建立点，只适用于 IOP 通道点及内部变量。无名点的引用方式为：! xxyystt，其中 xx 表示 I/O 卡类型，yy 表示 I/O 卡号或称为模件号（1～40），s 表示 slot（槽路），tt 表示 I/O 通道号。有名点通过建点定义点名即位号。一对 NIM 最多可处理 8000 个有名点，每个过程点都具有惟一的位号。不推荐使用无名点。

点的参数是关于点的各方面功能和特性的描述，建点的过程就是定义点的相关参数的过程。

控制回路是由一组点构成的，点与点之间的连接关系是通过定义点的输入、输出连接参数完成的。回路可进行连接的参数有：•PV，•SP，•OP，•SO。连接的方式有两种：PULL（拉，即取数据）和 PUSH（推，即输出数据）。常见数据点的 PULL、PUSH 情况列举如下。

① I/O 硬点：NO PULL，NO PUSH。

② Reg PV： 可 PULL，NO PUSH。

③ Reg CTL：可 PULL，可 PUSH。

④ Logic 点：可 PULL，可 PUSH。

点的执行状态有 INACTIVE（非激活）和 ACTIVE（激活）两种。INACTIVE 状态是点下装到过程管理器（PM/APM/HPM）中的初始状态，过程管理器不执行 INACTIVE 状态点的功能。INACTIVE 状态的点俗称为"死点"。过程管理器（PM/APM/HPM）按照固定的扫描顺序对过程点进行周期性扫描，当扫描到 ACTIVE 状态的点时，就执行该点所定义的功能及算法。

在某些点的具体组态过程中，点的形式有全点（FULL）和半点（COMPONENT）两种之分。全点包括该点的全部参数，可作为操作员对过程进行操作的点，具有报警功能。半点包括点的部分参数，没有报警功能。

这里介绍组态过程中涉及的几个概念。

① DEB(data entity builder)。数据实体建立器。其功能是用

109

于建立数据点。

② IDF(intermediate data file)。中间数据文件。用于存储通过 DEB 建立的数据点文件，此文件包含了数据下装所必需的信息。

③ PED (parameter entry display)。参数输入显示。其功能是将输入点信息集中显示在屏幕上。

建立数据点的步骤如下。

① 在工程师主菜单 (ENGINEERING MAIN MENU) 中选择 "NETWORK INTERFACE MODULE" 目标。

② 选择 "PROCESS POINT BUILDING"。

③ 选择所要建的过程数据点的类型。

④ 根据显示菜单内容输入合适的组态数据（注意在每翻一页时必须按 "Enter" 键）。

⑤ 按工程师键盘上的 "CMMN" 键。

⑥ 选择 "WRITE TO IDF"，输入参考路径名和 IDF 文件名，按 "Enter" 键，将点的参数写入 IDF。

⑦ 选择 "READ TO PED"，输入参考路径名、点名和 IDF 文件名，按 "Enter" 键，从 IDF 中调出所需的组态内容。

⑧ 选择 LOAD（或按 CTRL＋F12），完成数据装载。

组态过程中的文件介绍如下。

① DB 文件。DB 是 IDF 扩展名。此文件可直接装入目标模件生成目标文件。DB 文件内容不能直接看到，读到 PED 画面后则可见。组态过程中和应用文件生成后需仔细保存此文件。

② EB 文件。EB 是文本 (Exception Build 例外点) 点数据文件的扩展名。调用文件编辑功能可直接在操作站上看到 EB 文件的内容。

③ EF 文件。EF 是数据点组态过程中由于参数错误而生成的出错文件扩展名。文件允许在文字编辑状态下看到错误的参数列表表示的出错原因。

④ EL 文件。EL 是列表文件的扩展名。它不是数据点组态过程中生成的文件。该文件在数据点修改过程中非常有用。

下面介绍各种过程数据点的组态。

(1) I/O Point 输入/输出点组态

I/O 处理器（IOP）的模拟量和开关量点执行所有现场 I/O 信号的扫描和处理。过程管理器（PM/APM/HPM）中支持的 IOP 包括 HLAI、LLAI、LLMUX、STIM、AO（8 点）、AO_16（16点）、SI、PI、DI、DISOE、DO（16 点）、DO_32（32 点）、SDI。

① AI 模拟量输入点。该类型点将现场模拟信号转换成工程单位表示的 PV 值。

a. HLAI、LLAI 和 LLMUX 点。处理功能有现场输入信号类型选择（1~5V、0~100mV、热电阻、热电偶）、PV 特性化处理（线性、开平方、热电阻、热电偶）、模/数转换、工程单位转换、PV 值量程检查、PV 滤波、PV 源选择和 PV 报警检查等。

b. STIM 点。提供过程管理器与 Honeywell 智能变送器之间的双向数字通信接口，采用 DE 协议。STIM 点支持的功能与其他 AI 点一样，同时在工作站上通过 STIM 点可完成以下操作：显示变送器的详细状态信息、调整变送器的量程范围、存储/恢复变送器数据库。

c. PI 点。将接收的最高频率为 20kHz 的脉冲信号转换成工程单位表示的 PV 值，并提供数据累加功能。

模拟量输入点的报警设置与检查包括 PV 坏值报警检查、PV 高/低限报警、PV 高高/低低限报警、PV 正/反向变化速率超限报警。

② AO 模拟量输出点。该点将输出参数（OP）值转换成 4~20mA DC 电流信号，用于控制现场的调节阀或其他执行机构。模拟输出点的处理功能有：输出正/反作用选择、输出特性化处理（最大 5 段线性化）、IOP 故障时输出响应（掉电状态或保持）、AO 点的形式选择（在手操器输出时必须组态为全点、接受控制算法的 OP 值时必须组态为半点）。

③ DI 数字量输入点。该类型点将从现场接收的数字量信号进行转换，用以指示现场过程或设备状态，或供其他数据点使用。通

过选择不同的 FTA，可处理 24V DC、110V DC 或 220V AC 的开关量输入信号。

　　a. DI 点。其功能有：PV 源选择、状态报警检查、输入正/反向选择、DI 类型选择〔Status 状态输入、Latched 锁存输入（将最小 40ms 信号锁存至 1.5s 用于按钮输入）、Accum 累加输入（对输入脉冲进行计数累加）〕。

　　b. DISOE 点。除累加器功能外，与一般 DI 功能相同。具有事件序列分辨功能，并可通过组态生成 SOE 杂志来记录现场相关事件方式的顺序。

　　数字量输入点的报警设置与检查包括 PV 坏值报警（Bad PV）、非正常状态报警（Offnormal）和状态改变报警（Chang of Status）。数字量输入点的状态改变事件处理包括事件触发处理（DIP）和加注事件发生时间标记（SOE）。

　　④ DO 数字量输出点。该点接受控制算法的输出，并通过 FTA 转换成 24V DC、110V DC 或 220V AC 的开关量信号。数字输出点的形式只能是半点，且没有数据点模式参数。对那些作为主要操作界面的数字输出点，可将其按数字复合点进行组态，并将数字复合点的输入数量设为 0。数字输出点的类型可选择。

　　a. Status 状态输出。输出参数 SO。

　　b. On Pulse、Off Pulse。产生脉冲，脉冲宽度在上一级控制算法中设定。

　　c. PWM 脉宽调制输出。输出参数 OP，接受 PID 的 OP 值。

　　（2）Regulatory PV Point 常规 PV 点组态

　　标准的 I/O 功能，如工程单位转换和报警处理等，由 I/O 卡就可以完成。常规 PV 点提供对过程变量的进一步处理。每个常规 PV 点必须至少定义一个输入连接，不能定义输出连接。常规 PV 点的组态参数与模拟输入数据点基本相同，但多出了和算法相关的参数，通过选择相应的 PV 处理算法可完成各种功能。常规 PV 点提供的 PV 处理算法包括如下几点。

　　① 数据采集。对输入变量进行 PV 滤波、PV 源选择、PV 报

警检测等处理。

② 流量补偿。选择不同的流量补偿公式对差压变送器测得的流量信号进行温度和压力等相关补偿。

③ 三选中选择器。选择三个输入变量的中值或两个输入变量的高/低/平均值。

④ 高/低/平均值选择器。选择最多六个输入变量的高/低/平均值。

⑤ 加法器。对最多六个输入变量进行加法计算，每个变量或整个计算结果可乘以一个比例系数和加上一个偏量值。

⑥ 流量累加器。对输入变量按时间（如小时、分、秒）进行累加计算。可通过逻辑点、CL 程序或操作站的操作，命令累加器启动、停止、复位或复位启动。当实际累加值接近或达到目标值时触发相关标志参数。

⑦ 带变量滞后的二阶环节。对输入变量进行固定时间或变量时间滞后的二阶环节处理，并可用于过程变量仿真。

⑧ 线性化。对输入变量进行最多 12 段折线的线性化处理。

⑨ 计算器。可定义一个包括最多 6 个输入变量的计算公式。

（3）Regulatory Control Point 常规控制点组态

常规控制点是过程管理器（PM/APM/HPM）中用作模拟量回路控制的数据点，它按指定的算法将模拟输入数据点输入的模拟信号进行运算，并将计算结果通过模拟输出点送到现场进行过程控制。该点共提供 10 多种标准算法，每种算法内部都可以通过菜单选择不同的选项，从而实现复杂的控制策略。常规控制点提供的控制算法包括常规 PID、带前馈的 PID、带外部复位反馈的 PID、带位置比例控制器的 PID、位置比例控制器、比值控制器、分段爬升/下降控制器、手动/自动站、多个主回路输出变化量加法器、开关选择器、超驰选择器、乘法器/除法器、加法器。

一个常规控制点最多可以推出 4 个输出，但与硬点连接只能有一个。在串级回路的组态中，串级回路的主环软点放在高的槽路中，副环软点放在低的槽路中，而硬点则相反。

113

常规 PID 算法支持的功能如下。

① 控制模式选择。提供 MAN（手动）/AUTO（自动）/CAS（串级）/BCAS（后备串级）控制方式。

MAN 手动模式：OP 值由操作员或 CL 程序决定，与该点控制算法的计算结果无关。

AUTO 自动模式：控制算法计算的结果决定该点的 OP 值，SP 值来自操作员或 CL 程序。

CAS 串级模式：控制算法计算的结果决定该点的 OP 值，SP 值来自上一级的控制算法。

BCAS 备用串级模式：上一级的控制算法在 AM 中。当 AM 或 NIM 发生故障时，切换至本地控制方式。

② 控制方式属性选择。若选择 Operator，则操作员可操作该点控制模式；若选择 Program，则由 CL 程序操作该点控制模式。

③ PID 控制公式选择。提供 A、B、C、D 四种公式。

公式 A：P、I、D 作用于偏差。

公式 B：P、I 作用于偏差。

公式 C：I 作用于偏差，P、D 作用于 PV。

公式 D：只有积分控制。

④ PID 参数选择。K 为比例增益，T1 为积分时间，T2 为微分时间。

⑤ PV 跟踪方式选择。No Track 表示无 PV 跟踪方式，Track 表示 PV 跟踪方式。在 PV 跟踪方式下，当控制模式为 MAN 或作为串级调节的主回路在 INIT 预置状态时，SP 值自动跟踪 PV 值的变化；当控制模式由 MAN 切换至 AUTO 或 CAS 时，因 SP 值等于 PV 值，输出 OP 值没有变化，从而实现无扰动切换。

⑥ INIT 预置。当 PID 的计算结果不能向下一级过程点输出时，PID 执行预置功能，数据的流动方向倒置，实现 PID 输出值的反向接收。当控制回路恢复正常时不需人工干预，系统自动实现无扰动切换。在常规 PID 算法使用中，预置发生在下列两种情况。

a. 简单调节回路中，PID 的 OP 值输出到本地 IOP。当 IOP 故

障或 IDLE（闲置）、该通道组态错误或在 INACTIVE（非激活）
状态时，PID 算法点执行预置功能，控制点的输出值强制等于输出
点的输出值。

b. 串级调节回路中，定义主回路的 OP 输出至副回路的 SP。
当副回路不在 CAS 串级控制模式时，主回路执行预置功能，即主
回路的 OP 值自动跟踪副回路的 SP 值。

此外，还有正常控制方式及控制权设定、PV 源选择、PV 坏
值控制输出处理选择、远程串级选择（上一级的控制算法在 AM
中）、外部控制方式切换选择、SP 目标值爬升选择、SP 加比率及
位置选择、PID 控制器形式选择等功能。

（4）Digital Composite 数字组合点组态

这是一种多输入多输出的点，它提供对诸如马达、泵和电磁阀
等离散型设备的控制操作面板。

① 数字组合点的状态。一个数字组合点可操作及显示现场设
备的两个或三个状态。两个状态是 STATE1、STATE0，三个状
态是 STATE0、STATE1、STATE2。其中 STATE0 为数字组合
点的缺省状态和安全输出状态。通过组态 MOMSTATE 参数可定
义某状态的命令输出为瞬时状态。

② 一个数字组合点最多连接两个输入和三个输出，它们可以
是同一个过程管理器内的 I/O 点或 Flag 旗标量点。输入输出连接
可按控制方案组态，彼此相互独立。

③ 数字组合点的联锁参数。数字组合点提供多种外部逻辑接
口参数，可处理及显示相关联锁条件。

a. 允许联锁参数 P0、P1、P2。当某一参数为 ON 时，对应状
态的操作命令无效。

b. 强制联锁参数 I0、I1、I2。当某一参数为 ON 时，强制输
出对应状态命令。优先级先后为：I0、I1、I2。

c. 旁路参数 BYPASS 及安全联锁参数 SIO。当 BYPASS＝ON
时，允许联锁参数及强制联锁参数被旁路。当 SIO＝ON 时，强制
输出 STATE0 且不被 BYPASS 旁路。

115

④ LOCALMAN 旁路控制开关。当 LOCALMAN＝ON 时，切换到旁路控制方式，数字组合点的操作及联锁无效。

⑤ 数字组合点的报警设置。其参数如下。

a. Offnormal 异常状态报警。

b. Command Disagree 命令不一致报警。当数字组合点的状态输出变化，而与输出变化不一致时，产生该报警。Fbtime 时间范围为 1～1000s。

c. Command Fail 命令失败报警。当数字组合点的状态输出变化，而实际状态在 Fbtime 时间后未变到某一组态状态时，产生该报警。

d. Uncommanded Change 无命令状态变化报警。当数字组合点的输出状态未变化，而实际状态发生变化时，产生该报警。

（5）Logic Point 逻辑点

该点提供逻辑运算和数据传送功能，一个逻辑点中可以包括多个逻辑运算模块。一个逻辑点由逻辑运算块、旗标变量、数值变量、用户自定义说明、输入连接和输出连接组成。输入、输出和逻辑运算块之间的连接可以随意组合。

① 一个逻辑点的输入连接、输出连接及逻辑运算块的数量有三种组合方式，见表 9-5。

表 9-5　逻辑点配置

LOGMIX 选项	输入连接数量	逻辑块数量	输出连接数量
12-24-4	12	24	4
12-16-8	12	16	8
12-8-12	12	8	12

② 输入连接。一个逻辑点最多可指定 12 个"点名·参数"形式的输入条件，分别对应参数 L1～L12。这些输入条件可以是同一 UCN 网络设备中的任何实数型、布尔型、整数型、枚举型或自定义枚举型的参数。为保证输入条件发生故障时，逻辑运算继续执行，提供以下保护：布尔型变量坏值输入处理（取 ON、OFF 或保

持先前的好值）、数值型变量坏值处理（置为 NaN）、坏值输入标记（FL5＝ON）及坏值检查器算法。

③ 内部寄存器。包括标志量寄存器即旗标量 Flag 和数值寄存器即数值量 Numeric。

一个逻辑点提供 8 个存储常数的内部数值寄存器，分别对应参数 NN1～NN8。

一个逻辑点提供 12 个内部标志量寄存器，分别对应参数 FL1～FL12。FL1～FL6 由过程管理器设定，FL7～FL12 由用户设定。

FL1：恒为 OFF。

FL2：恒为 ON。

FL3：当逻辑点被激活即置为 ON。

FL4：当过程管理器状态由 IDLE 变为 RUN 或上电后变为 RUN 时即置为 ON。

FL5：至少有一个输入条件是坏值时置为 ON。

FL6：用于看门狗时钟（Watchdog）算法，正常为 ON。

④ 逻辑运算块。一个逻辑点可组态最多 24 个逻辑块，每个逻辑块包括最多 4 个输入、1 个逻辑算法和 1 个布尔量输出（SO）。逻辑块之间的连接关系由定义逻辑块的输入参数完成，它们可来自 L1～L12、FL1～FL12、NN1～NN8、SO1～SO24。

逻辑运算块提供 26 种算法选择，其中 9 种逻辑比较算法、6 种实数比较算法、3 种延时算法、3 种脉冲发生器、1 种看门狗时钟、1 种触发器、1 种坏值检查器、1 种开关和 1 种变化检查器。

⑤ 输出连接。一个逻辑点可组态最多 12 个输出连接。输出连接包括输出源、输出允许控制和输出目的地三个方面。其中输出源、输出允许控制来自逻辑点内部参数，输出目的地可以是同一 UCN 网络设备中的任何布尔型、整数型、实数枚举型及自定义枚举型的参数。

⑥ 逻辑点的报警设置及自定义说明。一个逻辑点中可组态 4 个用户报警，报警源可来自 L1～L12、FL1～FL12、SO1～SO24

117

或置空。置空时可由 CL 程序触发报警。

（6）Internal Variable 内部变量

① Flag 旗标量点。该点用来存储布尔量，有 ON、OFF 两个状态。控制处理器不是定期处理这种类型的点，它的状态由操作员的输入或由 CL 用户程序改变。以 HPM 为例，一个 HPM 可带16384 个旗标量点，但只有前 128 个点可定义 Offnormal 非正常状态报警，并且需报警的点要组态成全点；前 2047 个点可定义点名；前 4095 个点可通过！Box. fl（i）或 $ NMxxNyy. fl（i）进行访问（xx 为 UCN 网络号，yy 为 UCN 网络设备节点号）；4096 以后的点必须通过数组点访问。

② Numeric 数值点。该点用于存储实数，主要用来存储常数或中间计算数据。以 HPM 为例，一个 HPM 最多可带 16384 个数值点，其中前 2047 个点可定义点名；前 4095 个点可通过！Box. nn（i）或 $ NMxxNyy. nn（i）进行访问（xx 为 UCN 网络号，yy 为 UCN 网络设备节点号）；4096 以后的点必须通过数组点访问。

③ Timer 定时器点。该点允许操作员或顺控程序对过程事件进行定时，当时钟计时到预先设定的目标值时，时间点给出指示。该点只能组态成半点。以 HPM 为例，一个 HPM 有 64 个定时器点，每个点每秒都被处理一次。通过 SP（Preset Time）项预置时间（s/min），范围是 0～32000；通过 Command 项对定时器进行启动、停止、复位等操作。

④ Time 时间寄存器点。该点用于存储时间、日期信息，不定义点名。以 HPM 为例，一个 HPM 最多可带 4096 个时间存储器点，其中前 4095 个点可通过！Box. Time（i）或 $ NMxx-Nyy. Time（i）进行访问；第 4096 个点的必须通过数组点访问。

⑤ String 字符串点。该点用于存储文本型数据，不定义点名。以 HPM 为例，一个 HPM 最多可带 16384 个字符串点，前 4095 个点可通过！Box. Strn（i）或 $ NMxxNyy. Strn（i）进行访问（n 为寄存器长度，可以是 8、16、32、64）；4096 以后的点必须通过数组点访问。

118

（7）Array Point 数组点

通过该点可访问内部变量或与 SI 卡连接的子系统进行双向数据传递。每个数组点可访问的内部变量包括 1023 个旗标量、240 个数值量、240 个字符串和 240 个时间寄存器。

数组点的一个子集可用于串行接口通信。以 HPM 为例，当串行扫描速率为 1s 时，每个 HPM 每秒可以存取 80 个串行输入数据点；当串行扫描速率为 1/2s 时，可存取 40 个点；当串行扫描速率为 1/4s 时，可存取 20 个点。单个串行接口数组点可以处理 512 个旗标量点，或者 16 个数值（实数），或者 32 个数值（整数），或者 64 个字符串。

串行接口数组点与任何设备的串行接口之间的数据传输都是双向的。串行接口数组点的数据均可被其他控制点或 CL 程序存取，这就允许其他设备的数据作为 TDC-3000 子系统的数据在操作站上显示，又可用于数据点采集或控制策略，实现子系统与 TDC-3000 的有机结合。

TDC-3000 使用 SI 卡与子系统进行通信。每个 SI 卡可建立 32 个数组点。每个数组点只能访问一种子系统的一种类型数据。数据类型及数量有 512 个布尔量、16 个实数或 32 个整数，以及 8 个字符型整数。

（8）过程模件点

该点是操作 CL 程序的窗口，用于装载、调试、启动和监控 CL 程序的执行。该点允许访问 PM/APM/HPM 的任何参数，执行与它相关的 CL 程序。

过程模件点的内部寄存器包括 127 个旗标量寄存器、80 个实数寄存器、4 个时间寄存器和 16 个字符串寄存器。

过程模件点的主要参数如下。

SEQSLTSZ：与过程模件点相关的 CL 目标程序占用过程管理器模件内存单元 MU 的数量。

CNTLLOCK：程序控制的访问权限。

SPLOCK：过程模件点内部寄存器的访问权限。

119

RSTRUPT：当过程管理器从 Idle 到 OK 状态时，CL 程序启动的方式（OFF 或 RESTART）。

9.5.4 历史组组态

历史组是 HM 要采集的过程数据的集合。一个 HM 允许最多 120 个历史组，一个历史组中最多可有 20 个点，采集点的 PV、SP、OP 和点的任何实数型参数。每一个历史组中的点是同一单元的。每一单元取得历史组的数量、存储速率、存储的数据类型在 NCF 文件中确定。

历史组是趋势操作和报表的数据基础，点只有在历史组中进行定义，才可以被调出其历史趋势，报表才能记录其历史数据。

（1）历史组中要输入的参数

① 单元号。要采集哪个单元中的数据。

② 历史组号。每个单元内的历史组号。

③ 位号参数。要采集哪个位号的哪种类型参数。

（2）历史组组态步骤

① 将操作站装载成万能操作属性。

② 将键锁置于 ENG 位置。

③ 按工程师键盘上的 "CTRL＋HELP"，调出工程师主菜单。

④ 选择菜单中的 "HM HISTORY GROUP"，进入历史组组态参数输入画面（PED）。

⑤ 输入单元号、输入自己定义的历史组号。

⑥ 将光标移到 "ENTITY PARAMETER（INDEX）（输入参数）"，按工程师键盘上的 [CLR-ENT]，删除原来无用的内容，然后输入位号及参数。

⑦ 按工程师键盘上的 [ENTER]，确认数据输入，同时生成该历史组的系统点 ＄CHnn（xxx），其中 nn 为单元号，xxx 为历史组号。

⑧ 按 [CMND] 键，返回到 COMMAND DIAPLAY（命令显示）菜单。

⑨ 选择 "WRITE TO IDF"，将组态内容写入 IDF。如：

参考路径名：NET＞STUD

IDF 文件名：HIST

⑩ 按工程师键盘上的［CMND］键，选择"READ TO PED"，输入参考路径名、点名以及 IDF 文件名，按［ENTER］，调出组态内容。如：

参考路径名：NET＞STUD

点名：$CHnn（xxx）

IDF 文件名：HIST

⑪ 按工程师键盘上的"CTRL＋F12"，下装历史组的组态内容，待屏幕上出现"OPERATION　COMPLETE（操作完成）"，即完成组态。

通过操作以下步骤，启动历史数据采集，即可检索和调出点的历史数据和趋势。

注意：上述步骤用于建立一个新的历史组，若是修改原有的历史组组态内容，则必须先按工程师键盘上的"CTRL＋F7"，读出原有组态内容，然后再进行修改。

9.5.5　流程图画面组态

在一幅流程图中一般按固定画面、动态画面和相关画面三种画面类型来绘制图形。

TDC-3000 提供 GUS 环境下的 Display Builder 和 US/GUS-Native Window 环境下的 Picture Builder 两种流程图绘制方法。

Display Builder 是绘制 GUS 用户流程图的专用软件包。它在 Windows NT 平台上开发，采用流行的绘图界面，提供多种基本图形工具，可嵌入位图文件及 OLE 对象，还提供基于 Microsoft VB 的功能强大的 Script（脚本）语言，用于完成 GUS 流程图对过程变化的实时显示及过程操作接口。Display Builder 包括 off-line 和 on-line 两种版本。Display Builder off-line 可安装在 PC 机上离线作图（TPS Builder）；Display Builder on-line 安装在 GUS 工作站上，配合 GUS 基本软件包、支持 GUS 流程图运行软件包和支持多幅 GUS 流程图显示软件包使用。

在 US/GUS-Native Window 环境下，运用工程师菜单中的图形编辑器（picture builder）绘制流程图或其他的用户图形。建立和激活流程图，一般运用以下基本作图技能。

a. 用线和实体画基本图形。

b. 画阀（阀通常作为子图调用）。

c. 作子图，作为变体使用。

d. 在图中加字符。

e. 在图中加数据。

f. 在数据上加条件（如报警时，颜色改变）。

g. 加触摸区调用另外的流程图或图形。

h. 加触摸区调出标准操作区域（Change Zone）。

i. 加触摸区调用操作组。

j. 在流程图上加趋势（如 PV、SP、OP 的趋势）。

k. 加棒图，用作监视 SP 和 PV 值。

l. 编译流程图。

m. 在操作员或万能属性下操作流程图。

画面编制步骤如下。

a. 作图。一般顺序为：子图、实体、棒图、线、字符、变体、数据、触摸区、条件。

b. 编译。在编译过程中，如果图形中有错误，出错的部分会变白色并闪烁；如果编译成功，则生成目标文件。源文件名的后缀为 .DS，目标文件名的后缀为 .DO。

c. 拷贝。将流程图放入区域数据库的 Path Name Catalog（路径名登录）指定的目录中，或者作为常驻内存。如果作为常驻内存，则区域数据库路径名登录的内容将要被修改。

9.5.6 自定义键组态

操作员键盘上共有 85 个自定义键，这些键通过组态可调出规定的显示，以帮助操作员快速响应过程变化。自定义键中的 7～46 号自定义键还可定义报警灯，57～85 号键可用作字符输入键。

（1）自定义可执行的操作功能

调用操作显示（如操作组，流程图）、改变操作站上键锁的位置、清屏。

（2）自定义键组态步骤

① 将操作站装载成万能操作属性。

② 将键锁置于 ENG 位置。

③ 按工程师键盘上的"CTRL＋HELP"，调出工程师主菜单。

④ 选择菜单中的"BUTTON CONFIGURATION"，进入自定义键组态画面。

⑤ 选择所要组态的键，出现组态数据输入画面。

⑥ 在 ACTION 项中输入与该键所定义内容相对应的语句，有以下几种格式。

a. SCHEM（"流程图名"）。定义调用流程图。

b. GROUP（操作组号，0）。定义调用操作组。

c. CLR-SCRN。定义清屏功能。

⑦ 在 LAMP SPECIFIC DATA 项中，组态过程报警，根据所要定义的内容有三种格式。

U/nn：将某单元报警指定到 LED 上，nn 表示单元名。

A/nnnnnnnn：将报警通知画面中某个块的报警指定到 LED 上，nnnnnnnn 表示报警通知画面中某个块的描述。报警通知画面在区域数据库中定义。

P/nnnnnnnn：将一个 Primary 报警组指定到 LED 上，nnnnnnnn 表示 PRIMMOD 参数定义的一个点名。Primary 是建点时使用的报警指定参数。

⑧ 按工程师键盘上的 [ENTER]，若组态正确，则重新显示自定义键组态画面。

⑨ 待所需的键全部定义完成后，在命令行输入写命令"W"，将组态内容存入 HM 中，生成自定义键文件的源文件。例：W

NET＞&DO1＞BUTTON，生成源文件 BUTTON.KS。

⑩ 用 COM 编译命令进行组态内容编译，生成目标文件。例：COM NET＞&DO1＞BUTTON，生成目标文件 BUTTON.KO。

⑪ 将自定义文件的目标文件及其路径在区域数据库 Path Name　Catalog（路径名登录）中进行登录。

⑫ 按工程师键盘上的"CTRL＋HELP"，退出组态。

⑬ 进行区域变换：按操作员键盘上的"CONSOLE STATUS"，选择"AREA CHANGE"，选择区域号，选择"DEFAULT SOURCE"，选择"EXECUTE COMMAND"。

上述步骤完成后，即可通过操作自定义键查看所组态的内容是否正确。

注意：上述步骤用于建立最初的自定义键组态，若是修改原有的自定义键组态，则必须先用命令 R NET＞&DO1＞BUTTON 读出原有组态内容，然后再进行修改。在读出的自定义键组态画面上，已被组态过的键为蓝色，未被组态过的键为绿色。

9.5.7　自由格式报表组态

自由格式报表不同于标准报表，由用户根据自己的需要而设计，以满足特殊报表的需求。

(1) 自由格式报表可以收集的数据

① 历史数据。可收集以分钟、小时、班报、日报、月报为基础的数据点值。可显示平均值、最大值、最小值、累积值四种类型值。

② 历史时间。提供历史组中数据点的采集日期和时间。

③ 值的状态。将历史组所认为的最佳平均值提供给操作员。

④ 系统日期和时间采集。显示报表生成的日期和时间。

(2) 自由格式报表组态步骤

① 将操作站装载成万能操作属性。

② 将键锁置于 ENG 位置。

③ 按工程师键盘上的"CTRL＋HELP"，调出工程师主菜单。

④ 选择菜单中的"FREE FORMAT LOGS"，出现编辑区。

⑤ 根据格式要求，进行数据输入。在组态过程中，用 Add Text 命令加字符和数字，用 Add Value 命令加数据平均值，用 Add Sub 子图路径命令加子图，用 SET ROLL 命令使屏幕滚动。

⑥ 用 WRITE 命令，保存编辑的自由格式报表，产生一个源文件。例：W NET＞S101＞FFL10，生成源文件 FFL10. DS。

⑦ 用 COM 编译命令进行组态内容编译，将源文件转换成目标文件。例：COM NET ＞ S101 ＞ FFL10，生成目标文件 FFL10. FO。

⑧ 在区域数据库组态中，将 FFL（自由格式报表）目标文件及路径进行登录。

区域变换后，即可调出所编制的自由格式报表。在调出的画面中，符号（@@@@）表示操作数据采集不到，符号（----）表示采集到的是坏值。

9.5.8 区域数据库组态

区域数据库是操作员进行过程操作的数据库，区域数据库组态就是定义和建立操作员进行过程操作界面的数据库。一个操作站同一时刻只能装载一个数据库，这也就决定了操作员从一个操作站上可以监控的范围，其中包括流程图、操作组、报警显示和其他标准显示，以及报表、杂志和报告等。

一个 TDC-3000 系统最多可设 10 个区域。每个区域对应一个区域数据库文件，分别为 Area01. DA～Area10. DA。每个区域对应一个存储区域数据库文件的目录，分别为 ＆D01～＆D10。在 HM 初始化时，应在每个区域数据库目录下拷贝一个空区域数据库文件 Area00. DA，以便进行区域数据库配置。

（1）准备工作

流程图、自由格式报表、自定义键文件要在区域数据库中登记，这些文件应事先编译好。操作组、趋势显示、标准报表和报告中涉及到的点要事先建好。

（2）区域数据库内容

① 单元分配。指定该区域包含哪些单元。每个区域最多包含

36 个单元，这些单元必须是 NCF 中已定义好的单元。

② 路径分配组态。指定自定义键文件的卷/目录名和文件名；指定流程图和自由格式报表的搜索路径，搜索顺序为从左至右，从上至下，建议把最常使用的放在左上角；指定常驻操作站内存的流程图和自由格式报表名，装载的优先顺序为从左至右，从上至下。

③ 组概貌显示。显示最多 36 个操作组（288 个点），通过该显示可查看这 288 个点的 PV 和 SP 的偏差以及报警信息。该画面最多可划分为 36 个 FIELD，每个 FIELD 用蓝色线框起来，可以有题目和相关（Related）显示。此外，还可定义组概貌显示的关联（Associated）显示和帮助（Help）显示。

④ 操作组显示。工程师组态 1～400 操作组，区域变换后内容不消失。工程师定义每个组的组号、题目、组中点（每组最多 8 个点）的位号以及是否有趋势。其中 391～400 操作组为操作员组态的临时组，区域变换后操作员组态的内容消失，仍保留工程师组态的内容。

⑤ 过程模件组。401～450 操作组为工程师组态的过程模件组，每个组最多包含 6 个过程模件点（PM 点）。此处组态输入的位号为 1～50，但操作员调用时输入的组号相应的为 401～450。每组最多可定义 6 个相关显示画面，分别对应组中的 6 个 PM 点。

⑥ 区域趋势。每个区域趋势画面最多包含本区内 24 个点的趋势，分 12 个坐标轴显示，每个坐标轴上 2 个点，时间基数为 2h 或 8h。每个点可以定义其相关（Related）显示，整个区域画面可以定义一个关联（Associated）显示和一个帮助（Help）显示。

⑦ 单元趋势。每个区域最多包含 36 个单元趋势画面。每个单元趋势画面最多包含本单元内 24 个点的趋势，分 12 个坐标轴显示，每个坐标轴上 2 个点，时间基数为 2h 或 8h。每个点可以定义其相关（Related）显示，整个区域画面可以定义一个关联（Associated）显示和一个帮助（Help）显示。

⑧ 过程模件点总貌显示。若本区域内包含的过程模件点不多，则无需对该项目进行组态。该显示共分 5 页，每页 21 行。可显示

每个过程模件点的描述信息、位号或空行。若选中了描述，则系统自动为每个描述提供一个相关（Related）显示。系统还为每页画面提供了一个关联（Associated）显示和帮助（Help）显示。调用该画面需在自定义键文件中组态。

⑨ 批处理总貌。该功能未实现，无需组态。

⑩ 系统状态。为 System Status 画面和 Console Status 画面定义关联（Associated）显示键和帮助（Help）显示键。当 System 和 Console 状态显示画面正在屏幕上显示时，按操作员键盘上的 [ASSOC DISP] 和 [HELP] 键调出的显示即为此处定义的显示。

⑪ 报警光字排。该画面可显示 60 个报警窗口，每个窗口最多包含 10 个点（一般的报警点或 Primary Module 点），其中若有一个点报警，则整个窗口闪烁，颜色根据报警点的优先级而定。窗口 61～100 不在该画面上显示，但可在此组态，将来在自定义键或流程图中组态后，可看到这些窗口的报警状态。每个窗口可定义一个相关（Related）显示。整个报警光字排可定义一个关联（Associated）显示和一个帮助（Help）显示。在该画面的上方会显示最近的 5 个紧急优先级的报警，在该画面的下方会显示各个单元报警的窗口。

⑫ 标准报表。每个报表最多包括 100 个点，可显示每个点的实时或历史的 PV 值。

⑬ 自由格式报表。前面做好的自由格式报表全部要在此登记。此处输入的名字一定要与前面编译时的名字相同。

⑭ 过程杂志。记录一定时间内过程报警、操作信息和操作变化。

⑮ 系统杂志。记录一定时间内系统状态变化、系统出错信息和系统维护信息。

⑯ 打印趋势。打印格式分为图形和数字两种，其格式已在 NCF 中定义。每张打印趋势打印一个操作组 8 个点的历史趋势。

⑰ 报表。每个报表最多包括 10 项前面组态过的类型，可以是标准报表、自由格式报表、过程杂志、系统杂志和打印趋势。

127

⑱ LCN 节点报警策略。定义 LCN 上哪些节点可以从装载本区域的操作站上报警。缺省的全选为 YES，所以无需进行修改。

⑲ 过程网络设备报警策略。定义过程网络上哪些设备可以从装载本区域的操作站上报警。缺省的全选为 YES，所以无需进行修改。

⑳ 实时杂志分配。定义各种实时杂志状态变化是否输出及在哪个打印机上输出。这些信息操作员可在线修改。

㉑ SOE 杂志。若有 DISOE 卡，则该项进行组态；若无 DIS-OE 卡，则该项无需进行组态。

（3）建立区域数据库步骤（SLIC 步骤）

① 准备存放区域数据库文件的存储设备。要将空区域数据库文件拷贝到存储设备中。存储设备包括 HM 和可移动存储盘。

对于 HM，若在 HM 初始化时没有在区域数据库目录中拷贝空文件，则将该空文件拷贝到 HM 中。命令举例：

a. 拷贝空数据库文件　CP NET＞&ARG＞AREA00. DA NET＞&D01＞AREA01

b. 解保护　UNPT NET＞&D01＞AREA01. DA

对于可移动存储盘，拷贝空区域数据库文件到可移动存储盘上。命令举例：

a. 拷贝空数据库文件　CP $F1＞&ARG＞AREA00. DA NET＞&D01＞AREA01

或　CP NET＞&ARG＞AREA00. DA NET＞&D01＞ARE-A01

b. 解保护　UNPT $F1＞&D01＞AREA01. DA

② 选择区域（Select the Area）的步骤。

a. 从工程师主菜单中选择 AREA DATABASE，调出区域组态画面，然后按工程师键盘上的［CMND］键调出 COMMAND DISPLAY（命令显示）画面。

b. 从 COMMAND DISPLAY 中选择 SELECT AREA，然后选择区域号并回车。

c. 按［CTRL＋F9］，返回区域组态画面。

选择区域后，系统自动拷贝区域数据库文件 AREAnn.DA（其中 nn 为区域号），生成一个工作文件 AREAnn.WA，在安装区域数据库之前所修改的内容全部保存在 AREAnn.WA 文件中。

③ 输入并下装数据（Enter and Load the Data）。选择某个组态项，填写组态内容；然后按［CTRL＋F12］，下装数据。

④ 安装区域（Install the Area）。按［CMND］键，调出 COMMAND DISPLAY 画面；然后选择 INSTALL AREA，回车。

安装区域数据库后，工作文件 AREAnn.WA 变为正式文件 AREAnn.DA，工作文件消失。

⑤ 区域变换（Chang the Universal Station Area）的步骤。

a. 按操作员键盘上的［CONS STATS］键。

b. 选择要变换的操作站的站号（Station Number）。

c. 选择屏幕下方的［AREA CHG］。

d. 选择要变换的区域号。

e. 若组态文件保存在 HM 中，选择［DEFAULT SOURCE］。若组态文件保存在外存储器如 ZIP 上，选择［ALTERNATE SOURCE］。

f. 选择［EXECUTE COMMAND］。

9.5.9　CL/HPM（APM、PM）组态

CL 即 Control Language 控制语言。在过程管理器中，用户可以使用 CL/HPM 来编制应用程序，以实现连续、批量和综合应用过程控制的特殊需要。

（1）CL/HPM 程序结构

每一个 CL/HPM 程序以 SEQUENCE 开始。变量说明是说明变量的名字，是内部变量还是外部变量。程序体根据过程特点分成若干个段（PHASE）和若干个步（STEP）。段名由用户定义，CL/HPM 程序至少含有一个段，段里含有若干个步。一个步中最多有 255 条语句。每一个 CL/HPM 程序有结束语句；可以有子程序，允许在主程序中调用子程序，子程序执行完后，返回主程序；

129

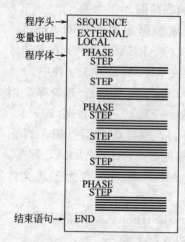

程序头→　SEQUENCE
变量说明→　EXTERNAL
　　　　　　LOCAL
程序体→　　PHASE
　　　　　　　STEP

　　　　　　　STEP

　　　　　　PHASE
　　　　　　　STEP

　　　　　　　STEP

　　　　　　　STEP

　　　　　　PHASE
　　　　　　　STEP

结束语句→　END

图 9-18　CL 程序结构示意图

允许有异常处理程序。CL 程序结构如图 9-18 所示。

（2）CL 程序语句（见表 9-6）。

（3）CL/HPM 数据类型

有标量型和复数型两种数据类型可以操纵。标量型没有元素，它们是数值、时间和离散型变量。复数型是数据点、序列和组合型字符串。

（4）PM 数据点

CL/HPM 使用与 HPM 操作有关的两种类型的数据点：过程模件点和 BOX 数据点。

表 9-6　CL 程序语句类型

类型	CL 语句	类型	CL 语句
声明语句	Local、External	通信语句	Send
赋值语句	Set、State Change	等待语句	Wait、Pause
条件语句	If、Then、Else、Else If		
转移语句	GOTO	错误处理语句	Initial…When Error Set_Bad
循环语句	Loop、Repeat	终止语句	Exit、End

一个过程模件点是顺序控制执行的平台，每一个 CL/HPM 顺序程序必须在开头命名一个过程模件点，下装时将该顺序程序装入该过程模件点中。

BOX 数据点是与过程相连的一种数据点。CL/HPM 可以读写 UCN 上所有的 HPM 参数，但不能访问任何 NIM 驻留的 BOX 参数。

（5）建立 CL 程序步骤

① 组态并下装过程模件点。

② 使用文本编辑器编辑 CL 源程序，举例：ED NET＞S101＞

HPMCL01. CL（HPMCL01. CL为文件名）。

③ 编译源程序生成目标文件，举例：CL NET＞S101＞HPMCL01. CL。

④ 如果有错误，会出现错误文件。

⑤ 取得清单文件。

⑥ 装载目标文件到HPM，运行程序。

9.6　故障案例及排除

（1）US死机

按US上的RESET键，等"＞"出现。再按LOAD键，屏幕显示"N，1，2，3，4，X?"，键入"N"，过一会显示"OPR、ENG、UNV?"。若选操作员属性，则键入"O"；若选万能属性，则键入"U"；若选工程师属性，则键入"E"。等待US启动成功，恢复正常。

（2）US触屏不灵敏或失效

按［SYST MENU］，调出系统菜单画面；选择CLEAR SCREEN项，进行清屏；用小毛刷清扫CRT四周的红外线发光管；如果清扫后触屏仍不行，可将此US停掉，然后进行重新加载。

（3）系统停电

若UPS系统出现故障而紧急停电时，通知工艺切换副线；切掉UPS来的各路电源；关闭系统所有的交流、直流开关；准备好活动硬盘和工程师钥匙以备系统进行加载启动。

（4）系统停机

若因系统停电或其他原因出现重大故障而引起系统停机，需对系统进行重新启动。

① 启动LCN网络上各节点。

a. 检查电源无误后，先合上各节点下面的交流开关，然后再合上后面的直流开关，此时，各节点进行自检。

b. HM自行装载并启动。启动成功后，HM显示地址号，表

131

明 HM 已经正常。

c. 人工启动 US。先启动一台 US，然后用它对其他 US 进行加载启动。

d. 启动 NIM。在 NIM 的 NODE STATUS 画面中选择 AUTO NETLOAD 项，对 NIM 进行加载并启动。

e. 启动 CG。方法同 NIM。

若有其他节点，也需启动。至此，LCN 网络上的节点全部启动。

② 启动 UCN 网络上的过程管理器（如 HPM）。

a. 首先合上 HPM 下部电源的直流开关。此时 HPM 各卡件进行自检。

b. 当 HPM 处于 ALIVE 状态时，表明 HPM 自检正常。

c. 选中 HPM 节点，对节点进行 LOAD PROGRAM 装载。当 HPM 显示 IDLE 状态时，表明 HPM 数据库装载成功；然后，对 HPM 进行 START 启动；当 HPM 显示 OK 状态时，表明 HPM 启动成功。若是冗余 HPM，则当启动成功后为正常状态时，显示 BACKUP。

若有其他类型的节点，也需启动。至此，整个系统启动成功。

（5）HPMM 中 CON/COMM 卡或 I/O LINK 卡故障

当 HPMM 中 CON/COMM 卡或 I/O LINK 卡任何一块出现故障，HPM 会自动切换到冗余 HPMM，并发出系统报警。处理方法如下。

① 通知工艺做好防范准备，重要回路改手操器或走副线。

② 重新装载故障卡件。CON/COMM 卡或 I/O LINK 卡可以通过重新插拔的方法，使其复位，然后对故障的卡件进行重新装载启动。

③ 若重新装载仍不能启动，则表明卡件有故障，需更换卡件。更换卡件时，要遵循 DCS 卡件更换程序。首先通知工艺做好防范准备，并注意卡件上跳线的位置，戴好防静电手套。卡件更换完毕后，对新换上的卡件进行装载。启动成功后，通知工艺，恢复正常

生产。

(6) I/O 卡件故障

① 冗余 I/O 卡件故障。冗余 I/O 卡件发生故障时，系统自动地由故障 I/O 切换到冗余 I/O 卡件，不影响生产操作。处理方法同 HPMM 中 CON/COMM 卡或 I/O LINK 卡一样，可通过重新插拔的方法使其复位，新换的 I/O 卡件自动启动，变为 BACKUP 状态。

② 非冗余 I/O 卡件故障。非冗余 I/O 卡件发生故障时，因为没有冗余的 I/O 卡件可切换，会影响生产操作，处理时一定要谨慎。首先通知工艺做好防范准备，重要回路的改手操器或走副线。若是 AO 卡件故障，让工艺记录下故障回路的输出值，因为当 I/O 卡件重新启动后，其输出会变为"0"。处理方法同 HPMM 中 CON/COMM 卡或 I/O LINK 卡处理方法一样，可通过重新插拔或更换卡件的方法解决。卡件复位后变为 ALIVE 状态，此时的 I/O 卡件需要进行 RESTORE MODULE 数据恢复操作，才能使其启动变为 OK 状态。启动成功后，通知工艺，恢复正常生产。若是 AO 卡件故障后的恢复，则让工艺人员输入故障时回路的输出值，恢复正常生产。

(7) HM 硬盘损坏

若是备用硬盘损坏，不会影响 HM 的正常工作，但会发出报警信息 WARING。可将 HM 停掉，拆下备用硬盘，送 Honeywell 服务中心修理。

若是主硬盘损坏，HM 会出现故障，处于 FAIL 状态，不能完成历史数据的采集功能。此时可将 HM 停掉，拆下主硬盘，将备用硬盘通过调地址的方法改为主硬盘，插入主硬盘槽中。对 HM 进行启动，使 HM 正常工作。损坏的硬盘送 Honeywell 服务中心修理。

思考与练习

9-1　简述 TDC-3000 的总体构成。

9-2　TDC-3000 LCN 网络上有哪些模件？构成一个最基本的 LCN 网络需要哪些设备？各部分的主要作用是什么？

133

9-3　UCN 网络组成部件有哪些？

9-4　在连接 UCN 电缆时应注意哪些原则？

9-5　UCN 网络上连接哪几类设备？

9-6　过程管理器由哪两大部分构成？各部分的主要功能有哪些？

9-7　简述冗余 IOP 的安装原则。

9-8　试比较 PM、APM、HPM 的共同点和不同点。

9-9　简述 LM 和 SM 的作用。

9-10　TDC-3000 的组态总体上包括哪些组态项目？

9-11　UCN 节点组态和节点的详细组态主要定义哪些内容？

9-12　在过程点的组态中，点的形式有哪几种？有何主要区别？

9-13　在常规 PID 算法中，"预置功能"发生于什么情况？

9-14　在过程点的组态中，回路可连接的参数有哪些？连接的方式有哪两种？

9-15　区域数据库组态有哪五大步骤？简称什么步骤？

9-16　历史组中要输入的参数有哪些？

9-17　TDC-3000 提供哪几种绘制流程图的方法？

9-18　CL/HPM 程序的结构有何特点？

9-19　如何处理操作站"死机"故障？

9-20　如何处理触屏问题？

9-21　系统停机后如何重新启动？

9-22　当出现过程管理器卡件故障时，应如何处理？

9-23　当出现 I/O 卡件故障时，应如何处理？

9-24　若 HM 硬盘损坏，应怎样相应处理？

第10章 Delta V 集散控制系统简介

学习目标

1. 了解 Delta V 系统的构成。
2. 了解 Delta V 系统组态的内容。
3. 基本掌握 Delta V 系统软硬件常见故障的诊断方法。
4. 掌握 Delta V 系统卡件诊断及相应的故障处理方法。

艾默生过程管理公司于 1996 年推出的 Delta V 系统是世界上第一套全数字式的自动化系统，从数字总线到精确的先进控制、简单的工厂集成和优化，Delta V 系统融合了当今的诸多先进技术，如 PC 工作站、以太网、数字总线、OPC 和 XML，Delta V 系统能提供更为精确的控制和预测性维护，同时还能随时随地根据需要提供有用的过程信息。Delta V 系统充分融合了"智能化工厂"的技术，包括 HART 通信协议、FF 基金会现场总线、高速离散总线以及内置的先进控制。

10.1 系统特点

Delta V 系统的主要特点如下。

（1）Delta V 系统的控制网络

Delta V 系统采用 FF 规定的拓扑结构即工业以太网。工作站和控制器构成控制网络的节点，Delta V 系统的任何两个节点之间都是对等的，信息直接交流，而且所支持的数据格式相同，即 Delta V 系统的控制器直接支持 TCP/IP 数据，数据传输速率为 10Mbps，远高于其他 DCS 系统。

Delta V 系统的控制网络结构决定了 Delta V 系统的结构简单、安装方便、组态容易、可靠性高，任何一个节点离线，不会对系统运行造成影响。

（2）系统规模可变，在线升级扩展容易

Delta V 系统具有规模可变的特点，搭积木式的系统组成使得系统的扩展非常容易，同时系统支持任意的光缆扩展连接，使系统的扩展更加随意。Delta V 系统的在线升级可以使用户在不停车的情况下，在线完成系统的升级换代，而不影响生产的正常进行。

（3）器件的智能化

卡件可带电热插拔，即插即用。控制器和 I/O 卡件全部采用模块化、智能化设计，一经上电，系统自动识别其类型，自动分配地址；系统采用标准的 I/O 背板，所有卡件可以混合进行使用，没有位置等的限制；任何卡件都可以进行带电热插拔，不会对系统运行造成任何影响。另外卡件每个通道与现场之间都采用了光电隔离技术。卡件的集成度更高，体积更小，标准的接线端子直接与 I/O 卡件一起插在 I/O 背板上，方便了接线，大大节约了安装空间，减少了中间故障环节。

（4）出色的控制器冗余设计

Delta V 系统的控制器具有在线完全冗余的功能，在系统正常运行时，不需要停车，只需在左侧把第二套控制器所插放的底板与运行中控制器底板通过其自带的标准插口插接起来，则系统自动完成控制器冗余，不需要任何组态，不需停车，不需额外接线，对系统的运行不会造成任何影响。这是 Delta V 系统控制器独特的在线冗余方式。I/O 卡件的冗余也无需任何组态，由系统自动识别完成。

（5）远程组态和控制

Delta V 系统具有远程工作站，任何一个以太网，只要通过网关和 Delta V 系统的应用站或 PRO＋站连接起来，就可以在该网络上设置远程工作站（remote workstation）。远程工作站可以具备 Delta V 系统本地工作站同样的功能，即进行组态和操作。远程工作站和 Dalta V 系统之间也可以通过卫星等无线通信方式实现。

（6）远程监视和诊断

Delta V 系统应用 OPC(OLE for process control) 通信技术，

通过 OPC，Delta V 系统很容易与 Intranet（企业管理网）和 Internet 进行通信。

同时，Delta V 系统开发出许多 OPC 标准产品，如 Web Server、OPC Pager、Excel ADD-IN、OPC Mirror 等，这些产品为用户的数据信息管理提供了很大帮助，使系统之间的集成变得更加容易。如用户可以通过 Web Server 在互联网上远程监视 Delta V 系统运行的状况，远程进行故障诊断。通过 Internet 用户可以做到：监视动态控制流程图；监视实时、历史趋势；查看事件记录、报警信息、操作员操作记录等。

（7）组态简单

Delta V 系统的控制方案组态采用了 FF 规定的 IEC-61131 标准，控制方案的组态采用标准功能块连接的方式完成，不需要再填表格，鼠标拖放式组态使得组态工作变得简单；在线仿真功能可以使组态的正确性立即得到验证。这样，系统在现场连接之前，即可进行所有控制方案、逻辑的正常性调试，从而大大减少了现场调试的工作量，这对于工期紧张的用户具有非常重要的意义。

仿真运行时，可以对组态方案进行调试，就像调试 VB、VC 程序一样，可以进行单步运行调试、设置断点等，使得调试工作简单灵活。

（8）离线组态功能、离线仿真功能

Delta V 系统可以离线运行，在用户的系统到货之前，可以为用户离线安装 Delta V 系统，用户即可以进行离线组态，包括流程图和各种控制方案的组态。

在 Delta V 系统中，几台计算机通过 OFF-Line 功能可组成一套 Delta V 仿真系统，该仿真系统把计算机的硬盘仿真成控制器，可以达到与真正的 Delta V 系统同样的组态、运行效果，它既可以用来离线组态，又可以进行工程师的组态培训和操作员的各种实时操作培训等。

（9）独特的报警功能

报警发生时，传统 DCS 的处理方式是让操作员先去寻找报警，等操作员找到报警后，再去处理报警。Delta V 系统采用独特的报警方式，报警时，无论操作员监视的是什么画面，报警信息都会自动弹出到当前的画面上，由于不是操作员去寻找报警，而是报警自动去找操作员，从而大大提高了操作员对报警的处理效率。另外，Delta V 系统允许特别设置声音报警，Delta V 系统的报警声音文件采用标准的 .wav 文件，因此可以很轻易地进行特殊报警的特点提示音配置。

条件报警是 Delta V 系统的又一特色，Delta V 系统为每个报警都设置一个报警开关，只要适当设置，该报警就会在需要时正常报警，不需要时自动屏蔽报警。条件报警的好处在于避免非必要的报警干扰操作员，同时减少非必要的报警记录等带来的资源浪费。

（10）现场总线的解决方案

Delta V 系统的现场总线解决方案是目前合理、简单的总线解决方案，Delta V 系统通过 FF 卡件完成对现场总线的支持，每个 FF 卡件可支持两条 H1 总线，用户如果想用总线仪表换掉过时的仪表，只需将常规 I/O 卡件换成 FF 卡件即可。无需附加其他专门的硬件和软件接口，总线的拓扑结构设计可以随心所欲，总线形、树形、菊花链形及其混合形拓扑结构可以根据实际情况随意使用。

另外，Delta V 系统的总线卡件都可以进行冗余配置，同时也提供了本安的解决方案。

除上面所述，Delta V 系统还内置 AMS（设备管理系统）软件、标准的模糊控制软件及回路自整定软件，其使用非常简单。另外，Delta V 系统的神经元网络、多变量预估控制器软件等都可为用户的控制带来效益。

10.2　系统结构

Delta V 系统多节点的系统构成如图 10-1 所示，I/O 子系统如图 10-2 所示。图 10-1 是一个有八个节点的 Delta V 系统控制网络，系统中常见的名称术语如下。

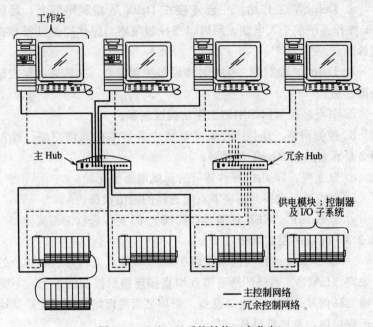

图 10-1　Delta V 系统结构（多节点）

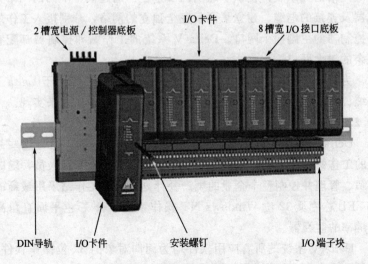

图 10-2　控制器及 I/O 子系统

　　a. Delta V 工作站。一台连接在 Delta V 控制网络上，运行 NT 操作系统的个人电脑。用以组态控制策略、操作控制过程和在线诊断。

　　b. Delta V 控制器。运行过程设备控制策略，并传递过程数据给操作员。

　　c. 节点。控制网络中的工作站或控制器。

　　d. 控制网络。连接 Delta V 系统中各节点的通信网络。控制网络是冗余的 10BaseT 局域网。

　　e. 以太网。10 兆位每秒基带的局域网通信配置。

　　f. 集线器。连接并传递节点间通信的网络设备。

　　g. 10BaseT。IEEE 标准，双绞线上 10 兆位每秒的带宽。

10.2.1　冗余的控制网络

　　Delta V 系统的控制网络是以 10M/100M 以太网为基础冗余的局域网（LAN）。系统的所有节点均直接连接到控制网络上，不需要增加任何额外的中间接口设备。简单灵活的网络结构可支持就地和远程操作站及控制设备。

　　网络的冗余设计提供了通信的安全性。通过两个不同的网络集线器及连接的电缆，建立了两条完全独立的网络，分别接入工作站和控制器的主副两个网口。Delta V 系统的工作站和控制器都配有冗余的以太网口。

　　为保证系统的可靠性和功能的执行，控制网络专用于 Delta V 系统。与其他工厂网络的通信，则通过使用集成工作站来实现。

10.2.2　Delta V 系统工作站

　　Delta V 系统工作站是 Delta V 系统的人机界面，通过这些系统的工作站，企业操作人员、工程管理人员及企业管理人员，随时了解、管理并控制整个企业的生产及计划。所有工作站采用最新的 INTEL 芯片及 32 位 Windows NT 操作系统、21″彩色平面直角高分辨率的监视器。

　　Delta V 系统的所有应用软件均为面向对象的 32 位操作软件，满足系统组态、操作、维护及集成的各种需求。

Delta V 系统工作站分为 3 种。

　　(1) Professional Plus（PRO＋）工作站

　　每个 Delta V 系统都需要有一个 PRO＋工作站。该工作站包含 Delta V 系统的全部数据库。系统的所有位号和控制策略被映像到 Delta V 系统的每一个节点设备。

　　PRO＋工作站配置系统组态、控制及维护的所有工具，从 IEC1131 图形标准的组态环境到 OPC、图形和历史组态工具。用户管理工作也在这里完成，从这里可以设置系统许可和安全口令。

　　(2) 操作员工作站

　　Delta V 操作员站可提供友好的用户界面、高级图形、实时和历史趋势、由用户规定的过程报警优先级和整个系统安全保证功能，还可具有大范围管理和诊断功能。操作员界面为过程操作提供了先进的艺术性的工作环境，并有内置的易于访问的特性。不论是查看最高优先级的报警、下一屏显示，还是查看详细的模块信息，都采用直观一致的操作员导航方式。

　　(3) 应用工作站

　　Delta V 系统应用工作站用于支持 Delta V 系统与其他通信网络，如工厂管理网（LAN）之间的连接。应用工作站可运行第三方应用软件包，并将第三方应用软件的数据链接到 Delta V 系统中。

　　应用工作站同样具有使用简单、位号组态惟一性的特点。应用工作站通过经现场验证的 OPC 服务器，将过程信息与其他应用软件集成。OPC 支持每秒 2 万多个过程数据的通信，OPC 服务器可以用于完成带宽最大的通信任务。任何时间、任何地点都可获得安全可靠的数据集成功能。

　　通过应用工作站，可以在与之连接的局域网上设置远程工作站。通过远程工作站可以对 Delta V 系统进行组态、实时数据监视等，远程工作站可以具备与 Delta V 系统本地工程师站或操作员站完全相同的功能。

　　另外通过应用工作站，可以监视最多 25000 个连续的历史数

141

据、实时与历史趋势。

10.2.3 Delta V 系统控制器与 I/O 卡件

（1）控制器

控制器负责 Delta V 系统所有工艺参数的 PID 运算及各种模块的运算，可以完成从简单到复杂的监视、联锁及回路控制。目前常用的控制器有 M3、M5、M5-PLUS（M5＋）三种，M5 与 M5＋控制器提供了 M3 控制器的所有特性和功能，同时还增加了批量控制的应用功能。这三种控制器的内存容量依次为 4M、16M、64M。

（2）电源

控制器与电源模块需成对安装使用，一个控制器必须有一个电源模块。同样，冗余的控制器由两个控制器和两个电源模块组成，电源模块在左侧，控制器在右侧，安装在 4 槽宽的控制器底板上。

Delta V 系统的电源有以下几种：外供 220V AC 电源、系统交流电源模块（AC/DC，220V AC→24V DC）、系统直流电源模块（DC/DC，24V DC→12V DC、5V DC、3.5V DC）。图 10-3 为 Delta V 系统的电源配置图。

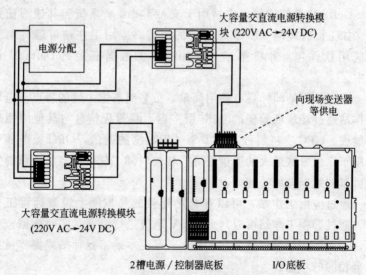

图 10-3 Delta V 系统的电源配置

（3）I/O 卡件

Delta V 系统提供了多种类型的 I/O 卡件，这些卡件用于实现控制器与现场仪表之间的数据转换、通信、交换，以实现生产控制的目的。目前主要的 I/O 卡件类型如下。

① 模拟量输入。

a. AI，8 Channel，4～20mA，HART（8 通道带 HART 4～20mA 模拟量输入卡）。

b. AI，8 Channel，4～20mA（8 通道不带 HART 4～20mA 模拟量输入卡）。

c. AI，8 Channel，1～5V DC　（8 通道 1～5V DC 模拟量输入卡）。

d. I.S. AI，8 Channel，4～20mA，HART（8 通道带 HART 4～20mA 隔离型模拟量输入卡）。

e. RTD，8 Channel（8 通道热电阻信号的模拟量输入卡）。

f. Thermocouple，8 Channel　（8 通道热电偶 mV 信号的模拟量输入卡）。

② 数字量输入。

a. DI，8 Channel，24V DC，Isolated（8 通道 24V DC 隔离型数字量输入卡）。

b. DI，8 Channel，24V DC，Dry Contact（8 通道 24V DC 干触点型数字量输入卡）。

c. DI，8 Channel，120V AC，Isolated（8 通道 120V AC 隔离型数字量输入卡）。

d. DI，8 Channel，120V AC，Dry Contact（8 通道 120V AC 干触点型数字量输入卡）。

e. DI，8 Channel，230V AC，Isolated（8 通道 230V AC 隔离型数字量输入卡）。

f. DI，8 Channel，230V AC，Dry Contact（8 通道 230V AC 干触点型数字量输入卡）。

g. High Density DI，32 Channel，24V DC，Dry Contact（32

通道 24V DC 干触点型高密度数字量输入卡）。

h. I. S. DI，16 Channel，12V DC I. S. Power（隔离型 16 通道带 12V DC 隔离电源的数字量输入卡）。

i. Multifunction，4 Channel，DI or Pulse Input（4 通道多功能输入卡，数字量输入或脉冲输入）。

j. SOE（sequence of events），16 Channel，Standard DI or SOE（16 通道事件顺序记录卡）。

③ 输出卡。

a. AO，8 Channel，4～20mA，HART（8 通道带 HART 4～20mA 模拟量输出卡）。

b. AO，8 Channel，4～20mA（8 通道不带 HART 4～20mA 模拟量输出卡）。

c. I. S. AO，8 Channel，4～20mA（8 通道隔离型 4～20mA 模拟量输出卡）。

d. DO，8 Channel，120/230V AC，Isolated（8 通道 120/230V AC 隔离型数字量输出卡）。

e. DO，8 Channel，120/230V AC，High Side（8 通道 120/230V AC 切换卡）。

f. DO，8 Channel，24V DC，Isolated（8 通道 24V DC 隔离型数字量输出卡）。

g. DO，8 Channel，24V DC，High Side（8 通道 24V DC 切换卡）。

h. High Density DO，32 Channel，24V DC，High Side（高密度 32 通道 24V DC 切换卡）。

i. I. S. DO，4 Channel，12V DC I. S. Power（隔离型 4 通道带 12V DC 隔离电源的数字量输出卡）。

j. H1 fieldbus Interface，2 Ports（基金会 H1 现场总线接口卡，2 口）。

k. fieldbus Device，8 DI Channels and 8 DO Channels（现场总线接口卡，8 通道 DI 及 8 通道 DO）。

l. Serial Interfaces 2 Port Modbus Master/Slave Protocol（2口 Modbus 主/从协议串行接口卡）。

m. Serial Interfaces 2 Port Programmable（2口可编程串行接口卡）。

n. 2 Port AS-i Master/Slave Protocol（2口 AS-i 主/从协议接口卡，AS-i 为执行器、传感器接口）。

o. 2 Port Profibus DP Master/Slave Protocol，RS-485 Transmission（2口 Profibus DP 主/从协议接口卡）。

10.2.4 Delta V 系统的规模

对于 Delta V 系统，其系统的规模如下。

a. 最多 30000 个 I/O 点。

b. 最多 50000 个工位号。

c. 最多且必须有 1 个 Professional Plus 站。

d. 最多 10 个应用站。

e. 最多 59 个操作站。

f. 最多 60 个任意类型的工作站（即节点）。

g. 最多 5 个远程数据服务器。

h. 最多 100 个单一（不冗余）控制器或 100 对冗余控制器。

i. 最多 120 个节点（包括冗余节点）。

j. 最多 42 个远程工作站。

10.2.5 Delta V 系统的软件

Delta V 工程软件包括组态软件、控制软件、操作软件及诊断软件等。

（1）组态软件

Delta V 组态非常直观，标准的 Microsoft Windows NT 提供的友好界面能更快地完成组态工作。组态软件配置了一个图形化模块控制策略（控制模块）库、标准图形符号库和操作员界面，拖放式、图形化的组态方法简化了初始工作，并使维护更为简单。

Delta V 系统预置的模块库完全符合基金会现场总线的功能块标准，从而可以在完全兼容现在广泛使用的 HART 智能设备、非

145

智能设备的同时，在不修改任何系统软件和应用软件的条件下，兼容基金会现场总线设备。

连接到控制网络中的 Delta V 控制器、I/O 和现场智能设备，能够自动识别并自动地装入组态数据库中。

单一的全局数据库协调所有组态操作，从而不必进行数据库之间的数据映像，或者通过寄存器或数字来引用过程和管理信息的操作。

（2）控制软件

Delta V 的控制软件在 Delta V 系统控制器中提供完整的模拟、数字和顺序控制功能，可以管理从简单的监视到复杂的控制过程数据。IEC61131-3 控制语言可通过标准的拖放技术修改和组态控制策略。

控制策略以最快 50ms 的速度连续运行。控制软件包括诸多能力，这些数据通过 I/O 子系统（传统 I/O、HART、基金会现场总线及串行接口）送到控制器。

控制软件还包括数字控制功能和顺序功能图表。

Delta V 使用功能块图来连续执行计算、过程监视和控制策略。Delta V 功能块符合基金会现场总线标准，同时又增加和扩展了一些功能块，以满足控制策略设计更灵活的要求。基金会现场总线标准的功能块可以在系统控制器中执行，也可在基金会现场总线标准的现场设备中执行。

（3）操作软件

Delta V 操作员界面软件组拥有一整套高性能的工具满足操作需要。这些工具包括操作员图形、报警管理、实时趋势和在线上下文相关帮助。用户特定的安全性确保了只有那些有正确的许可权限的操作员可以修改过程参数或访问特殊信息。

（4）诊断软件

用户不需要记住用哪个诊断包诊断系统及如何操作诊断软件包，Delta V 系统提供了覆盖整个系统及现场设备的诊断。不论是尽快地检查控制网络通信、验证控制器冗余，还是检查智能现场设备的状态信息，Delta V 系统的诊断功能都是一种快速获取信息的工具。

10.3　系统组态

组态分为硬件组态和软件组态。硬件组态主要是分配各输入/输出卡件在系统中的地址以及控制器、工作站等设备在控制网络中的 IP 地址等。软件组态的内容主要包括工厂区域定义、控制策略的组态、趋势组定义、总貌定义、流程图绘制、功能键定义、报表报警定义、操作指导定义等。

10.3.1　Delta V 浏览器的使用

Delta V 浏览器可以定义系统的性质，查看系统硬件与组态的整体结构和布局。除了查看已建立的数据库外，还可以拷贝和移动对象，修改对象的属性，添加新的对象，以适应实际工艺生产的需要。

访问 Delta V 浏览器的途径如下（见图 10-4）。

单击 Start→选 Delta V→Engineering→Delta V Explorer

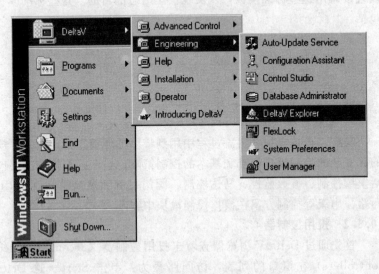

图 10-4　Delta V 浏览器的访问途径

打开后的 Delta V 浏览器如图 10-5 所示，左边显示数据库对象的目录结构，右边显示被选中的对象的内容。

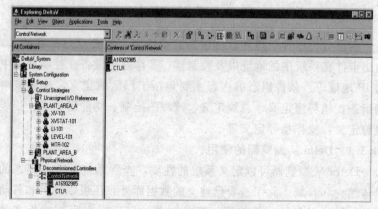

图 10-5　Delta V 浏览器

　　在 Delta V 浏览器中，系统一些常用的功能块被做成了标准模板，存放在库目录 Library 下面，如 PID 调节回路等。组态时，可以直接调用这些标准模板，以实现快速组态的目的。这些标准模板包括：

　　a. 现场总线设备（fieldbus devices）；

　　b. 功能块模板（functionblock template）；

　　c. 组合模板（composite template）；

　　d. 模块模板（module template）；

　　e. 批处理库（batch library）。

　　其中，模块模板是组态过程中用到最多的便捷工具，它为常规的、复杂的控制提供标准和基本的控制策略。这些控制策略主要包括模拟控制、参数监控、马达控制、阀门控制和顺控等模块。PID回路、串级等控制方案在模拟控制模块中实现。

10.3.2　投用控制器

　　首先通过 Delta V 浏览器查看未投用控制器（decommissioned controllers）在窗口的列表，访问路径为：单击 Start→选 Delta V→Engineering→Delta V Explorer→Physical Network→Decommissioned Controllers。

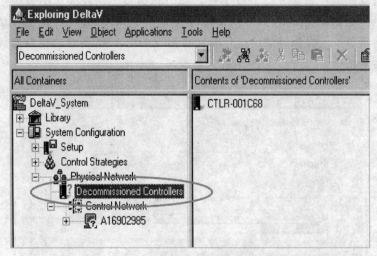

图 10-6　查看未投用控制器

图 10-6 给出了经过上述操作后的显示窗口。图中显示的 CTLR-001C68 就是一个未投用控制器。未投用（Decommissioned）状态表示这个控制器在系统控制网络中是一个没有被激活的状态，造成这种状态的原因如下。

a. 安装了一个新的控制器。

b. 移动或更换一个已有的控制器，则新的控制器将会处于未投用状态。

c. 一个控制器退出运行而关闭。

控制器未投用状态时的灯指示如下。

a. 电源（Power）LED（绿色）：点亮。

b. 故障（Error）LED（红色）：以 1s 间隔闪烁。

c. 激活/备用（Active/Standby）LED（绿色）：熄灭。

d. 黄色的 LED：随机闪烁。

投用或激活控制器的方法：在图 10-6 右栏中选择未投用的控制器（如：CTLR-001C68），用鼠标将其拖到浏览器左侧栏中的

149

Control Network（控制网络）图标上，此时，控制器激活投用并自动扫描控制器下的 I/O 卡件，同时在窗口上出现要求的各类信息。控制器在激活时，其 TCP/IP 地址由 Professional Plus 工作站自动分配。在执行激活过程时，会出现如图 10-7 所示的控制器属性对话框。

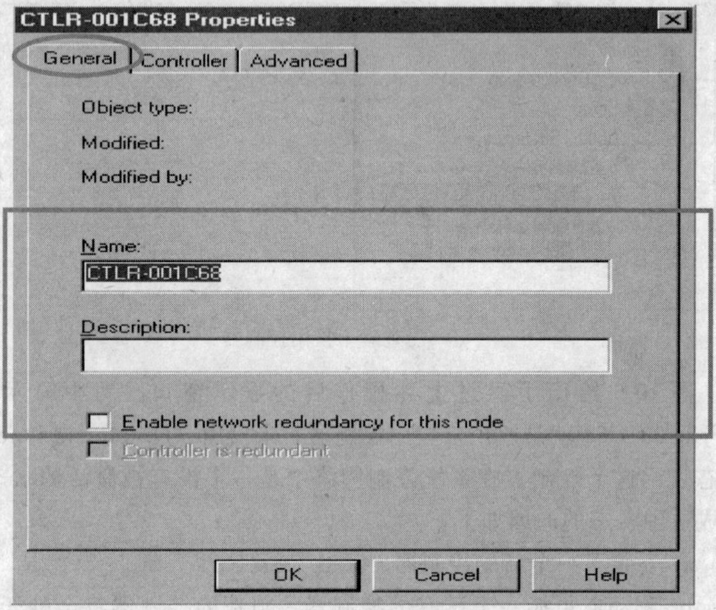

图 10-7　控制器属性对话框

对话框中的各项含义如下。

Name（名称）：定义控制器名称，长度不超过 16 个字符，但必须有一个是字母，名字中可以出现 $、一、_ 等符号。

Description（描述）：对控制器的描述或说明，不能超过 48 个字符。

Enable network redundancy for this node（允许该节点实现网络冗余）：如果钩选，则这个节点的第二条控制网络激活，实现冗余。若未钩选，则不能使冗余网络激活。

Controller is redundant（控制器冗余）：单个控制器时此处显示的是灰色，若选择，则表示控制器冗余。

当完成以上工作，点击 OK，此时将出现如图 10-8 所示的确认框，点击 YES 按钮，控制器就自

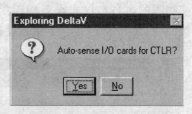

图 10-8　确认框

动扫描其下的 I/O 子系统，标识出卡件的型号和安装底板的槽路。自动扫描在 Delta V 浏览器下，任何时候都可以做。

10.3.3　控制策略的组态

10.3.3.1　区域的定义

Delta V 系统支持对大型装置的逻辑层次的管理，具体层次如下。

① Area（区域）。过程控制系统的逻辑划分，区域代表了工厂分布或主要生产处理过程。

② Cell（单元）。过程 Cell 经常组织工厂区域内的 Units 和 Modules。

③ Unit（单元）。控制 Modules 放在 Unit 中，允许采用先进的报警技术。

④ Module（模块）。将算法、显示、I/O、条件、报警及其他参数与仪表设备相连。模块可以放在任何层次中。各层次在 Delta V 浏览器中的位置如图 10-9 所示。在浏览器下，重新命名区域的方法为：点击图 10-9 所示窗口左侧目录树下的控制策略（Control Strategies）子目录，选中欲修改名称的区域（如 AREA _ A），点击鼠标右键，在弹出的菜单中选择 Rename（重命名）项即可。如果需要增加一个区域，则点击控制策略（Control Strategies）子目录，按鼠标右键，在出现的菜单中选择 New Area（新区域）项，这时就会出现一个名为 AREA1 的新区域，重新命名后，就创建了一个新的区域。

10.3.3.2　设备位号（devices signal tags，DST）的定义

Delta V 系统的设备位号定义：命名 I/O 并定义 I/O 的属性，

使物理的命名与仪表设备相匹配，从而可以将其与控制模块相连接。在 Delta V 浏览器下组态设备位号 DSTs 的途径为

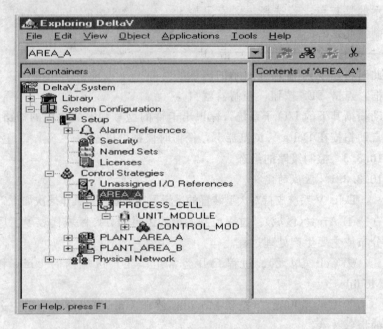

图 10-9 Delta V 系统所支持的逻辑层次

Control Network → CTLR → I/O → 卡号（C01）→ 通道号（CH01）→属性对话框

在属性对话框中，输入描述、通道类型和设备位号，并在 Enable 前钩选，然后点击 OK 确认并继续。上述过程的示意如图 10-10 所示。

10.3.3.3 控制器的下装

下装（Download）是指从 Professional Plus 工作站的组态数据库将组态的内容，如控制器组态、设置的数据、冷启动等，传送到控制器或工作站的实时数据库，下装可以在 Delta V 浏览器或控制工作室（Control Studio）中执行。

有两种主要的下装方法。

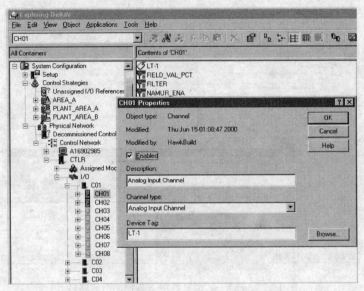

图 10-10 DSTs 组态

① 整体下装。对选择的节点的全部组态进行下装，此时将会下装此控制器下的全部控制模块，控制的参数也会变为组态时的值。这种下装方式在 Delta V 浏览器中执行。重要提示：在运行过程中，执行整体下装是一件不可取的事，要特别慎重。

② 部分下装。下装指定的单个控制模块的组态，仅对下装的控制模块有影响。部分下装的方式可以在 Delta V 浏览器或控制工作室中执行。

通道（channel）组态后，在树形的列表中，CTLR、I/O 和 card 项前会出现蓝色三角（如图 10-11 中的 CTLR），此时必须检查下装状态或进行控制器下装来消除蓝色三角。

在 Delta V 浏览器中下装控制器的路径（见图 10-11）为
Control Network→CTLR→（鼠标右键）Download→Controller
在下装控制器的过程中，会出现如图 10-12 所示的对话框。

随后会出现一个显示下装进程信息的窗口，以显示目前下装的进度。最终按下该窗口中的 Close 按钮，结束下装过程。

153

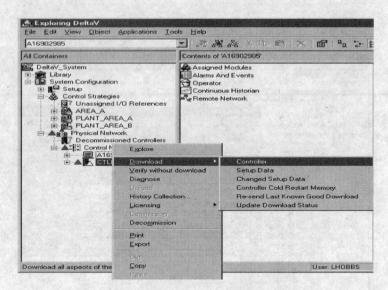

图 10-11　Delta V 浏览器中下装控制器的路径

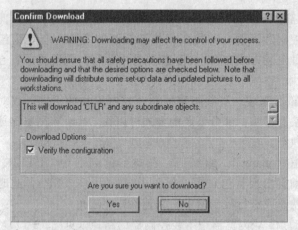

图 10-12　下装控制器对话框

更新、上传下装状态的路径为（见图 10-11）

Control Network→CTLR→（鼠标右键）Download→Update Download Status

154

更新、上传下装状态后，蓝色三角应消失，若仍然存在，就只有下装控制器。

10.3.3.4　控制模块的组态

所谓控制模块，是指对于指定的仪表设备，连接有条件、报警、显示及其他特性的控制算法。DeltaV 系统的控制模块具有以下特性。

a. 惟一的，不超过 16 个字符的名称。

b. 执行控制算法。

c. 是可以下装到控制器中的最小元素。

d. 可变的规模。

e. 可以独立进行离线操作。

f. 每个模块都有独立的扫描时间。

g. 提供主要的、详细的仪表区域显示。

h. 独立的功能块扫描和块的执行时间。

i. 手动或自动设定功能块的执行时间。

控制模块由功能块、参数及其连接组成，如图 10-13 所示。功

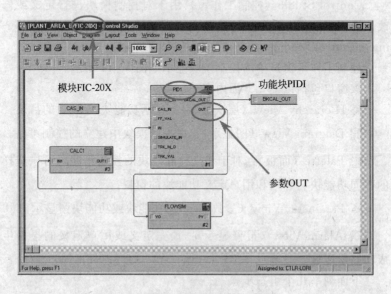

图 10-13　控制模块组成示例

能块（Function Block）指包含有诸如 PID、AI、AO 等标准的过程算法，在一个控制模块中可以将多个功能块按一定顺序或逻辑关系连接在一起。对于报警、诊断和过程先进控制，在不同的功能块之间传送的数据称为参数（Parameter）。参数由类型（Type）及字段（Field）两部分构成。类型是指参数的形式，包括对应于数值的浮点形［Floating（F）］，对应于文本的 ASCII（A）。字段在多数情况下，是指当前值 Current Value（CV）和状态 Status（ST）。一个控制模块的完整组成，即其参数的路径可表示为：节点名·控制模块名/功能块名/参数名·类型＿字段，其中节点指将要执行的地方。如图 10-13 的参数路径是：THISNODE. FIC-20X/PID1/OUT. F＿CV。

控制模块的组态以浏览器窗口中的模块模板作为起点。访问该模板的路径是（在前文 DeltaV 浏览器中已说明）：

Start→选 Delta V→Engineering→Delta V Explorer→Library→Module Templates

Control Studio（控制工作室）用于对控制模块进行定义或修改，访问 Control Studio 的路径是：Start→选 DeltaV→Engineering→Control Studio

控制工作室窗口中的控制模块显示如图 10-14 所示。

该窗口包括以下几方面内容。

☙ Hierarchy View（层次显示）：显示功能块或 SFC 的目录。

✖ Diagram View（图显示）：在控制模块中建立的控制策略。

▩ Palette（面板）：对于建立控制模块的控制策略，可供选择的不同功能块、参数和用户定义功能块的窗口。

✍ Parameter View（参数显示）：功能块或功能块图显示窗。

☖ Alarm View（报警显示）：预先定义或用户定义的报警生成和显示区域。

下面列举几个组态步骤。

例 10-1　组态一个新的开关量输出模块 XV-101。

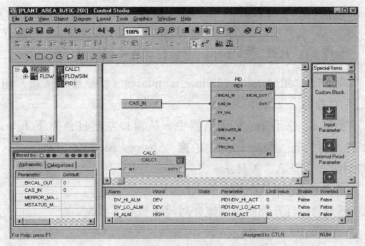

图 10-14　控制工作室中的控制模块显示

步骤 1：在 DeltaV 浏览器中，点击窗口左侧目录树下的 Plant_Area_A 项（鼠标右键），在弹出的下拉框中选 New 再选 Module，输入 XV-101 作为对象名称。

步骤 2：选中 XV-101，点击鼠标右键，在弹出的下拉菜单框中选择 Open with Control Studio 项。

步骤 3：从面板中的 I/O 功能块中选 Discrete Output（开关量输出）拖到图显示区域。

步骤 4：选择参数显示窗口。

步骤 5：填写组态的内容。

步骤 6：修改 IO_OUT，连接到 XV-101。

步骤 7：修改模式参数，把 Target（目标）从 Cascade（串级）改为 Auto（自动）。

步骤 8：选择 ⬛ 图标，把这个控制模块指派到指定的控制器下。

步骤 9：选择 ⬛ 图标，修改模块的优先显示属性。

157

步骤 10：选择 ⊞ 图标，保存模块。

步骤 11：选择 ⬇ 图标，下装控制模块到控制器中。

例 10-2　用 Analog Module templates（模拟模块模板）组态一个 AI 指示。

步骤 1：在 Delta V 浏览器中，从窗口左侧目录树下 Library 项的子目录 Monitoring 中拖 Analog Module Template 到 PLANT _ AREA _ A 目录。

步骤 2：命名这个模块为 LI-101。

步骤 3：打开控制工作室并对模块做如下修改。

• 修改 IO _ IN 并连接到 LT-101。

• 修改 OUT _ SCALE 为 0～100%。

• 修改 HI _ ALM 为 95。

• 修改 LO _ ALM 为 10。

在上述工作完成后，接下来的步骤同例 10-1 的步骤 8～步骤 11。

例 10-3　组态一个调节控制模块 FIC-102。

步骤 1：在 DeltaV 浏览器中，从 Library 中拖 PID _ LOOP 模板到 PLANT _ AREA _ A。

步骤 2：命名这个模块为 FIC-102。

步骤 3：打开控制工作室并修改模块的下列条目。

IO _ IN：　　　连接 DST 点 FT-102

IO _ OUT：　　连接 DST 点 FV-102

GAIN：　　　0.5（比例度）

RESET：　　　3s/repeat（积分时间）

PV _ SCALE：0～100t/h

IO _ OPTS：Increase to OPEN（此为缺省项，当信号超出量程后可继续指示）

CONTROL _ OPTS：Reverse Acting（反作用）

Alarms：　　　LOW＝10；HIGH＝90

在上述工作完成后，接下来的步骤同例 10-1 的步骤 8～步骤 11。

10.4　诊　　断

Delta V 系统的硬件和软件设计可以安全、可靠地应用于石油化工生产领域，该系统故障率极低，通过其内含的硬件和软件的自诊断功能，可以让用户迅速判断故障原因，快速正确地进行处理。

10.4.1　硬件诊断

在系统的各个卡件上均有一些发光二极管（LED）指示灯，根据 LED 灯的状态，可以了解卡件当前的工作状态，提醒维护人员处理显示出来的问题和故障。

电源（POWER）、故障（ERROR）LED 存在于 Delta V 系统的各种卡件中，其他 LED 根据卡件的类型来设置。下文简要介绍电源及故障 LED 的正常及故障状态，以及造成故障状态的原因及处理措施。卡件所含有的其他 LED 状态及处理措施等参见附录。

卡件的电源（POWER）LED 正常状态为点亮，故障状态为熄灭。造成故障状态的原因及处理措施为：①系统电源没有供电或电源接线问题，需要检查供电电源和接线；②卡件内部存在故障，需要联系技术服务。

故障（ERROR）LED 的正常状态为熄灭，故障状态为连续点亮或闪烁。造成连续点亮的原因及处理措施如下。

① 对于 AI 卡，可能是现场没有电源，需要检查现场电源和接线。

② 对于各种 I/O 卡，均可能为控制器没有检测到卡件，需要检查控制器的操作。

③ 对于各种 I/O 卡还可能为卡件自检测失败，需要联系技术服务。

造成闪烁的原因及处理措施如下。

① 控制器没有检测到卡件，需要检查控制器的操作。

② 存在地址冲突，需用好的卡件更换怀疑的卡件以确认冲突源，同时将坏的卡件返回厂家检修。

10.4.2 软件诊断

Delta V 系统具有强大的自诊断功能，可以诊断系统中各个硬件的工作状态、仪表控制回路的完整情况、控制网络的工作情况等。诊断软件运行后，可以及时捕捉并记录下事件的发生。进入诊断画面的方法为：在 Windows NT 桌面上选 Start→Delta V→Operator→Diagnostics。

在 Delta V 系统中，诊断（Diagnostics）的界面是一个图形界面，当被打开后，可以看到树形的系统概貌，控制网络中的区域和节点。选择节点和子系统，可以看到子系统中的重要信息，也可以对运行中的节点和子系统进行一些专门的检测。节点和子系统的信息在树形的视窗上可以看到，典型的形式是，对于控制器，有通信、I/O 卡件和控制子系统，对于操作站，有通信、报警和事件子系统。在控制网络层树形视窗中显示了所有节点完整性一览和通信状况。

表 10-1 给出了各种图形符号所代表的节点和子系统的状态。

表 10-1 图形符号所表示的节点和子系统的状态

图形符号	描 述
×（红色）	表示节点不能通信。如果连接不好，或控制器停电，或控制器未激活投用，都可引起这种现象。在控制器激活投用时，也可能出现几秒钟这种现象
！（黄底）	表示节点或操作站的下载不完整
？（黄底）	表示节点能正常通信，但完整性有问题。引起这种现象的原因可以是 I/O 的组态与实际安装的 I/O 卡件不匹配，或是节点组态为冗余而实际连接却不是如此
▲（黄底）	表示节点没有组态。引起这种现象的原因是从来没有下载。对于控制器来说，出现这种现象可能是电源故障或是该节点冷启动不成功
▲（蓝底）	表示节点数据库中的一些参数与节点本身的参数不匹配。如果执行下装，节点将会有所改变，如果不再出现图形符号，就不需要下装
？（蓝边）	表示节点数据库中的一些参数与节点本身的参数不匹配。对于早期 Delta V 软件版本，手册中要求尽量减少系统的通信负载，通过上传下装的状态来确定是否需要执行下装

10.4.3　Delta V 系统卡件的硬件诊断状态及故障处理措施

（1）电源卡（system passthrough power supply DC/DC and system power supply AC/DC）

电源卡状态及故障处理措施见表 10-2。

表 10-2　电源卡状态及故障处理措施

LED	正常工作状态	故障指示	可能的原因	正确的措施
POWER（绿色）	点亮	熄灭	电源没有供上，电源线问题	检查供电电源和接线情况
			卡件内部故障	联系技术服务
Error(红色)	熄灭	点亮	输出超过限制范围	确认负荷的计算
		点亮;然后熄灭	过电压状态,卡件不能工作	检查供电电压

（2）控制器（M5 plus）

控制器状态及故障处理措施见表 10-3。

表 10-3　控制器状态及故障处理措施

LED	正常工作状态	故障指示	可能的原因	正确的措施
POWER（绿色）	点亮	熄灭	系统电源没有供电,电源接线问题	检查供电电源和接线
			卡件内部故障	联系技术服务
Error（红色）	熄灭	点亮（连续）	卡件内部故障	联系技术服务
		点亮 1s 后所有 LED 全部点亮	卡件通过 RESET 不能修复软件的错误	列出问题的详细情况,联系客户支持
		闪烁	控制器没有激活投用	激活投用控制器
Active（绿色）	点亮	熄灭	(1)控制器是副控制器 (2)控制器没有激活投用 (3)卡件内部故障	(1)如果 Standyby 灯点亮正常 (2)激活投用控制器 (3)联系技术服务
		闪烁	控制器没有组态	下载控制器组态
Standby（绿色）	熄灭	点亮	控制器是副控制器	
		闪烁	控制器没有组态	下载控制器组态

161

续表

LED	正常工作状态	故障指示	可能的原因	正确的措施
Pri. CN (黄色)	通信正常, 指示灯闪烁	通信不正 常,指示灯 不闪烁	主控制网络与控制 器的通信不畅	检查主控制网络电 缆连接器和 HUB 连 接器
Sec. CN (黄色)	通信正常, 指示灯闪烁	通信不正 常,指示灯 不闪烁	副控制网络与控制 器的通信不畅	检查副控制网络电 缆连接器和 HUB 连 接器

(3) 模拟量输入卡 (AI 8-channel, 4~20mA; AI 8-channel, 4~20mA HART; AI 8-channel, 1~5V DC)

模拟量输入卡状态及故障处理措施见表 10-4。

表 10-4 模拟量输入卡状态及故障处理措施

LED	正常工作状态	故障指示	可能的原因	正确的措施
POWER (绿色)	点亮	熄灭	(1)系统电源没有 供电,电源接线问题	检查供电电源和 接线
			(2)卡件内部故障	联系技术服务
Error(红色)	熄灭	点亮(连续)	现场没有电源	检查现场电源和 接线
			卡件没有被控制器 检测到	检查控制器的操作
			卡件自检测失败	联系技术服务
		闪烁	卡件没有被控制器 检测到	检查控制器的操作
			地址冲突	用好的卡件更换怀 疑的卡件,确认冲突 源。将坏的卡件返回 厂家检修
Ch. 1~Ch. 8 (黄色)	点亮	熄灭	输入超出范围	检查输入信号和 接线
			现场没有电源	检查现场电源和 接线
			卡件内部故障	联系技术服务
		闪烁	输入超出范围	检查输入信号和 接线
			现场没有电源	检查现场电源和 接线
			通道组态带 HART, 但没有 HART 通信	检查 HART 输入 信号和接线
			通道组态带 NAMUR 设定,但信号超过设定	比较输入信号值与 NAMUR 设定

（4）模拟量输出卡（AO 8-channel，4～20mA；AO 8-channel，4～20mA HART）

模拟量输出卡状态及故障处理措施见表 10-5。

表 10-5　模拟量输出卡状态及故障处理措施

LED	正常工作状态	故障指示	可能的原因	正确的措施
POWER（绿色）	点亮	熄灭	系统电源没有供电，电源接线问题	检查供电电源和接线
			卡件内部故障	联系技术服务
Error(红色)	熄灭	点亮（连续）	卡件自检测失败	联系技术服务
		闪烁	控制器没有检测到卡件	检查控制器操作
			卡件自检测失败	联系技术服务
			地址冲突	用好的同型号卡件更换怀疑的卡件，确认冲突源
Ch. 1～Ch. 8（黄色）	点亮	熄灭	没有输出负载	检查输出的接线
			现场没有电源	检查现场电源和接线
			卡件内部故障	联系技术服务
		闪烁	没有输出负载	检查输出的接线
			现场没有电源	检查现场电源和接线
			通道组态带 HART，但没有 HART 通信	检查 HART 输入信号和接线
			卡件内部故障	联系技术服务

（5）数字量输入卡（DI，8 channel）

数字量输入卡状态及故障处理措施见表 10-6。

（6）数字量输入卡（DI 32-channel，24V DC dry contact）

数字量输入卡状态及故障处理措施见表 10-7。

（7）数字量输出卡（DO，120V AC/230V AC、24V DC isolated and high side）

数字量输出卡状态及故障处理措施见表 10-8。

（8）数字量输出卡（DO，32-channel，24V DC high-side）

表 10-6 数字量输入卡状态及故障处理措施

LED	正常工作状态	故障指示	可能的原因	正确的措施
POWER （绿色）	点亮	熄灭	系统电源没有供电，电源接线问题	检查供电源和接线
			卡件内部故障	联系技术服务
Error(红色)	熄灭	点亮 （连续）	控制器没有检测到卡件	检查控制器操作
			卡件自检测失败	联系技术服务
		闪烁	控制器没有检测到卡件	检查控制器操作
			地址冲突	用好的同型号卡件更换怀疑的卡件，确认冲突源，联系技术服务
Ch. 1～Ch. 8 （黄色）	点亮＝输入＞设定 熄灭＝输入＜设定			

表 10-7 数字量输入卡状态及故障处理措施

LED	正常工作状态	故障指示	可能的原因	正确的措施
POWER （绿色）	点亮	熄灭	系统电源没有供电	检查供电源和接线
			卡件内部故障	联系技术服务
Error(红色)	熄灭	点亮 （连续）	通信错误	检查连接电缆和外部设备
		闪烁	地址冲突	用好的同型号卡件更换怀疑的卡件确认冲突源，联系技术服务

表 10-8 数字量输出卡状态及故障处理措施

LED	正常工作状态	故障指示	可能的原因	正确的措施
POWER （绿色）	点亮	熄灭	系统电源没有供电，电源接线问题	检查供电源和接线
			卡件内部故障	联系技术服务
Error(红色)	熄灭	点亮 （连续）	控制器没有检测到卡件	检查控制器操作
			卡件自检测失败	联系技术服务
		闪烁	控制器没有检测到卡件	检查控制器操作
			地址冲突	用好的同型号卡件更换怀疑的卡件确认冲突源，联系技术服务
Ch. 1～Ch. 8 （黄色）	根据设定点和组态			

数字量输出卡状态及故障处理措施见表 10-9。

表 10-9　数字量输出卡状态及故障处理措施

LED	正常工作状态	故障指示	可能的原因	正确的措施
POWER（绿色）	点亮	熄灭	系统电源没有供电	检查供电源和接线
			卡件内部故障	联系技术服务
Error（红色）	熄灭	点亮（连续）	通信错误	检查通信电缆和外部设备
		闪烁	地址冲突	用好的同型号卡件更换怀疑的卡件确认冲突源,联系技术服务

（9）RTD 卡（热电耦及热电阻）

RTD 卡状态及故障处理措施见表 10-10。

表 10-10　RTD 卡状态及故障处理措施

LED	正常工作状态	故障指示	可能的原因	正确的措施
POWER（绿色）	点亮	熄灭	系统电源没有供电,电源接线问题	检查供电源和接线
			卡件内部故障	联系技术服务
Error（红色）	熄灭	点亮（连续）	控制器没有检测到卡件	检查控制器操作
			卡件自检测失败	联系技术服务
		闪烁	控制器没有检测到卡件	检查控制器操作
			地址冲突	用好的同型号卡件更换怀疑的卡件确认冲突源,将坏的卡件返回检修
Ch. 1～Ch. 8（黄色）	点亮	熄灭	通道没有组态	激活通道并下载卡件
			卡件内部故障	联系技术服务
		闪烁	无效的组态	检查组态内容
			输入超出范围	检查输入信号和接线
			卡件内部故障	联系技术服务

（10）串行通信卡（Serial Card，2 Port，RS-232/RS-485）

串行通信卡状态及故障处理措施见表 10-11。

表 10-11　串行通信卡状态及故障处理措施

LED	正常工作状态	故障指示	可能的原因	正确的措施
POWER （绿色）	点亮	熄灭	系统电源没有供电，电源接线问题	检查供电源和接线
			卡件内部故障	联系技术服务
Error （红色）	熄灭	点亮（连续）	控制器没有检测到卡件	检查控制器操作
			卡件自检测失败	联系技术服务
		闪烁	控制器没有检测到卡件	检查控制器操作
			地址冲突	用好的卡件更换怀疑的卡件确认冲突源。将坏的卡件返回检修
Port1（黄色） Port2（黄色）	点亮	熄灭	没有通信	检查连接电缆和外部设备
		闪烁	Port 口通信错误	检查连接电缆和外部设备

（11）Media 转换器

Media 转换器状态及故障处理措施见表 10-12。

表 10-12　Media 转换器状态及故障处理措施

LED	正常工作状态	故障指示	可能的原因	正确的措施
POWER （绿色）	点亮	熄灭	系统电源没有供电，电源接线问题	检查供电源和接线
Error （红色）	熄灭	点亮	卡件内部故障	联系技术服务
Pri. F Lnk （绿色）	点亮	熄灭	光纤电缆连接不正确	检查光纤电缆连接器
Pri. C Lnk （绿色）	点亮	熄灭	双绞线连接不正确	检查电缆接线
Sec. F Lnk （绿色）	点亮	熄灭	光纤电缆连接不正确	检查光纤电缆连接器
Sec. C Lnk （绿色）	点亮	熄灭	双绞线连接不正确	检查电缆接线

（12）AS-i 接口卡

AS-i 接口卡状态及故障处理措施见表 10-13。

表 10-13　AS-i 接口卡状态及故障处理措施

LED	正常工作状态	故障指示	可能的原因	正确的措施
POWER（绿色）	点亮	熄灭	系统电源没有供电,电源接线问题	检查供电源和接线
			卡件内部故障	联系技术服务
Error(红色)	熄灭	点亮（连续）	控制器没有检测到卡件	检查控制器操作
			卡件自检测失败	联系技术服务
		闪烁	控制器没有检测到卡件	检查控制器操作
			地址冲突	用好的同型号卡件更换怀疑的卡件确认冲突源,将坏的卡件返回检修
Port1（黄色）Port2（黄色）	点亮	熄灭	没有通信	检查通信电缆和外部设备
		闪烁	通信错误	检查通信电缆和外部设备

（13）多功能卡（Multifunction Card）

多功能卡状态及故障处理措施见表 10-14。

表 10-14　多功能卡状态及故障处理措施

LED	正常工作状态	故障指示	可能的原因	正确的措施
POWER（绿色）	点亮	熄灭	系统电源没有供电,电源接线问题	检查供电源和接线
			卡件内部故障	联系技术服务
Error(红色)	熄灭	点亮（连续）	控制器没有检测到卡件	检查控制器操作
			卡件自检测失败	联系技术服务
		闪烁	控制器没有检测到卡件	检查控制器操作
			地址冲突	用好的同型号卡件更换怀疑的卡件确认冲突源,联系技术服务

（14）Profibus DP 卡

167

Profibus DP 卡状态及故障处理措施见表 10-15。

表 10-15　Profibus DP 卡状态及故障处理措施

LED	正常工作状态	故障指示	可能的原因	正确的措施
POWER（绿色）	点亮	熄灭	系统电源没有供电，电源接线问题	检查供电电源和接线
			卡件内部故障	联系技术服务
Error(红色)	熄灭	点亮（连续）	控制器没有检测到卡件	检查控制器操作
			卡件自检测失败	联系技术服务
		闪烁	控制器没有检测到卡件	检查控制器操作
			地址冲突	用好的同型号卡件更换怀疑的卡件确认冲突源，将坏的卡件返回厂家检修
Port1（黄色）Port2（黄色）	点亮	熄灭	没有通信	检查电缆连接器和外部设备
			Port 口不能运行	启动 Port 口
			Port 口没有组态	对 Port 口进行组态
		闪烁	Port 口通信错误	检查电缆连接器和外部设备

（15）H1 卡

H1 卡状态及故障处理措施见表 10-16。

表 10-16　H1 卡状态及故障处理措施

LED	正常工作状态	故障指示	可能的原因	正确的措施
POWER（绿色）	点亮	熄灭	系统电源没有供电	检查供电电源
			卡件内部故障	联系技术服务
Error(红色)	熄灭	点亮	控制器没有检测到卡件	检查控制器操作
			卡件自检测失败	联系技术服务
Port1（黄色）Port2（黄色）	点亮	熄灭	没有通信	联系技术服务
			Port 口不能运行	启动 Port 口
		闪烁	Port 口通信错误	检查通信状态
			Port 口总线上没有一个组态的功能块	对 Port 口总线进行功能块的组态

思考与练习

10-1　Delta V 系统具有哪些主要特点？

10-2　请画出一个具有 2 台工作站、2 台控制器的 Delta V 系统结构图。

10-3　简要叙述 Delta V 系统的规模。

10-4　Delta V 系统对装置进行逻辑层次划分时，分为哪些级别？

10-5　Delta V 系统内的网络传输介质是什么？

10-6　Delta V 系统 M5 控制器的内存容量为多少？

10-7　Delta V 浏览器的库目录中，包含了系统常用功能所做成的一系列标准模板，其中模拟显示策略包含在下列 ABCD 中的哪个之中？

　　　A. 功能块模板　　　B. 组合模板　　　C. 批处理库

　　　D. 模块模板

10-8　Delta V 系统控制器的下装方式有几种？这些下装方式是否均可在系统投运时采用？

10-9　Delta V 系统卡件的硬件诊断一般通过观察其前端面上的 LED 灯来进行，请叙述一般情况下 I/O 卡件的电源（POWER）、故障（ERROR）LED 的正常及故障状态，以及造成故障状态的原因及处理措施。

第11章 DCS系统的接地与故障诊断

学习目标

1. 了解DCS系统的接地目的。
2. 掌握DCS系统接地注意事项。
3. 了解DCS系统故障的分类方法。
4. 掌握DCS故障的诊断步骤。

11.1 DCS系统的接地

将电路、单元与充作信号电位公共参考点的一个等位点或等位面实现低阻抗连接，称之为接地。其含义可理解为一个等电位点或等电位面，是电路或系统的基准电位，但不一定为大地电位。保护地必须在大地电位上，信号地可以是大地电位，也可以不是大地电位。接地作为抑制噪声和防止干扰的主要方法，在实际过程中若能将其与屏蔽正确结合起来使用，能够解决大部分的噪声问题。

接地有四个基本的目的。

① 消除各电路电流流经一个公共地线阻抗时所产生的噪声电压。

② 避免受磁场和电地位差的影响，使其不能形成地环路。如果接地方式处理不好，就会形成噪声耦合。

③ 使屏蔽和滤波有环路。

④ 保护人身安全。

一般在DCS中设有安全地、仪表信号地、交流保护地等，如果有本安回路存在，则还必须有本安地。

安全地——也称为机壳地，所有设备，包括操作站、控制站等设备的外壳需和此地相连，是为了防止电源所产生的静电感应对人

170

身的伤害而设置的地。

仪表信号地——也称逻辑地，是仪表直流工作信号的参照点，系统中给仪表供电的 24V 直流电的负端通常与此地相连，仪表信号的屏蔽电缆也可与此地相连接。

交流保护地——是交流供电电源的保护接地。

本安地——本安设备，如安全栅等的接地和此地相连。

在接地处理方面应注意以下问题。

① 浮空接地与接大地。浮空接地即系统各个部分与大地浮置起来。这种方法简单，具有一定的抗干扰能力，但整个系统与大地之间的绝缘电阻不能小于 50MΩ，一旦绝缘不满足要求就会带来干扰。也有一种方法是将机壳接地，其他部分浮空。这种方法抗干扰能力强，安全可靠，但实现起来比较复杂。通常 DCS 系统的接地处理为接大地。

② 一点接地与多点接地。DCS 的信号电路属低频电路，应采用一点接地。若多点接地，当接地形成环路时会产生很大的干扰。多点接地适用于高频电路。

当信号电路是一点接地时，低频电缆的屏蔽层也应一点接地。如果电缆的屏蔽层有一点以上接地，而接地点的电位又不一致时，将产生噪声电流，形成噪声干扰源。一般情况下，现场仪表处的电缆屏蔽层不能接到表的外壳，而要"悬空"。现场接线盒内的接地用来汇集各检测仪表信号电缆的屏蔽层，然后经多芯电缆的屏蔽层接到控制室的接地母排，所以其在现场不能另外接地。

③ 不同的 DCS 厂家对其产品的接地要求各有不同，要按厂家的安装要求接地。

11.2 DCS 的故障诊断

DCS 在工业生产过程中被广泛应用，其可靠性和稳定性问题非常突出。使用者希望 DCS 尽量少出故障，同时也希望一旦 DCS 出现故障，能尽快诊断出故障部位，并尽快修复，使系统重新工作。

171

11.2.1　DCS 系统故障的大体分类

为了便于分析和诊断 DCS 故障发生的部位及产生原因，把故障大致分为如下几类。

（1）现场仪表设备故障

这类故障一般是由于仪表设备本身的质量与寿命，以及维护不到位所致。在目前的 DCS 控制系统中，这类故障占绝大部分。现场仪表设备发生故障，直接影响 DCS 的控制功能。

（2）系统故障

系统故障一般是由系统设计不完善或系统运行年限较长所致。这种故障是影响系统运行的全局性故障。系统故障可分为固定性故障和偶然性故障。如果系统发生故障后可重新启动，使系统恢复正常，则可认为是偶然性故障。相反，若重新启动不能恢复，而需要更换硬件或软件，系统才能恢复，则可认为是固定性故障。

（3）硬件故障

这类故障主要指 DCS 系统中的模件，特别是输入/输出（I/O）模件损坏而造成的故障。这类故障一般比较明显，且影响大多是局部性的。它们主要是由于使用不当，或使用时间较长，模板内元件老化所致。

（4）软件故障

这类故障是软件本身所包含的错误所引起的。软件故障又可分为系统软件故障和应用软件故障。系统软件是 DCS 系统带来的，若设计考虑不周，在执行中一旦满足故障条件就会引发故障，造成死机等现象。此类故障并不常见。应用软件是用户自己编写的，在实际工程应用中，由于应用软件工作复杂、工作量大，因此错误几乎在所难免，这就要求在 DCS 系统调试及试运行工作中十分认真，及时发现问题并加以解决。

（5）操作使用不当造成故障

在实际运行操作过程中，有时会出现 DCS 系统某功能不能使用或某控制部分不能正常工作的现象，但实际上 DCS 系统并没有问题，而是使用人员使用不熟练或操作错误而引起的。这对于初次使用 DCS 的人员较为常见。

11.2.2　DCS 故障诊断步骤

　　DCS 的各部分都设计有相应的自诊断功能，在系统发生故障时要充分利用这个功能来分析和判断故障的原因和部位。DCS 系统故障诊断可按图 11-1 所示步骤进行。

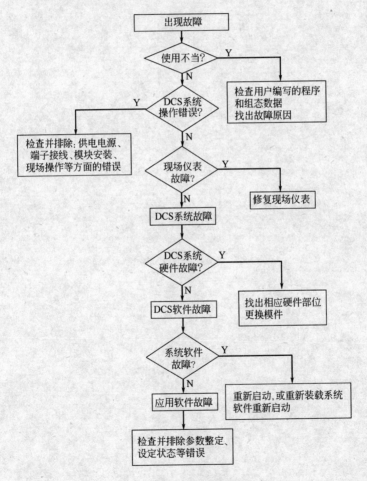

图 11-1　DCS 系统故障诊断程序

思考与练习

11-1　什么是接地？有什么作用？

11-2　接地的目的是什么？

11-3　在处理 DCS 的接地时应注意哪些方面？

11-4　DCS 的故障可分为哪几类？

11-5　简述 DCS 故障诊断步骤。

第三篇　现场总线控制系统

第 12 章　现场总线概述

学习目标

1. 了解现场总线的含义。
2. 掌握现场总线控制系统的概念，了解其特点。
3. 了解常用的现场总线标准。

现场总线是 20 世纪 80 年代中期在国际上发展起来的。随着微处理器与计算机功能的增强和价格的降低，计算机网络系统得到迅速发展，而处于生产过程底层的测控自动化系统仍采用一对一连线，用电压、电流的模拟信号进行测量和控制，难以实现设备与设备之间以及系统与外界之间的信息交换，使自动化系统成为"信息孤岛"。要实现整个企业的信息集成和综合自动化，就必须设计出一种能在工业现场环境运行的、性能可靠的、造价低廉的通信系统，形成现场的底层网络，完成现场自动化设备之间的多点数字通信，实现底层设备之间以及生产现场与外界之间的信息交换。现场总线就是在这种实际需要的驱动下应运而生的。

12.1　现场总线的含义

现场总线是应用在生产现场、在微机化测量控制设备之间实现双向串行多节点数字通信的系统，也被称为开放式、数字化、多点通信的底层控制网络，被称为工业过程控制领域的局域网。它在制造业、石化系统、交通、楼宇等方面的自动化系统中，得到了广泛的应用。

现场总线将微控制器/微处理器嵌入到传统的过程控制仪表，与传统的模拟控制仪表相比，这种数字控制仪表具有数字处理和数字通信能力，采用可进行简单连接的双绞线等作为传输介质，把多个过程控制仪表连接成网络结构，并按照开放式、公开、规范的通信协议，在位于工业过程控制现场的多个数字化测量控制设备、现场智能仪表与远程监控计算机（一般作为车间级的控制室计算机）之间，实现数据传输与数据交换，形成各种适合实际需要的分布式自动控制系统。简而言之，它把单个分散的过程控制设备变成智能控制节点，以现场总线作为传输手段，把它们连接成可以相互交换信息、共同完成协调控制的网络式分布式控制系统。

现场总线使自控系统与设备具有了通信能力，把它们连接成网络系统，加入到信息网络的行列，沟通了生产过程现场控制设备之间及其与更高控制管理层网络之间的联系，为彻底打破自动化系统的信息孤岛创造了条件。

基于现场总线的自动化监控系统采用计算机数字化通信技术，使自控系统与设备加入工厂信息网络，构成企业信息网络底层，使企业信息沟通的覆盖范围一直延伸到生产现场。在计算机集成制造系统（CIMS）中，现场总线是工厂计算机网络到现场级设备的延伸，是支撑现场级与车间级信息集成的技术基础。

现场总线适应了工业控制系统向分散化、网络化、智能化发展的方向。现场总线的出现，导致目前生产的自动化仪表集散控制系统（DCS）、可编程控制器（PLC）在产品的体系结构、功能结构方面发生了较大变革，自动化仪表制造厂家面临更新换代的又一次挑战，传统的模拟仪表将逐步让位于具备数字通信功能的智能仪表，出现了可集检测温度、压力、流量于一身的多变量变送器，出现了带控制模块亦具备故障信息的执行器，由此将大大改变现有的仪表设备，维护管理状况。

12.2 现场总线控制系统及其特点

12.2.1 现场总线控制系统的概念

人们一般把 20 世纪 50 年代前的气动信号控制系统 PCS 称为第一代，把 4～20mA 等电动模拟信号控制系统称为第二代，把数字计算机集中式控制系统称为第三代，而把 20 世纪 70 年代中期以来的集散式分布控制系统 DCS 称为第四代。现场总线控制系统

FCS 作为新一代控制系统，即第五代控制系统。所谓现场总线控制系统即由现场总线组成的网络集成式全分布控制系统。

现场总线控制系统 FCS 一方面突破了 DCS 系统采用通信专用网络的局限，采用了基于公开化、标准化的解决方案，克服了封闭系统所造成的缺陷；另一方面把 DCS 的集中与分散相结合的集散系统结构，变成了新型全分布式结构，把控制功能彻底下放到现场，依靠现场智能设备本身便可以实现基本控制功能。可以这样说，开放性、分散性与数字通信是现场总线系统最显著的特征。

伴随着控制系统结构与测控仪表的更新换代，系统的功能、性能也在不断完善与发展。现场总线系统得益于仪表微机化以及设备的通信功能。把微处理器置入现场自控设备，使设备具有数字计算和数字通信能力，一方面提高了信号的测量、控制和传输精度，同时丰富了控制信息的内容，为实现远程传送创造了条件。在现场总线系统中，借助设备的计算、通信能力，在现场就可以进行许多复杂计算，形成真正分散在现场的完整控制系统，提高控制系统运行的可靠性。还可以借助现场总线网段，以及与之有通信关系的网段，实现异地远程自动控制，提供传统仪表所不能提供的如阀门开关动作次数、故障诊断等信息，便于操作人员更好更深入地了解生产现场和自控设备的运行状况。

12.2.2 现场总线系统的结构特点

现场总线系统打破了传统控制系统的结构形式。传统的模拟控制系统采用一对一的设备连接，按控制回路、检测回路，分别进行连接。也就是说，位于现场的各类变送器、检测仪表、各类执行机构、调节阀、开关、电机等，和位于控制室内的盘装仪表或 DCS 系统中控制站内的输入输出接口之间，均为一对一的物理连接。

现场总线系统采用了智能现场设备，能够把原先 DCS 系统中处于控制室的控制模块、各类输入输出模块置入现场设备，再加上现场设备具有通信能力，现场的测量变送仪表可以与调节阀等执行机构直接传送信号，因而控制系统功能能够不依赖控制室的计算机或控制仪表而直接在现场完成，实现了彻底的分散控制。图 12-1

为现场总线控制系统与传统控制系统的结构对比。

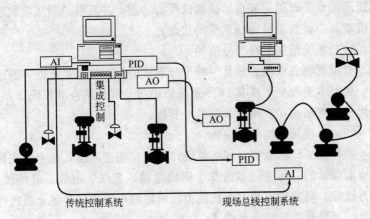

图 12-1　现场总线控制系统与传统控制系统结构的比较

由于采用数字信号替代模拟信号，因而可实现一对电线上传输多个信号（包括多个运行参数值、多个设备状态、故障信息）。现场总线同时又为多个设备提供电源，现场设备不再需要模拟/数字、数字/模拟转换部件，简化了系统结构，节省了连接电缆和安装费用。

12.2.3　现场总线系统的技术特点

在技术上，现场总线具有下列特点。

（1）系统的开放性

开放是指对相关标准的一致性、公开性，强调对标准的共识与遵从。一个开放系统是指它可以与世界上任何遵从相同标准的设备进行互连，相互交换数据，通信协议一致公开。用户可以根据自己的需要和考虑，利用来自于不同厂家的产品组成符合要求的过程控制系统。

（2）可互操作性和互换性

可互操作性是指实现互连设备之间、系统间的信息传送与沟通，意味着来自不同厂家的设备可以相互替换。

（3）现场设备的智能化与功能的自治性

现场总线技术把传感测量、补偿计算、工程量处理与控制等功

179

能分散到现场设备中完成，去掉了功能复杂的中心计算机，仅依靠智能现场设备即可完成自动控制的所有功能，并且可以利用控制室主机或其他监控设备诊断系统的状态。

（4）系统结构的高度分散性

利用现场总线构成的是一种全分散式的工程控制系统的体系结构，从根本上改变了现有 DCS 系统集中与分散相结合的系统体系，简化了系统结构，提高了系统的可靠性。

（5）对现场环境的适应性

工作在工厂的底层，现场总线作为工厂底层网络，是专为现场环境而设计的，可支持双绞线、同轴电缆、光缆、射频、红外线、电力线等。具有较强的抗干扰能力，可以利用传输信号的介质进行供电，可满足本质安全要求。

12.2.4 现场总线的优点

与传统的控制系统相比，现场总线控制系统在系统设计、安装、投运到正常生产运行及其检修维护等方面，都体现出其优越性。

（1）节省硬件数量与投资

基于现场总线的设备是一种智能的工业控制设备，在智能仪表的内部嵌有微处理器，可以执行控制和计算功能，因此在现场总线控制系统中不再需要单独的调节器、计算单元等，也不需要 DCS 系统中的信号调理、转换、隔离等功能单元及其复杂的布线，传输线只需要普通的双绞线（对于 H1 标准），即使使用其他的传输介质如光纤、无线等，也比传统的 $4\sim20\text{mA}$ 电流标准节省更多的电缆和相关的维护费用。由于控制功能分散到控制仪表中，不需要价格昂贵的控制主机，可以利用普通的微机执行监控功能和作为操作站。

（2）节省安装费用

现场总线的接线十分简单，一条双绞线或一条电缆上可挂接多个设备，也就是说，现场设备是"并联"到电缆中的，因此电缆、端子、槽盒、桥架等安装设备大幅度减少。当需要增加新的设备时，可就近连接在相应的电缆上，减少了设计安装的工作量，当然也节省了投资。

（3）节省维护开销

现场总线设备的智能性使得它与传统的模拟仪表相比具有了很强的自诊断和简单故障处理能力。故障诊断的数据可以通过现场总线通信介质传输到车间控制室，用户可以很容易地远程诊断现场设备的运行情况，访问维护信息，便于早期分析运行数据并快速排除故障，缩短了维护停工的时间。同时布线简单，也减少了维护工作量。

（4）用户具有高度的系统集成的主动权

一般地，DCS 系统是专用的，也就是说，不同的厂家生产的DCS 系统是不可互操作的。因此，对于设备的最终用户来说，选择了一种厂家的 DCS 系统，如果进行设备的升级和维护，必须采用同一个（至少是同一类）厂家的设备。然而现场总线协议是开放的，现场总线设备是可互操作的，用户可以自由地选择来自于不同厂家的设备，避免了因为初次使用某一个厂家的设备而局限于设备的选择范围，也不必为设备维护和备品备件问题而一筹莫展，使系统集成和设备的选择权掌握在用户手中。

（5）提高了系统的准确性与可靠性

现场总线设备传输数据信号采用数字传输，与 4～20mA 模拟信号传输系统相比，提高了信号的抗干扰性，减少了传送误差，如图 12-2 所示。同时控制功能的分散性，与集散式控制系统相比，减少了主机故障引起危险的可能性。

模拟通信方式是用 4～20mA 直流模拟信号传送信息。一对线只能连接一台仪表，传送方向具有单向性，接收现场设备信息的配线和发给现场设备控制信号的配线是分开的。

混合通信方式是在 4～20mA 模拟信号上，叠加表示现场仪表信息的数字信号的通信方式，加上模拟通信方式的功能，可以进行现场仪表量程的设定和零点调整的远程设定。但该通信方式是厂家个别开发的，厂家不同设备之间不能进行信息交换。

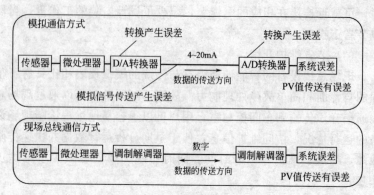

图 12-2 两种通信方式精度的比较

现场总线通信方式与上两种通信方式不同，是完全的数字信号通信方式。它可以进行双向通信，因而可传送多种数据。同时，一对配线可连接多台现场仪表。

图 12-3 所示为一台带阀门定位器的调节阀。阀上有控制器的输出信号（调节阀位置控制信号）、阀位上限信号、阀位下限信号、

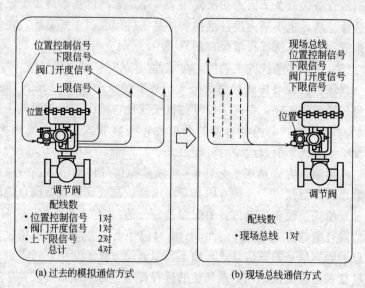

图 12-3 模拟通信方式与现场总线的通信方式的比较

阀位开度信号。模拟通信方式的这台调节阀至少要 4 根电缆连接，而现场总线只要 1 根普通双绞线即可替代。

12.3　现场总线标准

现场总线技术得以实现的一个关键问题，是要在自动化行业中形成一个制造商们共同遵守的现场总线通信协议技术标准，制造商们能按照标准生产产品，系统集成商们能按照标准将不同产品组成系统。这就提出了现场总线标准的问题。

国际上著名自动化产品及现场设备生产厂家，意识到现场总线技术是未来发展方向，纷纷结成企业联盟，推出自己的总线标准及产品，在市场上培养用户、扩大影响，并积极支持国际标准组织制定现场总线国际标准。能否使自己的总线技术标准在未来国际标准中占有较大比例份额，关系到公司相关产品前途、用户的信任及企业的名誉。而历史经验证明：国际标准都是以一个或几个市场上最成功的技术为基础。因此，各大国际公司在制定现场总线国际标准中的竞争，体现了各公司在技术领先地位上的竞争，而其最终还是要归结到市场实力的竞争。

目前国际上具有一定影响和已占有一定市场份额的总线有如下几种。

(1) 基金会现场总线（foundation fieldbus）

1994 年由 ISP 基金会和 World FIP（北美）两大集团合并成立现场总线基金会（fieldbus foundation，FF），并致力于开发国际上统一的现场总线协议。

FF 的体系结构参照 ISO/OSI 模型的第 1、2、7 层协议，即物理层、数据链路层和应用层，另外增加了用户层，这是其他总线所没有的。用户层主要针对自动化测控应用的需要，定义了信息存取的统一规则，采用设备描述语言规定了通用的功能块集，它包括 3 种重要功能：功能块、系统管理和设备描述服务。

FF 总线的主要技术内容，包括 FF 通信协议、用于完成 OSI 模型中第 2～7 层通信协议的通信栈、用于描述设备特性及操作接

183

口的 DDL 设备描述语言、设备描述字典，用于实现测量、控制、工程量转换的应用功能块，实现系统组态管理功能的系统软件技术以及构筑集成自动化系统、网络系统的系统集成技术。

FF 提供两种物理标准：H1 和 H2。H1 为用于过程控制的低速总线，速率为 31.25Kbps，传输距离为 200m、400m、1200m 和 1900m 四种，可支持总线供电和本质安全防爆环境。H2 的传输速率可为 1Mbps 和 2.5Mbps 两种，其通信距离分别为 750m 和 500m。物理传输介质可支持双绞线、同轴电缆和光纤，其传输信号采用曼彻斯特编码，协议符合 IEC61158-2 标准。

目前，FF 现场总线的应用领域以过程自动化为主。如化工、电力厂实验系统、废水处理、油田等行业。它是在过程自动化领域得到广泛支持和具有良好发展前景的一种技术。

(2) PROFIBUS 现场总线

PROFIBUS 是符合德国国家标准 DIN19245 和欧洲标准 EN50179 的现场总线，包括 PROFIBUS-DP、PROFIBUS-FMS、PROFIBUS-PA 三部分。该项技术是由以西门子公司为主的十几家德国公司、研究所共同推出的。它也只采用了 OSI 模型的物理层、数据链路层、应用层。DP（分散化的外围设备）型隐去了第 3～7 层，但增加了直接数据连接拟合作为用户接口；FMS（现场总线信息规范）型则隐去第 3～6 层，采用了应用层。PA（过程自动化）型的标准目前还处于制定过程之中。其最大传输速率为 12Mbps，传输距离为 100m（12Mbps）和 400m（1.5Mbps），可用中继器延长至 10km。传输介质可以是双绞线，也可以是光缆，最多可挂接 127 个站点，可实现总线供电和本质安全防爆。

PROFIBUS 支持主从方式、纯主方式、多主多从通信方式。主站对总线具有控制权，主站间通过传递令牌来传递对总线的控制权。取得控制权的主站，可向从站发送、获取信息。PROFIBUS-DP 用于分散外设间的高速数据传输，适合于加工自动化领域。FMS 型适用于纺织、楼宇自动化、可编程控制器、低压开关等。而 PA 型则是用于过程自动化的总线类型。

（3）LonWorks（local operating network）现场总线

它是由美国 Echelon 公司于 1990 年正式推出的。它采用 ISO/OSI 模型的全部 7 层协议，采用了面向对象的设计方法，通过网络变量把网络通信设计简化为参数设置，其传输速率从 300bps～1.5Mbps 不等，直接传输距离可达 2700m（78Kbps，双绞线），传输介质可以是双绞线、同轴电缆、光缆、射频、红外线和电力线等。

LonWorks 技术所采用的 LonTalk 协议被封装在称之为 Neuron 的神经元芯片中而得以实现。集成芯片中有 3 个 8 位 CPU，第一个用于完成开放互连模型中第 1～2 层的功能，称为媒体访问控制处理器，实现介质访问的控制与处理；第二个用于完成第 3～6 层的功能，称为网络处理器，进行网络变量处理的寻址、处理、背景诊断、路径选择、软件计时、网络管理，并负责网络通信控制、收发数据包等。第三个是应用处理器，执行操作系统服务与用户代码。芯片中还具有存储信息缓冲区，以实现 CPU 之间的信息传递，并作为网络缓冲区和应用缓冲区。

目前 LonWorks 应用范围广泛，主要包括工业控制、楼宇自动化、数据采集、SCADA 系统等。国内主要应用于楼宇自动化方面。

（4）CAN（control area network）控制网络

最早由德国 BOSCH 公司推出，用于汽车内部测量与执行部件之间的数据通信。其总线规范已被 ISO 国际标准组织制定为国际标准，并且广泛应用于离散控制领域。CAN 结构模型取 ISO/OSI 模型的第 1、2、7 层协议，即物理层、数据链路层和应用层。通信速率最高可达 1Mbps，直接通信距离最远可达 10000m（5Kbps）。物理传输介质可支持双绞线，最多可挂接 110 个设备。CAN 在我国的应用较早，我国华控技术公司基于 CAN 协议开发了 SDS 智能分布式系统；和利时公司开发的 HS2000 系统的内部网络就是应用 CAN。

CAN 的节点有优先级设定，支持点对点、一点对多点、广播模式通信。各节点可随时发送消息。它采用总线仲裁技术，当出现几个节点同时在网络上传输信息时，优先级高的节点可继续传输数据，而优先级低的节点则主动停止发送，从而避免了总线冲突。CAN 总线采用短消息报文，每一帧有效字节数为 8 个；当节点出错时，可自动关闭，抗干扰能力强，可靠性高。

（5）HART

HART 是 highway addressable remote transducer 的缩写。最早由 Rosemount 公司开发并得到 80 多家著名仪表公司的支持，于 1993 年成立了 HART 通信基金会。这种被称为可寻址远程传感器高速通道的开放通信协议，其特点是在现有模拟信号传输线上实现数字通信，属于模拟系统向数字系统转变过程中工业过程控制的过渡性产品，因而在当前的过渡时期具有较强的市场竞争能力，得到了较好的发展。它是用于现场智能仪表和控制室设备间通信的一种协议。它包括 ISO/OSI 模型的物理层、数据链路层和应用层。

它规定了一系列命令，按命令方式工作。它有 3 类命令，第一类称为通用命令，这是所有设备都理解、执行的命令；第二类称为一般行为命令，所提供的功能可以在许多现场设备（尽管不是全部）中实现，这类命令包括最常用的现场设备的功能库；第三类称为特殊设备命令，以便在某些设备中实现特殊功能，这类命令既可以在基金会中开放使用，又可以为开发此命令的公司所独有。在一个现场设备中通常可发现同时存在这 3 类命令。

HART 通信可以有点对点主从应答或多点连接广播方式。按应答方式工作时的数据更新速率为 2～3 次/s，按广播方式工作时的数据更新速率为 3～4 次/s，它还可支持两个通信主设备。总线上可挂设备数多达 15 个，每个现场设备可有 256 个变量，每个信息最大可包含 4 个变量。最大传输距离 3000m。

HART 采用统一的设备描述语言 DDL。现场设备开发商采用这种标准语言来描述设备特性，由 HART 基金会负责登记管理这些设备描述并把它们编为设备描述字典，主设备运用 DDL 技术来理解这些设备的特性参数而不必为这些设备开发专用接口。但由于这是模拟数字混合信号制，导致难以开发出一种能满足各公司要求的通信接口芯片。

HART 能利用总线供电，可满足本安防爆的要求。

（6）P-NET 现场总线

P-NET 现场总线筹建于 1983 年。1984 年推出采用多重主站现场总线的第一批产品。1986 年通信协议中加入了多重网络结构和多重接口功能。1987 年推出 P-NET 的多重接口产品。1987 年 P-NET 标准成为开放式的完整标准，成为丹麦的国家标准。1996 年成为欧洲总线标准的一部分（EN 50170 V.1）。1997 年组建国际 P-NET 用户组织，现有企业会员近百家，总部设在丹麦的 Siekeborg，并在德国、英国、葡萄牙和加拿大等国设有地区性组织分部。P-NET 现场总线在欧洲及北美地区得到广泛应用，其中包括石油化工、能源、交通、轻工、建材、环保工程和制造业等应用领域。

P-NET 的设计目的是用普通 2 线制电缆实现过程自动化中分散过程组件的连接，它覆盖 OSI 模型的 1、2、3、4、7 层，并利用信道结构定义了用户层。

该总线为带多网络和多端口功能的多主总线，允许几个总线区域的直接寻址，而无需递阶网络结构。所有的通信均基于这样的原则：主节点发送一个请求，被寻址的从节点在 $390\mu s$ 内立即返回一个响应，只有已存放到从节点内存中的数据方可被访问。主节点之间的总线访问权限通过虚拟令牌传递解决。

每个从节点中内含一个通用单芯片微处理器，带 2KB EPROM，不仅为通信用，而且可用于测量、标定、转换和应用功能。P-NET 接口芯片执行数据链路层的所有功能，第 3 层和第 4 层的功能由主处理器中的软件解决。

在目前国际上现场总线群雄并起的局面下，用户应从实际应用工程特点出发去选择。因为没有一种可包罗万象、适合所有应用领域的现场总线技术。应着重考察这种总线在本行业中的应用业绩。如制造业自动化、电力自动化及过程控制自动化三个领域，在数据实时响应要求方面就大不一样。同时，用户应尽量选择国际知名度大、拥有用户多、产品应用基础好的公司产品，因为这些公司的现场总线技术被国际标准采纳的可能性大。即使没有被国际标准采纳，大公司为考虑信誉，会提供原有技术与国际标准的接口，而不会置公司信誉于不顾，丢掉老客户不管。

思考与练习

12-1 什么是现场总线及现场总线控制系统？

12-2 现场总线系统采用何种通信方式？在该方式下，是否可同时传输多个信号，为什么？

12-3 试述现场总线控制系统的技术特点和优点。

12-4 目前常用的现场总线标准有哪些？

第 13 章　基金会现场总线

学习目标

1. 了解基金会现场总线的特点。
2. 了解基金会现场总线的主要组成及其功能。
3. 了解基金会现场总线网络管理和系统管理方面的知识。
4. 了解基金会现场总线设备描述方面的知识。
5. 了解基金会现场总线的系统组态。
6. 了解基金会现场总线系统的安装知识。

13.1　基金会现场总线概述

　　基金会现场总线（foundation fieldbus，FF）标准是由现场总线基金会组织开发的，得到了世界上主要自控设备供应商的广泛支持，在北美、亚太、欧洲等地区具有较强的影响力。FF 现场总线可用于分散式输入/输出及不同类型控制系统间的数据传送，是 IEC 公认的最适用于过程控制的两种总线之一。

　　基金会现场总线是一种全数字、多节点双向串行传输的通信网络。基金会现场总线的最大特色就在于它不仅是一种总线，而且是一个自动化网络系统。它作为自动化系统，其最大特征在于它具有开放型数字通信能力，使自动化系统具备了网络化特征。而作为一种通信网络，和其他网络系统相比，它位于工业生产现场，是基层网络，网络通信是围绕完成各种自动化任务进行的。

　　基金会现场总线作为全分布式自动化系统，要完成的主要功能是对工业生产过程各个参数进行测量、信号变送、控制、显示、计算等，实现对生产过程的自动检测、监视、自动调节、顺序控制和自动保护，保障工业生产处于安全、稳定、经济的运行状态。这些功能和任务是和 DCS 系统一样的，其不同之点在于现场总线的全

189

分布式自动化系统把控制功能完全下放到现场，仅由现场仪表即可构成完整的控制功能。这是因为基金会现场总线的现场变送、执行仪表（亦称现场设备）内部都有微处理器，现场设备内部可以装入控制计算模块，只需通过现场总线连接变送器和执行器，便可组成控制系统。从这个意义上讲，全分布无疑将增强系统的可靠性和系统组成的灵活性。另外，这种控制系统还可以与别的系统或控制室的计算机进行信息交换，构成各种高性能、复杂的控制系统。

基金会现场总线系统作为低带宽的通信网络，把具备通信能力，同时具有控制、测量等功能的现场自控设备作为网络的节点，由现场总线把它们互联成网络，通过网络上各节点间的操作参数与数据调用，实现信息共享与系统的各项自动化功能。各网络节点的现场设备内具备通信接收、发送与通信控制能力。它们的各项自动化功能是通过网络节点间的信息传输与连接、各部分的功能集成而共同完成的，因而称为网络集成自动化系统。网络集成自动化系统的目的，是实现人与人、机器与机器、人与机器、生产现场的运行控制信息与办公室的管理指挥信息的沟通和一体化。借助网络信息传输与数据共享，组成多种复杂的测量、控制、计算功能，更有效方便地实现生产过程的安全、稳定、经济运行，并进一步实现管控一体化。

基金会现场总线作为工厂的底层网络，相对一般广域网、局域网而言，它是低速网段，其传输速率的典型值为 31.25Kbps、1Mbps 和 2.5Mbps。现场总线可以由单一总线段或多总线段构成，也可以由网桥把不同传输速率、不同传输介质的总线段互连而构成。还可以通过网关或计算机接口板将其与工厂管理层的网段挂接，形成完整的工厂信息网络。

基金会现场总线围绕工厂底层网络和全分布自动化系统这两个方面，形成了它的技术特色。其主要内容如下。

① 基金会现场总线的通信技术。包括基金会现场总线的通信模型、通信协议、通信控制器芯片、通信网络与系统管理等内容。

② 标准化功能块与功能块应用进程。它提供一个通用结构，

把实现控制系统所需的各种功能划分为功能模块，使其公共特征标准化，规定它们各自的输入、输出、算法、事件、参数与块控制图，并把它们组成可在某个现场设备中执行的应用进程，便于实现不同制造商产品的混合组态与调用。功能块的通用结构是实现开放系统构架的基础，也是实现各种网络功能与自动化功能的基础。

③ 设备描述与设备描述语言。为实现现场总线设备的互操作性，支持标准功能块操作，基金会现场总线采用了设备描述技术。设备描述为控制系统理解来自现场设备的数据意义提供必需的信息，因而也可以看作控制系统或主机对某个设备的驱动程序，即设备描述是设备驱动的基础。设备描述语言是一种用以进行设备描述的标准编程语言。

④ 现场总线通信控制器与智能仪表或工业控制计算机之间的接口技术。

⑤ 系统集成技术。它包括通信系统与控制系统的集成，如网络通信系统组态、网络拓扑、配线、网络系统管理、控制系统组态、人机接口、系统管理维护等。这是一项集控制、通信、计算机、网络等多方面的知识，集软硬件于一体的综合性技术。

⑥ 系统测试技术。包括通信系统的一致性与互操作性测试技术、总线监听分析技术、系统的功能和性能测试技术。

13.2 通信系统主要组成部分及相互关系

基金会现场总线的核心之一，是实现现场总线信号的数字通信。为了实现通信系统的开放性，其通信模型参考了 ISO/OSI 参考模型，并在此基础上根据自动化系统的特点进行演变后得到。基金会现场总线的参考模型有 OSI 参考模型 7 层中的 3 层，即物理层、数据链路层和应用层。根据现场总线的实际要求，把应用层划分为两个子层，即总线访问子层与总线报文规范子层。又在 OSI 参考模型第 7 层应用层之上增加了新的一层，即用户层。这样可以将通信模型视为 4 层。其中，物理层规定了信号如何发送；数据链路层规定如何在设备间共享网络和调度通信；应用层则规定了在设备间交换数据、命令、事件信息以及请求应答中的信息格式。用户层则用于组成用户所需要的应用程序，如规定标准的功能块、设备描述、实现网络管理、系统管理等，也可以将物理层和用户层中间部分作为一个整体，统称为通信栈。这样，现场总线的通信参考模型可简单地视为 3 层。图 13-1 显示基金会现场总线通信模型的主要组成部分及相互关系。

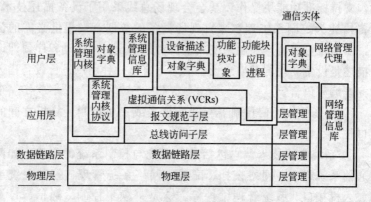

图 13-1　通信模型的主要组成部分及其相互关系

　　变送器、执行器等都属于现场总线物理设备。每个具有通信能力的现场总线物理设备都应具有通信模型。从图 13-1 中可以看出通信参考模型所对应的 4 个分层按要完成的功能可分为 3 大部分：通信实体、系统管理内核、功能块应用进程。各部分之间通过虚拟通信关系来沟通信息。

　　通信实体贯穿从物理层到用户层的所有各层。由各层协议与网络管理代理共同组成。通信实体的任务是生成报文与提供报文传送服务，是实现现场总线信号数字通信的核心部分。

　　系统管理内核在模型分层结构中只占有应用层和用户层的位置。系统管理内核主要负责与网络系统相关的管理任务，如确立本设备在网段中的位置，协调与网络上其他设备的动作和功能块执行时间。

　　功能块应用进程在模型分层结构中位于应用层和用户层。功能块应用进程主要用于实现用户所需要的各种功能。应用进程（AP）是现场总线系统活动的基本组成部分，是指设备内部实现一组相关功能的整体。应用进程可以表述为存在于一个设备内包装成组的功能块。PC 机、PLC 能够随着软件下载而接受其应用进程。对简单设备，如变送器、执行器可以让它们的应用进程在专用集成电路中执行。

功能块把为实现某种应用功能或算法、按某种方式反复执行的函数模块化，提供一个通用结构来规定输入、输出、算法和控制参数，把输入参数通过这种模块化的函数，转化为输出参数。如 PID 功能块完成现场总线系统中的控制计算，AI 功能块完成参数输入等。每种功能块被单独定义，并可为其他块所调用。由多个功能块及其相互连接，集成为功能块应用。

在功能块应用进程部分，除了功能块对象之外，还包括对象字典（OD）和设备描述（DD）。

13.2.1 基金会现场总线物理层

13.2.1.1 物理层的功能

物理层用于实现现场物理设备与总线之间的连接，为现场设备与通信传输媒体的连接提供机械和电气接口，为现场设备对总线的发送或接收提供合乎规范的物理信号。

物理层作为电气接口，一方面接收来自数据链路层的信息，把它转换为物理信号，并传送到现场总线的传输媒体上，起到发送驱动器的作用；另一方面把来自总线传输媒体的物理信号转换为信息送往数据链路层，起到接收器的作用。

当它接收到来自数据链路层的数据信息时，需按基金会现场总线的技术规范，对数据帧加上前导码与定界码，并对其实行数据编码（曼彻斯特编码），再经过发送驱动器，把所产生的物理信号传送到总线的传输媒体上。另一方面，它又从总线上接收来自其他设备的物理信号，对其去除前导码、定界码，并进行解码后，把数据信息送往数据链路层。

考虑到现场设备的安全稳定运行，物理层作为电气接口，还应

193

该具备电气隔离、信号滤波等功能，有些还需处理总线向现场设备供电等问题。

现场总线的传输介质一般为两根导线，如双绞线，因而其机械接口相对比较简单。在设备的连线处，配备标有"＋"、"－"号的醒目标签，以清楚地表明接口处的极性。

13.2.1.2　传输介质

基金会现场总线支持多种传输介质：双绞线、电缆、光缆、无线介质。目前应用较为广泛的是前两种。H1 标准采用的电缆类型，可分为无屏蔽双绞线、屏蔽双绞线、屏蔽多对双绞线、多芯屏蔽电缆等几种类型。

显然，在不同传输速率下，信号的幅度、波形与传输介质的种类、导线屏蔽、传输距离等密切相关。由于要使挂接在总线上的所有设备都满足在工作电源、信号幅度、波形等方面的要求，必须对在不同工作环境下作为传输介质的导线横截面、允许的最大传输距离等作出规定。线缆种类、线径粗细不同，对传输信号的影响各异。一般屏蔽导线比无屏蔽导线传输距离长，线径粗的比线径细的传输距离长。在采用屏蔽双绞线的场合，H1 总线（31.25Kbps 传输速率）最大传输距离为 1900m，这个距离是指一个网段内所有干线与支线的总长度。

常用的现场总线电缆有四种规格。A 型（屏蔽双绞线）：线径 $0.8mm^2$，最大传输距离 1900m。B 型（屏蔽多对双绞线）：线径 $0.32mm^2$，最大传输距离 1200m。C 型（无屏蔽多对双绞线）：线径 $0.13mm^2$，最大传输距离 400m。D 型（外层屏蔽，多芯非双绞线）：线径 $0.125mm^2$，最大传输距离 200m。A 型适用于新安装系统中；B、C、D 型主要用于改造工程中。

对于传输需要更大距离的场合，可以在网络中加入中继器形成若干网段来实现，因为电缆的最大传输距离是针对一个网段而言的。采用中继器最多可以把 32 个同样的网段接在一起。但是，网络上的任意两个设备之间最多不能超过 4 个中继器，也就是说，两个设备之间最多只能有 5 个网段，此时，传输距离可达 9500m。

13.2.1.3 物理信号

基金会现场总线为现场设备提供两种供电方式：总线供电与非总线式单独供电。总线供电设备直接从总线上获取工作能源；非总线式单独供电方式的现场设备，其工作电源直接来自外部电源，而不是取自总线。对总线供电的场合，总线上既要传送数字信号，又要由总线为现场设备供电。按 IEC 中 31.25Kbps 的技术规范，携带协议信息的数字信号要以 31.25kHz 的频率，峰值电压为 0.75～1V 的交流信号加载到 9～32V 的直流供电电压上，形成现场总线的信号。

为了防止直流电源将交流通信信号短路，在电源和设备之间必须有一个阻抗模板。作为通信信号的一个阻抗，在网络的每个端点上还有一个 100Ω 的终端器作为通信信号的负载电阻。并联的负载电阻使得阻抗为 50Ω，现场变送设备经曼彻斯特编码调制的 15～20mA 的电流传送信号，就可在等效阻抗为 50Ω 的现场总线网络上形成 0.75～1V 的电压信号。

对于 1.0Mbps 和 2.5Mbps 的 H2 总线规范，网络配置的等效阻抗为 75Ω，现场变送设备在总线上传送 ±60mA，频率为 1.0MHz 或 2.5MHz 的电流信号，便会在总线上产生电压为峰值 9V，频率为 1.0MHz 或 2.5MHz 的电压信号。

13.2.1.4 网络拓扑结构

低速现场总线 H1 支持点对点连接，支持总线形、树形拓扑结构以及由总线形变化得来的菊花链形拓扑结构，而高速现场总线 H2 只支持总线形拓扑结构。图 13-2 为低速现场总线拓扑结构示意图。

总线形与树形拓扑结构最大的差别在于终端器安装在什么地方。终端器是连接在总线末端或末端附近的阻抗匹配元件。每个总线段上需要两个，而且只能有两个终端器。终端器采用反射波原理使信号变形最小，它所起到的作用是保护信号，使它少受衰减与畸变。有封装好的终端器商品供选购、安装。有时，也将终端器电路内置在电源、安全栅、PC 接口下、端子排内。在安装前要了解清楚某个设备是否已有终端器，避免重复使用，影响总线的数据传输。

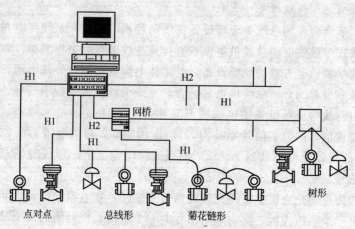

图 13-2 低速现场总线拓扑结构

为了提高耐环境性，免受机械性冲击，将终端器设置在分线箱或现场节点箱内，也可将终端器配置在现场仪表内。图 13-3 显示了终端器的安装。

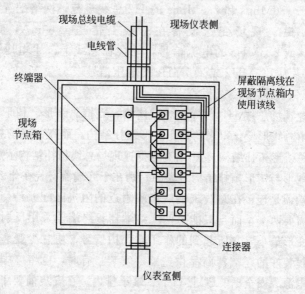

图 13-3 终端器的安装

13.2.2 基金会现场总线数据链路层

数据链路层（DLL）位于物理层与总线访问子层之间，为系统管理内核和总线访问子层访问媒体提供服务。在数据链路层上所生成的协议控制信息，就是为完成总线上的各类链路传输活动进行控制而设置的。总线通信活动中的链路活动调度，数据的接收发送，活动状态的探测、响应，总线上各设备间的链路时间同步，都是通过数据链路层实现的。

从数据链路层的角度来看，每个总线段上有一个媒体访问控制中心，它能够调度本总线段中各个设备的通信活动，称为链路活动调度器（LAS）。链路活动调度器 LAS 拥有总线上所有设备的清单，由它来掌管总线段上各设备对总线的操作。任何时刻每个总线段上都只有一个链路活动调度处于工作状态，总线段上的设备只有得到链路活动调度器的许可，才能向总线上传输数据，因此链路活动调度器（LAS）是总线的通信活动中心。

并非所有总线设备都可成为链路活动调度器。按照设备的通信能力，基金会现场总线把通信设备分为 3 类：链路主设备、基本设备和网桥。链路主设备是指那些有能力成为链路活动调度器的设备；而不具备这一能力的设备则被称为基本设备。基本设备只能接收令牌并作出响应，不能主动发起通信，这是最基本的通信功能，因而可以说网络上的所有设备，包括链路主设备，都具有基本设备的能力。当网络中几个总线段进行扩展连接时，用于两个总线段之间的连接设备，就称之为网桥。网桥负责不同总线段之间的数据传递，还负责传递系统时钟，为"下游"总线段提供时钟基准。网桥属于链路主设备。

一个总线段上可以连接多种通信设备，也可以挂接多个链路主设备。但一个总线段上某个时刻，只能有一个链路主设备成为链路活动调度器（LAS），没有成为 LAS 的链路主设备，起着后备链路活动调度器的作用，图 13-4 表示了现场总线通信设备的类型。

基金会现场总线的通信活动被归纳为两类：受调度通信与非调度通信。由链路活动调度器按预定调度时间表周期性依次发起的通

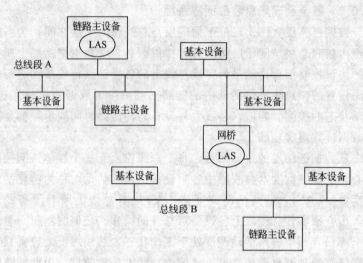

图 13-4 现场总线的通信设备与 LAS

信活动，称为受调度通信。具体过程为：在通信周期的特定时刻，链路活动调度器向设备发出简称为强制数据（CD）的特殊帧，设备接收到这个帧后，即向总线上的所有设备"广播"欲发送的数据。现场总线中这种受调度通信，一般用于在设备间周期性地传送控制数据，如在现场变送器与执行器之间传送测量或控制器输出信号。

在预定调度时间表之外的时间，通过得到令牌的机会发送信息的通信方式称为非调度通信。非调度通信在预定调度时间表之外的时间，由链路活动调度器通过现场总线发出一个传递令牌，得到这个令牌的设备就可以发送信息。所有总线上的设备都有机会通过这一方式发送调度之外的信息。信息可向单一的地址发送，也可向多个目的地址发送。基金会现场总线通信采用令牌总线工作方式。

受调度通信与非调度通信都由链路活动调度器掌管。按基金会现场总线的规范要求，链路活动调度器的全部操作可分为如下几种。

① CD 调度。向网络上的设备发送强制数据。

② 令牌传递。向设备发送传递令牌，使设备得到发送非周期数据的权力。

③ 活动表维护。活动表指记录所有正确响应传递令牌的设备的列表。其主要维护内容包括：为新入网的设备检测未被采用过的地址，当为新设备找好地址后，把它们加入到活动表中；监视设备对传递令牌的响应，当设备既不能随着传递令牌顺序进入使用，也不能将令牌返还时，就从活动表中去掉这些设备。

④ 数据链路时间同步。定期对总线段发布数据链路时间和调度时间。

⑤ LAS冗余度。当前的链路活动调度器失效后，后备的链路活动调度器接替工作。

13.2.3 基金会现场总线应用层

基金会现场总线应用层由两个子层构成，即现场总线访问子层（FAS）和现场总线报文规范层（FMS）。

13.2.3.1 现场总线访问子层

总线访问子层 FAS 利用数据链路层的受调度通信与非调度通信作用，为总线报文规范层 FMS 提供服务。服务类型由虚拟通信关系（VCR）来描述。

在基金会现场总线网络中，设备之间传送信息是通过预先组态好的通信信道进行的。这种在现场总线网络各应用之间的通信信道称之为虚拟通信关系（VCR）。它好比是电话机上的快速拨号，一旦设置，下次拨号可直接输入。

虚拟通信关系有客户/服务器型、报告分发型、发布/预定接收型 3 种类型。

（1）客户/服务器型虚拟通信关系

客户/服务器型虚拟通信关系用于现场总线上两个设备间由用户发起的、一对一的、排队式的非周期通信。这里的排队意味着消息的发送与接收是按优先级所安排的顺序进行，先前的信息不会被覆盖。

当一个设备得到传递令牌时，这个设备可以对现场总线上的另一设备发送一个请求信息，发出请求的设备称为客户，而收到这个请求的设备被称为服务器。当服务器收到这个请求，并得到了来自链路活动调度器的传递令牌时，就可以对客户的请求作出响应。

客户/服务器型虚拟通信关系常用于操作员发出请求的场合，如改变给定值、对调节器参数的访问与调整、对报警的确认、设备的上载与下载等。

（2）报告分发型虚拟通信关系

报告分发型虚拟通信关系是一种排队式、非周期通信，也是一种由用户发起的一对多的通信方式。当一个带有事件报告或趋势报告的设备收到来自链路活动调度器的传递令牌时，就通过这种报告分发型虚拟通信关系，把它的报文分发给由它的虚拟通信关系所规定的一组地址，即有一组设备将接收该报文，它区别于客户/服务器型虚拟通信关系的最大特点，是它采用一对多通信，一个报告者对应由多个设备组成的一组收听者。

这种报告分发型虚拟通信关系用于广播或多点传送事件与趋势报道。它最典型的应用场合是现场总线设备将报警状态、趋势数据等通知操作台。

（3）发布/预订接收型虚拟通信关系

发布/预订接收型虚拟通信关系主要用来实现缓冲型一对多通信。缓冲型意味着只有最近发布的数据保留在网络缓冲器中，新的数据会完全覆盖先前的数据。当数据发布设备收到强制数据（CD）时，将对总线上的所有设备发布或广播它的消息。希望接收这一发行消息的设备被称为预订接收者。数据的产生与发布者采用该类虚拟通信关系，把数据放入缓冲器中，发布者缓冲器的内容会在一次广播中同时传送到所有数据用户，即预订接收者的缓冲器内。为了减少数据生成和数据传输之间的延迟，要把广播者的缓冲器刷新和缓冲器内容的传送协调起来。缓冲型工作方式是这种虚拟通信关系的重要特征。

这种虚拟通信关系中的强制数据（CD），可以由链路活动调度器按准确的时间周期发出，也可以由数据用户按非周期方式发起，即这种通信可由链路活动调度器发起，也可以由用户发起。

现场设备通常采用发布/预订接收型虚拟通信关系，按周期性的调度方式，为用户应用功能块的输入输出刷新数据，如向 PID 控制功能块和操作台发送测量值、操作输出等。

基金会现场总线由物理层、数据链路层和应用层共同作用，来支持这几种虚拟通信关系。其中，物理层负责物理信号的产生与传送，数据链路层负责网络通信调度，应用层规定了相关的各种信息格式，以便交换命令、应答、数据和事件信息。

13.2.3.2　现场总线报文规范层

现场总线报文规范层主要描述用户应用所需要的通信服务、信息格式、行为状态等。

FMS 提供了一组服务和标准的报文格式。用户应用可采用这种标准格式在总线上相互传递信息，并通过 FMS 服务，访问应用进程对象，以及它们的对象描述。对象描述说明通信中跨越现场总线的数据内容，把这些对象描述收集在一起，形成对象字典（OD）。对象描述由它在对象字典中的对应指针来确定。零指针为对象字典头部，它提供了对字典本身的说明，并为用户应用的对象描述规定了第一个指针。用户应用的对象描述能够从 255 以上的任何指针开始。指针 255 及以下的指针用来定义标准数据类型（如布尔型、整数型、浮点型、位串型等）以及建立所有其他对象描述的数据结构。

应用进程中的网络可视对象和相应的对象字典（OD）在现场总线报文规范层中称为虚拟现场设备 VFD。虚拟现场设备 VFD（virtual field device）是一个自动化系统的数据和行为的抽象模型，用于远程浏览对象字典中描述的本地设备数据，其基础是 VFD 对象。VFD 对象包含有可由通信用户通过服务使用的所有对象及对象描述。对象描述存放在对象字典中，每个虚拟现场设备有一个对象描述。因而虚拟现场设备可以看作应用进程的网络可视对象和相应的对象描述的体现。一个 VFD 是一个设备中可以被访问信息的逻辑划分。一个物理设备中有多个更小的虚拟设备。典型的现场设备包含至少两个 VFD。第一个 VFD 包含系统管理（SM）和网络管理（NM）的信息；第二个以及其他的 VFD 被用于访问功能块应用进程，即设备中的功能块、资源块和转换块。

虚拟现场设备可支持 3 种服务，即读取状态（逻辑、物理）服务，设备状态的自发送服务（发送一个未经请求的状态），读虚拟现场设备识别信息（厂商名、模型名、版本号）服务。

虚拟现场设备 VFD、对象字典管理、环境管理、域管理、程序调用管理、变量访问、事件管理等模块或服务共同组成现场总线报文规范层。

现场总线报文规范层服务在虚拟通信关系端点提供给应用进程。服务分为确认和非确认的。确认服务用于操作和控制应用进程对象，如读/写变量值、访问对象字典及上载/下载等，它使用客户/服务器型虚拟通信关系；非确认服务用于发布数据或通报事件，发布数据使用发布/预订接收型虚拟通信关系。

13.2.4　基金会现场总线用户层

基金会现场总线用户层是在 ISO/OSI 参考模型中 7 层结构的基础上添加的一层，功能块应用进程是用户层的重要组成部分，用于完成基金会现场总线中的自动化系统功能。

现场总线系统可以看成是协同工作的应用进程（AP）的集合，应用进程是现场总线系统活动的基本组成部分，是最基本的对象。每个应用进程表述了存在于一个设备网的分别被包装成组的功能块。功能块应用进程是由功能块所构成的应用进程。对象是构成功能块应用的基本元素。

13.2.4.1　功能块应用进程对象分类

（1）块对象

块是一个软件的逻辑处理单元，由算法、参数等构成。块的算法可以是外部不可见的，并可包含不可见的内部变量。块的参数有输入参数、输出参数及用于控制块执行的内含参数，它们是网络可视的。内含参数规定块的专有数据，不参与连接，如 P、I、D 参数。

位号（Tag）提供对块的应用场合的识别，它在一个现场总线系统内是惟一的。

块有3类：资源块、功能块、变换块。在资源块内部，块有其目录，以便于现场总线报文规范层访问。

（2）链接对象

链接对象用于访问、分配、交换对象和虚拟通信关系。它定义了设备内部与现场总线网络之上的功能块输入与输出之间的链接。一般在总线组态时定义，在现场设备在线运行前或运行时传送给它，以建立通信连接。

（3）设备资源

功能块应用进程的虚拟现场设备 VFD 称作资源，它表示该应用进程的网络可访问的软件、硬件对象。设备资源构成功能块应用的网络接口，提供现场总线报文规范层传送服务请求/响应的信息，组成资源的对象定义包含在对象字典中，由现场总线报文规范层和功能块应用共享。通过资源可以访问对象及其参数。每个资源有惟一的一个资源块。一个现场设备通常包含一个资源，以支持其功能块应用。而当组成设备的元素有不同的应用要求时，可有多个资源支持功能块应用。

（4）报警对象

报警对象用于块的报警和事件报告。将在功能块中检测到的报警和时间报告给主站，主站必须对收到的警示予以确认，否则报警将被再次传送。

（5）趋势对象

趋势对象对功能块的趋势性参数进行采样，提供参数采样值的短期存储，以便接口设备收集这些信息。趋势对象包含最近6个采样值及其状态，以及最后一次采样时间。另外，趋势对象还包含有块目录、趋势参数、相对目录、采样类型及间隔等属性。

（6）视图对象

视图对象是为了实现用更少的通信读取同一模块中参数的属性值。而事先定义的模块参数的子集，主要用于获得运行、诊断、组态的信息。子集存在 4 个不同的视图。

视图 1：一个模块中的公共动态参数的子集，是工厂过程操作员运行进程所需的信息。

视图 2：一个模块中的公共静态参数的子集，可能需要读取一次，然后与动态数据一同显示信息。

视图 3：一个模块中的全部动态参数的子集，即正在发生改变的信息，在详尽显示状态下可能会被引用。

视图 4：一个模块中所有不包括于视图 2 中的静态参数的子集，主要为配置与维护信息。

（7）程序调用对象

现场总线报文规范层规定，一定种类的对象具有一定的行为规则。一个远程设备能够控制在现场总线上的另一设备中的程序状态。即通过该类对象的服务实现程序调用对象的状态转换。例如，远程设备可以利用现场总线报文规范层服务中的创建程序调用，把非存在状态改变为空闲状态，也可以利用现场总线报文规范层中的启动服务把空闲状态改变为运行状态等。

（8）域对象

域即一部分存储区，可包含程序和数据，它是"字符串"类型，域的最大字节数在对象字典中定义。属性有名称、数字标识，口令、访问组、访问权限、本地地址、域状态等。相应的服务主要是下载和上载。上载指从现场设备中读取数据，下载指向现场设备发送或装入数据。

（9）作用对象

作用对象用于创建或删除一个块或对象。

13.2.4.2　功能块的内部结构与功能块连接

功能块应用进程提供一个通用结构，把实现控制系统所需的各种功能划分为功能模块，使其公共特征标准化，规定它们各自的输入、输出、算法、事件、参数与块控制图，把按时间反复执行的函数模块化为算法，把输入参数按功能块算法转换成输出参数。反复执行意味着功能块或是按周期，或是按事件发生重复作用。

图 13-5 显示了一个功能块的内部结构。从图中结构可以看到，不管在一个功能块内部执行的是哪一种算法，实现的是哪一种功能，它们与功能块外部的连接结构都是通用的。分别位于图中左、右两边的一组输入参数与输出参数，是本功能块与其他功能块之间要交换的数据和信息，其中输出参数是由输入参数、本功能块的内含参数、算法共同作用而产生的。图中上部的执行控制用于在某个外部事件的驱动下，触发本功能块的运行，并向外部传送本功能块执行的状态。

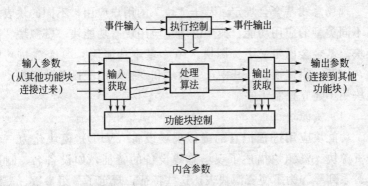

图 13-5　功能块的内部结构

例如，生产过程控制中常用的 PID 算法就是一个标准的功能块，把被控变量测量 AI 模块的输出连接到 PID 功能块，就成为 PID 块的输入参数。当采用串级控制时，其他 PID 功能块的输出也可以作为输入参数，置入到 PID 功能块内作为给定值。比例度、积分时间、微分时间等所有不参与连接的参数，则是本功能块的内含参数。处理算法就是开发者编写的 PID 算式的运行程序。由链路活动调度器根据时钟时间触发 PID 功能块的运行，由运行结果产生输出参数，送往与它连接的 AO 模块，又成为 AO 模块的输入参数。然后它通过 AO 模块作用后，送往指定的执行器或阀门。

功能块的通用结构是实现开放系统构架的基础，也是实现各种网络功能与自动化功能的基础。功能块被单个地设计和定义，并集成为功能块应用。一旦定义好某个功能块之后，可以把它用于其他功能块应用之中。功能块由其输入参数、输出参数、内含参数及操作算法所定义，并使用一个位号和一个对象字典索引识别。

功能块连接是指把一个功能块的输出连接到另一个功能块的输入，以实现功能块之间的参数传递与功能集成。功能块之间的连接存在于功能块 AP 内部，也存在于功能块 AP 之间。此外，一个设备的各个功能块之间的连接称为内部连接，而多个设备的功能块之间的连接称为外部连接。减少外部连接可提高回路的通信性能。

13.2.4.3 功能块应用进程中的用户功能块

现场总线基金会规定了基于"块"的用户应用，不同的块表达了不同类型的应用功能。典型的用户应用块有功能块、资源块、变换块。基金会已定义了资源块、10 个基本功能块、19 个先进功能块，以及一组变换块。其中，资源块和变换块用于设备的组态，功能块用于建立控制策略。

（1）资源块

功能块应用进程把它的虚拟现场设备（VFD）模块化为一个个资源块。资源块描述了现场总线设备的特征，如设备名、制造者、系列号。为了使资源块表达这些特征，规定了一组参数。资源块没有输入或输出参数。它将功能块与设备硬件特性隔离，可以通过资源块在网络上访问与资源块相关设备的硬件特性。

资源块也有其算法，用以监视和控制物理设备硬件的一般操作。其算法的执行取决于物理设备的特性，由制造商规定。该算法可能引起事件的发生。一个设备中只有惟一的一个资源块。

（2）变换块

变换块可按所要求的频率从传感器中取得数据，并写入到相应的接受这一数据的硬件中。它不含有运用该数据的功能块，这样便于把数据读取、写入的过程从制造商的专有物理 I/O 特性中分离出来，提供功能块的设备入口，并执行一些功能。变换块包含有量程数据、传感器类型、线性化、I/O 数据表示等信息。它可以加入到本地读取传感器功能块或硬件输出功能块中。通常每个输入或输出功能块内部都会有一个变换块。

（3）功能块

功能块是参数、算法和事件的完整组成，由外部事件驱动功能块的执行，通过算法把输入参数变为输出参数，实现应用系统的控制功能。对输入和输出功能块来说，要把它们连接到变换块，与设备的 I/O 硬件相互联系。

与资源块和变换块不同，功能块的执行是按周期性调度或按事件驱动的。功能块提供控制系统功能，功能块的输入输出参数可以跨越现场总线实现连接。每个功能块的执行受到准确的调度。单一的用户应用中可能有多个功能块。

现场总线基金会规定了如表 13-1 所示的一组标准功能块。此外，还为先进控制规定了 19 个标准的附加功能块。

表 13-1　FF 的基本标准功能块

功能块名称	功能块符号	功能块名称	功能块符号	功能块名称	功能块符号
模拟量输入	AI	离散输入	DI	比例积分微分	PID
模拟量输出	AO	离散输出	DO	比例系数	RA
偏差	B	手动装载	ML		
控制选择	CS	比例微分	PD		

功能块可以按照对设备的功能需要设置在现场总线设备内。例如简单的温度变送器可能包含一个 AI 模拟量输入功能块，而调节阀则可能包含一个 PID 功能块和 AO 模拟量输出功能块。这样一个完整的控制回路就可以只由一个变送器和一个调节阀组成。有时，也把 PID 功能块装入温度、压力等变送器内。

13.2.4.4　块参数

块参数分为 4 个层次，它们是：现场总线基金会定义的 6 个通用参数（静态版本、位号说明、策略、报警键、模式、块出错）；各类块的功能参数；FF 行规定义的设备参数；制造商定义的特殊参数（用设备描述语言描述）。

（1）资源块参数

资源块参数是内含的，所以它没有连接。除 6 个通用参数外，资源块还包含 MANUFAC-ID（制造商识别符）、DEV＿TYPE（设备类型）、DEV＿REV（设备版本）等 34 个其他参数。

（2）功能块参数

基金会所定义的 10 个基本功能块，可满足低速现场总线一般应用的 80％，如常见的典型控制回路和应用形式：输入、输出、手动控制（ML＋AO）、反馈控制（AI＋PID＋AO）、前馈控制、串级控制、比值控制等。

例如 AI 模拟输入功能块，通道值（CHANNEL）是由输入变换块通道来的；它首先给出仿真参数，这是一个数据结构（包括模拟状态、模拟值、发送状态、发送值、允许/不允许 5 个变量）。当仿真允许（值为 2）时，它手动提供块输入值和状态；禁止（值为 1）时，输入值为变换块值。然后，经过各种变换（变换量程 XD＿SCALE；线性化 L＿TYPE；输出量程 OUT＿SCALE；小信号切除 LOW＿CUT 及 PV滤波）。另外还有许多报警参数。

现场值（Field＿Val）＝100×(Channel_Val_EU@0)÷(EU@100％_EU@0)×[XD_SCALE]。

线性化类型 L＿TYPE 为直接时，PV＝Channel＿Val；线性化类型 L＿TYPE 为间接时，PV＝Channel＿Val×[OUT＿SCALE]。

AI 块支持的模式有 O/S、AUTO、MAN。

（3）变换块参数

变换块分作 3 个子类：输入变换块、输出变换块、显示变换块。所有变换块的参数除 6 个通用参数外，还有 6 个变换块参数，按目录号依次为：UPDATE＿EVT（更新发生的事件）；BLOCK＿ALM（块报警）；TRANSDUCER＿DIRECTORY（变换块说明）；TRANS-DUCER＿TYPE（变换块类型）；XD＿ERROR（变换块错误代码）；COLLECTION＿DIRECTORY（变换块中的说明集）。

变换块参数都是内含的。基金会已定义了 7 类标准的变换块，由变换块类型参数描述，它们是带标定的标准压力变换块（100）、带标定的标准温度变换块（101）、带标定的标准液位变换块（103）、带标定的标准流量变换块（104）、标准的基本阀门定位块

（105）、标准的阀门定位块（106）、标准的离散阀门定位块（107）。

13.3　网络管理及系统管理

13.3.1　网络管理

为了在设备的通信模型中把第 2～7 层，即数据链路层至应用层的通信协议集成起来，并监督其运行，现场总线基金会采用网络管理代理（NMA）/网络管理者工作模式。网络管理者实体在网络管理代理的协调下完成网络的通信管理。网络管理者实体指导网络管理代理运行，由网络管理者向网络管理代理发出指示，而网络管理代理对它作出响应，网络管理代理也可在一些重要的事件或状态发生时通知网络管理者。每个现场总线网络至少有一个网络管理者。每个设备都有一个网络管理代理，负责管理其通信栈。网络管理代理可以提供组态管理、运行管理、监视判断通信差错、下载虚拟通信关系表或表中某一条目、下载链路活动调度表（LAS）等的能力。进行这些管理需访问设备时，并不要求使用特殊的网络管理协议，可用原有的设备访问协议。

通过使用组态管理机能，参数就在通信栈内部被赋值。这个过程通常起因于一个设备 AP 的输入/输出参数与其他设备输入/输出参数的连接，这个连接导致对不同的通信特性的选择。这些特性通过网络管理代理的组态管理机能被加载到对应的设备中。

作为组态的一部分，网络管理代理可以收集数据传送的性能信息和差错信息。这些信息在运行时是可以访问的，这使得观察和分析设备通信的状况成为可能。如果发现差错，或通信性能需要优化，或设备通信设置需要改变，则可以在设备运行过程中重新组态。与其他设备的通信是否会被中断取决于重新组态的性质。

13.3.2　系统管理

系统管理用以协调分布式现场总线系统中各设备的运行。基金会现场总线采用管理员/代理者模式，每个设备的系统管理内核（SMK）承担代理者角色，对从系统管理者实体收到的指示作出响应。系统管理可以全部包含在一个设备中，也可以分布在多个设备之间。系统管理内核使该设备具备与网络上其他设备进行互操作的基础。

网络管理信息库（NMIB）和系统管理信息库（SMIB）通过设备中的第一个 VFD 被访问。NMIB 是网络管理的重要组成部分之一，它是被管理变量的集合，包含了设备通信系统中组态、运行、差错管理的相关信息，如 LAS 通信调度、VCR 虚拟通信关系、通信统计信息等。SMIB 中包含有设备的位号（Tag）、地址、功能块调度等。网络管理信息库与系统管理信息库结合在一起，成为设备内部访问管理信息的中心，它们的内容都是借助虚拟现场设备管理和对象字典来描述的。

设备中的系统管理负责功能块和通信的调度、时间同步和自动地址分配等。

（1）功能块调度

调度存放在设备的 SM/NM VFD 中。SM 协调功能块执行和功能块链接通信的调度，以消除抖动（jitter）。这是因为，变量一经就绪就被广播，而不需要任何不确定的延迟。当到达调度中功能块链路需要被广播的时间点时，LAS 将发送一个"强制数据"（CD）报文给相关的设备，此设备随即广播该链路。

（2）自动地址分配

每个基金会现场总线设备有一个 32 字节的惟一标识符，它包含 6 字节制造商代码、4 字节设备类型代码和一个序列号代码。它将一个设备从世界上所有设备中分辨出来。制造商代码由现场总线基金会进行统一管理，以避免可能的重复。制造商自己分配设备类型代码和序列号代码。

LAS 通过周期性的轮询网络地址来检测新的设备。当 LAS 识别出新的设备时，如果它们的原始地址在默认的地址范围内，或者与网络上其他设备正在使用的地址相重复，则给它们分配操作（operating）地址。LAS 通过使用惟一标识符表示这个硬件的地址，将竞争同一个网络地址的多个设备分辨出来，自动解决网络地址的冲突。

（3）时钟同步

LAS 中的系统管理周期性地为网络上的设备广播时间，以便跟它们的内部时钟同步。这个时间被用于保证每个设备中的调度是与其他设备同步的，进而保证功能块的执行、链接的广播都是在精确的合适的时刻进行的。这个时间还用于为报警、事件和趋势等信息做时间标记。

当"主时间发布器"失效以后，一个"辅时间发布器"将接管，依此类推。

13.4　设　备　描　述

13.4.1　设备描述（DD）

设备描述是基金会现场总线为实现可互操作性而提供的一个重要工具。由于要求现场总线设备具备互操作性，必须使功能块参数与性能规定标准化。同时它也为用户和制造商加入新的块或参数提供了条件。设备描述为虚拟现场设备中的每个对象提供了扩展描述。设备描述中包括参数标签、工程单位、要显示的十进制数、参数关系、量程与诊断菜单。

设备描述 DD 由设备描述语言（DDL）实现。这种为设备提供可互操作性的设备描述由两个部分组成：一部分是由基金会提供的，它包括由设备描述语言描述的一组标准块及参数定义；一部分是制造商提供的，它包括由设备描述语言描述的设备功能的特殊部分。这两部分结合在一起，完整地描述了设备的特性。设备描述使得主站能理解设备中的复杂数据并且以易于理解的方式显示。

设备描述可以视为设备的"驱动程序"，类似于 PC 机中用来操作打印机及其他与 PC 相连设备的驱动程序。只要有设备描述，任何与现场总线兼容的控制系统或主机就可以操作该设备。

13.4.2　设备描述分层

为了使设备构成与系统组态变得更容易，现场总线基金会已经规定了设备参数的分层。分层规定如图 13-6 所示。

分层中的第一层是通用参数。通用参数指公共属性参数，如标

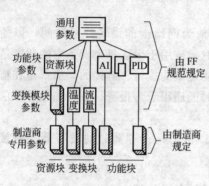

图 13-6　FF 设备参数分层

签、版本、模式等，所有的块都必须包含通用参数。

分层中的第二层是功能块参数。该层为标准功能块规定了参数，也为标准资源块规定了参数。

第三层称为变换模块参数。本层为标准变换模块定义参数，在某些情况下，变换块规范也可以为标准资源块规定

参数。现场总线基金会已经为前 3 层编写了设备描述，形成了标准的现场总线基金会设备描述。

第四层称之为制造商专用参数。在这个层次上，每个制造商都可以自由地为功能块和变换块增设它们自己的参数。这些新增设的参数应该包含在附加设备描述中。

13.4.3　设备描述语言 DDL

现场总线基金会规定的设备描述语言是一种程序语言，用它描述通过现场总线接口可访问的信息。设备描述语言是可读的结构文本语言，类似于 C 语言，表示一个现场设备如何与主机及其他现场设备相互作用。

设备描述语言由一些基本结构件组成，每个结构件有一组相应的属性，属性可以是静态的，也可以是动态的，它随参数值的改变而改变。现场总线基金会规定的设备描述语言共有 16 种基本结构。

块（blocks）：它描述一个块的外部特性。

变量（Variables）、记录（records）、数组（arrays）：分别描述设备包含的数据。

菜单（menus）、编辑显示（edit displays）：提供人机界面支持方法，描述主机如何提供数据。

方法（methods）：描述主机应用与现场设备间发生相互作用的复杂序列的处理过程。

单元关系（unit relations）、刷新关系（refresh relations）及整体写入关系（write as onerelations）：描述变量、记录、数组间的相互关系。

变量表（variable lists）：按成组特性描述设备数据的逻辑分组。

项目数组（item arrays）、数集（collections）：描述数据的逻辑分组。

程序（programs）：说明主机如何激活设备的可执行代码。

域（domains）：用于从现场设备上载或向现场设备下载大量的数据。

响应代码（response codes）：说明一个变量、记录、数组、变量表、程序或域的具体应用响应代码。

13.5 系 统 组 态

基金会现场总线系统应该是一个完整的、协调有序工作的自动化系统与网络系统。在系统启动运行之前，要对作为系统组成部分的每一个自控设备、网络节点规定其在系统中的作用与角色，设置某些特定参数，然后按一定的程序，使各部分设备进入各自的工作状态，并集成为一个有序的工作系统。这就是系统的组态与运行要完成的任务。

13.5.1 基金会现场总线系统的组态信息

系统组态就是要从系统整体需要出发，为其组成成员分配角色，选择希望某个设备所承担的工作，并为它们完成这些工作设置好静态参数、动态初始参数，以及不易丢失的参数值。

静态值是指在系统运行期间不变化的值。动态值是指会随系统运行状态的变化而变化，而且在电源掉电后会丢失的值。不易丢失的参数值是指在系统运行中会变化，但在电源掉电期间会保持其值的参数。

基金会现场总线规定了组态的 4 个层次：制造商定义层组态、网络定义层组态、分布式应用定义层组态和设备定义层组态。不同

213

层次规定不同的组态信息。

（1）制造商定义层组态

本层组态信息由设备制造商在产品开发或出厂前定义。制造商要规定一个设备所提供的应用进程的种类和数量；提供对象字典的定义和结构；提供制造商厂名、设备模块名（如压力变送器）、虚拟现场设备管理、功能块应用进程虚拟现场设备以及其他类型虚拟现场设备的版本号；还要能识别出每个设备的网络可视对象。

（2）网络定义层组态

网络是由多个设备组成的。这个层次的组态要规定网络拓扑结构，主要包括：指定通信控制策略及协议版本；识别总线中各个总线网段和设备，并分配设备位号和数据链路地址；为每个总线段指定希望成为首选的链路主管，并规定 LAS 所采用的链路参数；指定一个主要的应用时钟发布者及后备的应用时钟发布者，作为时间发布源。

（3）分布式应用层组态

应用是由分布在网段各处的资源构成的。本层组态规定了分布在资源间的相互作用。它包括以下内容：规定功能块应用进程FBAP 的连接对象，并组成虚拟通信关系；规定虚拟通信关系列表，形成数据链路地址；规定功能块和链路活动调度器调度表及宏周期；规定节点树构成图，包括转发和重发布表。

（4）设备层组态

在本层组态中，要对设备内每个应用进程赋值，即对各用户应用进程、网络管理信息库、系统管理信息库赋予指定值。

13.5.2 系统组态

13.5.2.1 离线组态

在把设备连接到处于工作状态的网络之前，采用带有系统专门信息的装载设备，对某个现场设备进行的组态，称为离线组态。为了实现离线组态，必须给这个设备分配一个离线网络地址，因为若没有这个地址，系统管理内核将不允许现场总线报文规范层进入工作状态。当离线组态的装载完成之后，在从离线网络上把该设备卸掉之前，这个地址必须被清除。

离线组态主要装载两类信息。一类用于规定该设备在系统中所完成的功能，主要通过装载设备软件实现，设备的位号分配、功能块对象与参数都按照功能块应用进程规范进行组态。另一类用于规定该设备与这个系统中其他设备间如何相互作用，即将分布式应用层组态信息中的相关预定义参数，例如虚拟通信关系列表装入网络管理信息库。

13.5.2.2　系统组态内容

现场总线系统组态包括系统设计和设备组态两部分。

基于现场总线的系统设计类似于集散控制系统 DCS 的设计，但存在着两点差别：一是物理线路，传统的 4～20mA 模拟量点对点信号变为数字信号，多台设备可以同时连接在总线中的同一根电缆上，这也就要求现场总线上的所有设备都必须有惟一的物理设备标签以及对应的网络地址；二是一些控制和 I/O 子系统功能从控制系统分布到现场总线设备中，可降低控制器和卡件数目。

系统设计及仪表选择完后，即可以按控制策略的要求将每个设备中的功能块的输入、输出连接在一起，进行设备组态。连接时使用的是组态软件中的图标对象，而不是现场的物理连接。功能块连接与其他组态项目（如设备名、回路标签与回路执行速率等）输入完毕之后，配置设备即为每台现场总线设备的生成信息。如果有现场设备作为链接控制器，即可配置旁置回路，从而实现回路的连续运转而无需配置设备或中央控制台进行干预。一旦现场总线设备收到组态信息后，系统即可开始运作。

13.6　现场总线系统的安装

13.6.1　安装

由于现场总线系统具有数字化通信特征，所以现场总线系统布线和安装与传统的模拟控制系统有很大的区别。

图 13-7 是一个典型的基金会现场总线网段。在这个图中，有作为链路主管、组态器和人机界面的 PC 机；符合 FF 通信规范要

求的 PC 接口卡；网段上挂接的现场设备；总线供电电源；连接在网段两端的终端器；电缆式双绞线，以及连接端子。

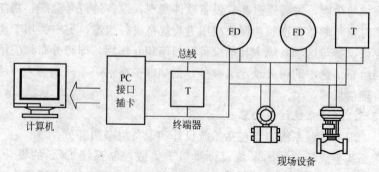

图 13-7　基金会现场总线网段的基本构成

　　如果现场设备间距离较长，超出规范要求的 1900m 时，可采用中继器延长网段长度；也可使用中继器增加网段上的连接设备数。还可采用网桥或网关与不同速度、不同协议的网段连接；在有本质安全防爆要求的危险场所，现场总线网段还应该配有本质安全防爆栅。图 13-8 为基金会现场总线的本安网段示例。

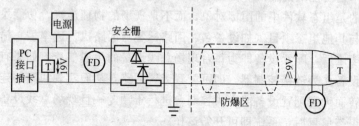

图 13-8　基金会现场总线的本安网段

　　对总线结构，主电缆称为干线，通常从接近中央控制室的配电盘开始，一直延伸到现场的最后一台设备。沿线将穿过全部挂接的设备。从干线上引出的短线称为"支线"。支线连到每一台设备上，如图 13-9 所示。对总线结构，辨认最长的电缆是很容易的，这就是干线。两个终端器接在干线的两端。由于网络的电源侧往往有内置的终端器，所以只有现场侧的终端器需要单独提供。网段不是支线，网络的每一个网段都要有中继器，而一个网段可以有若干根支线。

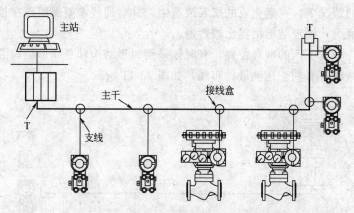

图 13-9   在干线最后一台设备上装有终端器的总线形拓扑结构

支线通过采用小型的接线盒或"T"形接插件和干线相连。总线结构的优点是使连接设备所需的电缆数量最小。但是，引出支线需要若干接线盒，所以干线上会有很多连接点。终端器一般装在沿干线最远的接线盒内。

对树形结构，干线延伸到现场的一个接线盒，从接线盒接到一个个设备上，如图 13-10 所示。由于干线的终点是接线盒，所以，

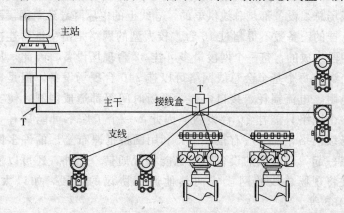

图 13-10   在干线终点和支线分叉处安装现场终端器的树形拓扑结构

217

现场侧的终端器将安装在接线盒里。树形结构使接插件的数量减到最少，但电缆的长度将加长，特别是在设备的位置互相不是靠得很近的情况下。在老企业的仪表改造中，针对那些希望保留现存接线的情况，树形结构用得比较普遍。

根据工厂的地理位置，有时候采用树形结构和总线形结构混合的结构更有利于达到最佳布线，如图 13-11 所示。

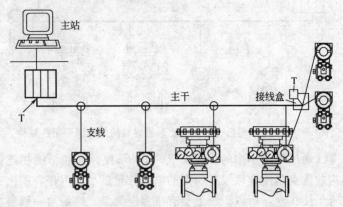

图 13-11　由总线形和树形结构组成的混合结构

每一个现场设备的阻抗就是通信信号的负载。如果所有的设备都单独供电，每一个网络最多可接入 32 台设备。但是，绝大多数的现场总线设备都是总线供电的，导线上的电压降导致单网段网络上所挂的设备数不得超过 16 台。较大型的网络是由中继器连接多个网段组成的，每一个网段最多可挂 32 台现场设备。因此，从理论上讲，每个基金会总线网络可以挂 240 台现场设备。但是，线路电阻、电流损耗、接口内存、更新时间等都造成限制，使实际的整个网络只能挂 16 台设备。因此，一个工厂不可能只有一个现场级网络，而是应有很多个。利用网桥把遍布全厂的许多网络连在一起，使分散的设备之间也能相互通信。此外，还可以使用网关将现场总线的网段连向其他通信协议的网段，如以太网、RS-485 等。

这里对支线做一下补充说明。支线是从干线分叉出去连到各台设备的一小段电缆。这段电缆如果小于1m，就可以忽略不计，简单视为接线。支线连接是把设备连到干线上的一种很好的方法，因为这种方法可以简单地实现当设备需维修而从网络拆除时不会影响网络的其他部分。但是，一个网络上支线的数量和支线的长度都是有限制的。表13-2提供了对每一根支线可以挂接的设备数量以及支线的最大长度的指导。支线的长度基本与所使用的电缆的类型无关，它只与挂接的设备数量以及整个网络挂接设备的数量有关。一根支线上所挂接的设备不应超过4台。

表 13-2　支线长度是支线的数量与每根支线上所挂设备数的函数

支线数量	1台设备/m	2台设备/m	3台设备/m	4台设备/m
25～32	1	1	1	1
19～24	30	1	1	1
15～18	60	30	1	1
13～14	90	60	30	1
1～12	120	90	60	30

对树形结构的支线长度要予以特别的注意，因为每一个分叉就是一根支线，其中某一个分叉可能会比较长。一般接线盒都安装在设备的中心点，避免某一根电缆的长度超出支线的极限。如果有一根支线的长度超过120m，就要把该支线看作干线的一部分，并相应移动终端器的位置。对本质安全的装置，支线的长度不得超过30m。

13.6.2　总线供电与网络配置

在网络上如果有两线制的总线供电现场设备，应该确保有足够的电压可以驱动它。每个设备至少需要9V，为了确保这一点，在配置现场总线网段时，需要知道以下情况：

①每个设备的功耗情况；②设备在网络中的位置；③电源在网络中的位置；④每段电缆的阻抗；⑤电源电压。

每个现场设备的电压由直流回路的分析得到，如图 13-12 所示。

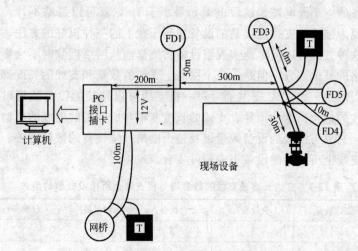

图 13-12 电源与网段配线示例

例 13-1 图 13-12 中，假设在接口板处设置一个 12V 的电源，而且在网络中全部使用 B 型电缆。在 10m 的支线处，有一个现场设备 FD5 采用单独供电方式（是一个 4 线制现场设备）。在 10m 支线处，有一个现场设备 FD3，消耗电流为 20mA。其他设备各自耗电流为 10mA。网桥为单独供电方式，它不消耗任何网络电流。

忽略温度影响，每米导线电阻为 0.1Ω。表 13-3 显示了每段电缆的电阻，流经此段的电流以及压降。

表 13-3 图 13-12 中各段的电路参数

段长度/m	电阻/Ω	电流/A	压降/V	段长度/m	电阻/Ω	电流/A	压降/V
200	20	0.05	1.0	10	1	0.02	0.02
50	5	0.01	0.05				
300	30	0.04	1.2	30	3	0.01	0.03

因而，总线供电设备从网段上得到的电压如下：FD1 处可得到 10.95V，FD3 处可得到 9.78V，FD4 处可得到 9.79V，阀门处可得到 9.77V。所有的现场设备都得到了大于 9V 的电压，这个结果符合要求。如果网络上有更多的现场设备或网络电缆直径较小，

就可能出现电压不足 9V 的情况，这样就需要提高供电电源的电压，或者需要调整电源的安装位置来加以克服。

某些情况下，网络可能负荷过重，以至于不得不考虑重新摆放电源的位置，使每个设备的供电电压得到满足。当作这些计算时，还要考虑到高温状态下电缆的电阻会增加的因素。

现场总线基金会规定了几种型号的总线供电电源。其中 131 型为给安全栅供电的非本安电源；133 型为推荐使用的本安型电源；132 型为普通非本安电源，输出电压最大值为直流 32V。按照规范要求，现场设备从总线上得到的电源不能低于直流 9V，以保证现场设备的正常工作。

现场总线上的供电电源需要有一个电阻/电感式阻抗匹配网络。阻抗匹配可在网络一侧实现，也可将它嵌入到总线电源中。

可以按照 IEC/ISA 物理层标准要求，组成电源的冗余式结构。

例 13-2 按照标准的定义，现场总线设备最低需要 9V 电压才能工作。对非本质安全的情况，电源电压通常为 21V，典型设备消耗的电流为 12mA。A 型电缆（线径 0.8mm^2）中两根导线的电阻率为每根 $22\Omega/\text{km}$。对一个挂接 16 台设备的普通网络，其最大距离为 1.4km，即

$$L=\frac{U}{Ir}=\frac{21-9}{12\times10^{-3}\times16\times2\times22}=1.4\text{km}$$

对 A 型电缆要达到 1.9km 的距离，可挂接设备的数量为

$$n=\frac{U}{IR}=\frac{21-9}{12\times10^{-3}\times1.9\times2\times22}=12$$

对本质安全装置，一台安全栅带 8 台设备，输出电压为 13.8V。若仅考虑电压降，可算出最大距离为 1.1km。但是考虑到本质安全（Exia）气体组ⅡC 在其他方面的限制，距离为 1km，即

$$L=\frac{U}{Ir}=\frac{13.8-9}{12\times10^{-3}\times8\times2\times22}=1.1\text{km}$$

思考与练习

13-1 FF 总线的通信模型包括哪 4 层？这 4 层按要完成的功能可

分为几部分? 各部分的信息沟通依据什么进行?

13-2 虚拟通信关系 VCR 包括哪几种类型? 各种类型的主要应用场合是什么?

13-3 功能块的连接包含功能块内部的连接以及功能块外部连接, 通过减少外部连接的数量可以提高回路通信性能。对于一个只包含 AI、PID、AO 的简单回路, PID 模块应该安排在变送器、中央控制器还是定位器中, 为什么?

13-4 如何区分出不同拓扑结构的基金会现场总线网络?

13-5 高速现场总线 H2 支持 (　　) 拓扑结构。

A. 总线形　　B. 树形　　C. 环形　　D. 菊花链形

13-6 在现场总线网络中, 如果某一根支线上连接了 4 台设备, 则支线的长度不能超过 (　　)。

A. 120m　　B. 90m　　C. 60m　　D. 30m

13-7 下列哪种设备不能成为链路活动调度器? (　　)

A. 链路主设备　　B. 基本设备　　C. 网桥

D. 总线段连接设备

13-8 包含有量程数据的块对象属于 (　　)。

A. 资源块　　B. 变换块　　C. 功能块　　D. 控制块

13-9 下列哪个功能不属于基金会现场总线中网络管理的内容?
(　　)

A. 通信栈组态　　B. 自动地址分配

C. 下载 LAS　　D. 运行性能监视

13-10 试画出基金会现场总线中一个功能块的典型内部结构图。

13-11 试画出一个基金会现场总线的混合型网络拓扑结构。

13-12 电源供电电压 19V DC, 总线设备最低工作电压 9V, 各设备的电流消耗为 20mA, 采用 A 型电缆, 单根导线电阻率为 22Ω/km, 对挂接 10 个设备的网络, 最大传输距离为多少? 如果要达到 A 型电缆最大的传输距离, 可以挂接的设备数量为多少?

13-13 试述基金会现场总线系统在安装上的注意事项。

13-14 有一个现场总线系统，如图 13-13 所示。在系统接口板处设置了 12.5V DC 的电源，干线全长 550m，FD1 设备在距接口板 250m 处引出，FD2～FD5 设备以树形分支方式从干线终点引出，此外，该总线系统还在干线上引出了一个网桥设备。

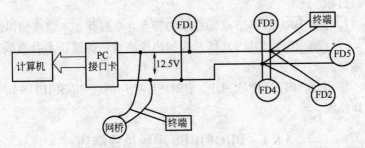

图 13-13 题 13-14 图

已知下列条件：①干线、网桥、FD1～FD5 分别采用 B 型、A 型、C 型电缆，假设 A、B、C 型电缆的阻值分别为 $0.05\Omega/m$、$0.1\Omega/m$、$0.3\Omega/m$；②网桥及 FD5 为单独供电方式，不消耗任何网络电流。FD1～FD4 为总线供电设备，消耗电流依次为 4mA、10mA、30mA、20mA；③网桥、FD1、FD2、FD3、FD4、FD5所在支线长度依次为 100m、50m、40m、25m、10m、50m。

试分析计算如下问题。

① 计算各总线供电设备电压，并判断是否满足供电要求。

② 上题中如有不满足供电要求的设备，从实际可行性来看，有哪些解决办法？

第 14 章 PROFIBUS 现场总线

学习目标

1. 了解 PROFIBUS 现场总线的特点，掌握其基本组成知识。

2. 了解 PROFIBUS 现场总线的协议结构、传输技术及总线存取协议。

3. 了解 PROFIBUS-DP、PROFIBUS-PA、PROFIBUS-FMS 及其功能。

14.1 PROFIBUS 现场总线概述

PROFIBUS 是 Process Fieldbus 的缩写，是现场总线国际标准 IEC61158 八种类型之一，也是 EN50170 欧洲标准。它是一种国际化、开放式、不依赖于设备生产商的现场总线标准。目前世界上许多自动化仪表厂商生产的设备提供 PROFIBUS 接口。已广泛应用于制造业自动化、流程工业自动化和楼宇、交通电力等其他领域自动化。其应用范围如图 14-1 所示。

PROFIBUS 由三个兼容部分组成，即 PROFIBUS-DP（decentralized periphery）、PROFIBUS-PA（process automation）、PROFIBUS-FMS（fieldbus message specification），如图 14-2 所示。它们各自的特点如下。

① PROFIBUS-DP。是一种高速低成本通信，用于设备级控制系统与分散式 I/O 的通信。使用 PROFIBUS-DP 可取代 24V DC 或 4～20mA 并行信号线，用于分布式控制系统的高速数据传输。

② PROFIBUS-PA。专为过程自动化设计标准的本质安全技术，可使传感器和执行机构连在一根总线上，用于对安全性要求高及由总线供电的站点。

224

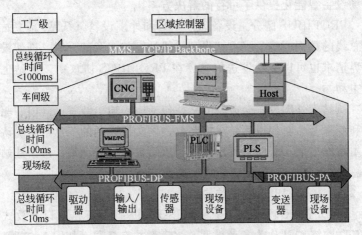

图 14-1 PROFIBUS 应用范围

图 14-2 PROFIBUS 系列

③ PROFIBUS-FMS。用于车间级监控网络，是一个令牌结构、实时多主站网络。它负责解决车间级通用性通信任务，提供大量的通信服务，完成中等传输速度的循环和非循环通信任务，用于纺织工业、楼宇自动化、电气传动、传感器和执行器、可编程控制器以及低压开关设备等一般自动化控制。

14.2 PROFIBUS 现场总线基本特征

PROFIBUS 是一种用于工厂自动化车间级监控和现场设备层数据通信与控制的现场总线技术。可实现现场设备层到车间级监控的分散式数字控制和现场通信网络，从而为实现工厂综合自动化和

225

现场设备智能化提供了可行的解决方案。

PROFIBUS 区分主设备（主站）和外围设备（从站）。主站决定总线的数据通信。当主站得到总线控制权（令牌）时，即使没有外界请求也可以主动发送信息。在 PROFIBUS 协议中，主站也称为主动站。

从站为外围设备。典型的从站包括输入输出装置、阀门、驱动器和变送器。它们没有总线控制权，仅对接收到的信息给予确认或当主站发出请求时向它发送信息。从站也称为被动站。由于从站只需总线协议的一小部分，所以实施起来特别经济。

14.2.1 PROFIBUS 协议结构

PROFIBUS 协议结构是根据 ISO 7498 国际标准，以开放式系统互联网络 OSI 作为参考模型。该模型共有 7 层，如图 14-3 所示。

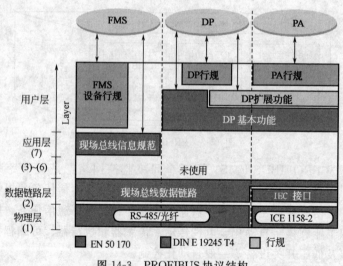

图 14-3 PROFIBUS 协议结构

① PROFIBUS-DP。定义了第 1 层、第 2 层和用户接口。第 3~7 层未加描述。用户接口规定了用户及系统以及不同设备可调用的应用功能，并详细说明了各种不同 PROFIBUS-DP 设备的设备行为。

② PROFIBUS-FMS。定义了第1层、第2层、第7层。应用层包括现场总线报文规范（fieldbus message specification-FMS）和低层接口（lower layer interface-LLI）。FMS包括了应用协议并向用户提供了可广泛选用的强有力的通信服务。LLI协调不同的通信关系并提供不依赖设备的第2层访问接口。

③ PROFIBUS-PA。PA的数据传输采用扩展的PROFIBUS-DP协议。另外，PA还描述了现场设备行为的PA行规。根据IEC1158-2标准，PA的传输技术可确保其本质安全性，而且可通过总线给现场设备供电。使用连接器可在DP上扩展PA网络。

14.2.2 PROFIBUS传输技术

现场总线的应用在很大程度上取决于选用的传输技术，既要考虑一些总的要求（传输可靠、传输距离和高速），又要考虑一些简便而又费用不大的机电因素。当涉及过程自动化时，数据和电源的传送必须在同一根电缆上。由于单一的传输技术不可能满足所有的要求，因此PROFIBUS提供了三种数据传输类型：用于DP和FMS的RS-485传输；用于PA的IEC1158-2传输；光纤（FO）传输。

14.2.2.1 用于DP/FMS的RS-485传输技术

由于DP与FMS系统采用同样的传输技术和统一的总线访问协议，因而，这两套系统可在同一根电缆上同时操作。

RS-485传输是PROFIBUS最常用的一种传输技术。这种技术通常称之为H2。采用的电缆是屏蔽双绞铜线。这种传输技术的基本特征如下。

a. 网络拓扑：线性总线，两端有源的总线终端电阻。

b. 传输速率：9.6Kbps～12Mbps。

c. 传输介质：屏蔽双绞线电缆，也可取消屏蔽，取决于环境条件（EMC）。

d. 站点数：每分段32个站（不带中继），可多到127个站（带中继）。

e. 插头连接：最好使用9针D型插头。

RS-485 传输设备的安装需注意如下几点。

① 全部设备均与总线连接。

② 每个分段上最多可接 32 个站（主站或从站）。

③ 每段的头和尾各有一个总线终端电阻，确保操作运行无误差。两个终端电阻必须永远有电源。如图 14-4 所示。

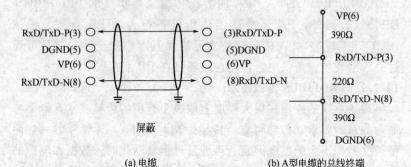

(a) 电缆　　　　　　　　(b) A型电缆的总线终端

图 14-4　PROFIBUS-DP 和 PROFIBUS-FMS
的电缆接线和总线终端电阻

④ 当分段站超过 32 个时，必须使用中继器来连接各总线段。串联的中继器一般不超过 3 个。如图 14-5 所示。

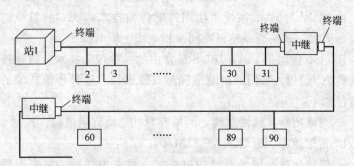

图 14-5　每个分段上最多可接 32 个站（主站或从站）

注：中继器没有站地址，但被计算在每段的最多站数中。

⑤ 电缆最大长度取决于传输速率。如使用 A 型电缆，则传输速率与长度如表 14-1 所示。

表 14-1　RS-485 传输速率与 A 型电缆的距离

传输速率/Kbps	9.6	19.2	93.75	187.5	500	1500	12000
距离或段/m	1200	1200	1200	1000	400	200	100

⑥ RS-485 传输技术的 PROFIBUS 网络最好使用 9 针 D 型插头，插头针脚定义和接线如图 14-4 所示。

⑦ 当连接各站时，应确保数据线不要拧绞，系统在高电磁发射环境（如汽车制造业）下运行，应使用带屏蔽的电缆，屏蔽可提高电磁兼容性（EMC）。

⑧ 如用屏蔽编织线和屏蔽箔，应在两端与保护接地连接，并通过尽可能的大面积屏蔽接线来覆盖，以保持良好的传导性。另外建议数据线必须与高压线隔离。

⑨ 超过 500Kbps 的数据传输速率时应避免使用短截线段，使用市场上现有的插头可使数据输入和输出电缆直接与插头连接，而且总线插头可在任何时候接通或断开，并不中断其他站的数据通信。

14.2.2.2　用于 PA 的 IEC1158-2 传输技术

IEC1158-2 的传输技术用于 PROFIBUS-PA，能满足化工和石油化工工业的要求。它可保持其本质安全性，并通过总线对现场设备供电。此技术是一种位同步协议，通常称为 H1。

IEC1158-2 技术用于 PROFIBUS-PA，其传输以下列原理为依据。

a. 每段只有一个电源作为供电装置。

b. 当站收发信息时，不向总线供电。

c. 每站现场设备所消耗的为常量稳态基本电流。

d. 现场设备的作用如同无源的电流吸收装置。

e. 主总线两端起无源终端线作用。

f. 允许使用总线形、树形和星形网络。

g. 为提高可靠性，设计时可采用冗余的总线段。

h. 为了调制的目的，假设每个总线站至少需用 10mA 基本电流才能使设备启动。通信信号的发生是通过发送设备的调制，从 ±9mA 到基本电流之间。

IEC1158-2 传输技术的基本特性如下。

a. 数据传输：数字式、位同步、曼彻斯特编码。

b. 传输速率：31.25Kbps，电压式。

c. 数据可靠性：前同步信号，采用起始和终止限定符避免误差。

d. 电缆：双绞线，屏蔽式或非屏蔽式。

e. 远程电源供电：可选附件，通过数据线。

f. 防爆型：能进行本质及非本质安全操作。

g. 拓扑：线形或树形，或两者相结合。

h. 站数：每段最多 32 个，总数最多为 126 个。

i. 中继器：最多可扩展至 4 台。

IEC1158-2 传输设备的安装要点如下。

① 分段耦合器将 IEC1158-2 传输技术总线段与 RS-485 传输技术总线段连接。耦合器使 RS-485 信号与 IEC1158-2 信号相适配。它们为现场设备的远程电源供电，供电装置可限制 IEC1158-2 总线的电流和电压。

② PROFIBUS-PA 的网络拓扑有树形和线形结构，或是两种拓扑的混合，如图 14-6 所示。

③ 现场配电箱仍继续用来连接现场设备并放置总线终端电阻器。采用树形结构时，连在现场总线分段的全部现场设备都并联地接在现场配电箱上。

④ 建议使用导线截面积为 $0.8mm^2$ 的双绞线屏蔽电缆，也可使用更粗截面导线的其他电缆。

⑤ 主总线电缆的两端各有一个无源终端器，内有串联的 RC 元件，$R=100\Omega$，$C=1mF$。当总线站极性反向连接时，它对总线的功能不会有任何影响。

⑥ 连接到一个段上的站数目最多是 32 个。如果使用本质安全型及总线供电，站的数量将进一步受到限制。即使不需要本质安全性，远程供电装置电源也要受到限制。

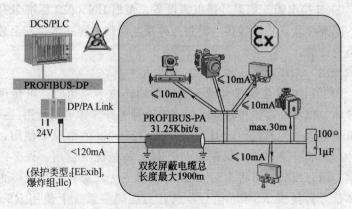

现场设备供电:Ex区:max.10 Non-Ex 区:max.30

图 14-6　过程自动化典型结构

⑦ 线路最长长度的确定。根据经验先计算一下电流的需要，从表 14-2 中选用一种供电电源单元，再根据表 14-3 中线的长度选定是哪种电缆。

表 14-2　标准供电装置（操作值）

型号	应用领域	供电电压/V	供电最大电流/mA	最大功率/W	典型站数	备　注
Ⅰ	EEx ia/ib ⅡC	13.5	110	1.8	8	假设每个设备耗电10mA
Ⅱ	EEx ib ⅡC	13.5	110	1.8	8	
Ⅲ	EEx ib ⅡB	13.5	250	4.2	22	
Ⅳ	不具有本质安全	24	500	12	32	

表 14-3　IEC1158-2 传输设备的线路长度

供电装置	Ⅰ 型	Ⅱ 型	Ⅲ 型	Ⅳ 型	Ⅴ 型	Ⅵ 型
供电电压/V	13.5	13.5	13.5	24	24	24
Σ 所需电流/mA	≤110	≤110	≤250	≤110	≤250	≤500
$Q=0.8mm^2$ 的导线长度/m	≤900	≤900	≤400	≤1900	≤1300	≤650
$Q=1.5mm^2$ 的导线长度/m	≤1000	≤1500	≤500	≤1900	≤1900	≤1900

⑧ 外接电源。如果外接电源设备，根据 EN50020 标准带有适当的隔离装置，将总线供电设备与外接电源设备连在本质安全总线上是允许的。

14.2.2.3　光纤传输技术

PROFIBUS 系统在电磁干扰很大的环境下应用时，可使用光纤导体，以增加高速传输的距离。有两种光纤导体可供使用：一种是价格低廉的塑料纤维导体，供距离小于 50m 的情况下使用；另一种是玻璃纤维导体，供距离大于 1km 的情况下使用。许多厂商提供专用总线插头可将 RS-485 信号转换成光纤导体信号或将光纤导体信号转换成 RS-485 信号，这就为在同一系统上使用 RS-485和光纤传输技术提供了一套开关控制十分方便的方法。

14.2.3　PROFIBUS 总线存取协议

三种 PROFIBUS（DP、FMS、PA）均使用一致的总线存取协议。该协议是通过 OSI 参考模型第 2 层（数据链路层）来实现的。它包括了保证数据可靠性技术及传输协议和报文处理。在 PROFIBUS 中，第 2 层称之为现场总线数据链路层（Fieldbus Data Link-FDL）。介质存取控制（medium access control-MAC）具体控制数据传输的程序，MAC 必须确保在任何一个时刻只有一个站点发送数据。PROFIBUS 协议的设计要满足介质存取控制的两个基本要求。

① 自动化系统（主站）间的通信，必须保证在确切限定的时间间隔中，任何一个站点要有足够的时间来完成通信任务。

② 在复杂的程序控制器和简单的 I/O 设备（从站）间通信，应尽可能快速又简单地完成数据的实时传输。

因此，PROFIBUS 总线存取协议，主站之间采用令牌传送方式，主站与从站之间采用主从方式。

令牌传递程序保证每个主站在一个确切规定的时间内得到总线存取权（令牌）。在 PROFIBUS 中，令牌传递仅在各主站之间进行。主站得到总线存取令牌时可与从站通信。每个主站均可向从站发送或读取信息。因此，可能有以下三种系统配置：纯主-从系统、纯主-主系统、混合系统。

　　图 14-7 是一个由 3 个主站、7 个从站构成的 PROFIBUS 系统。3 个主站之间构成令牌逻辑环。当某主站得到令牌报文后，该主站可在一定时间内执行主站工作。在这段时间内，它可依照主-从通信关系表与所有从站通信，也可依照主-主通信关系表与所有主站通信。

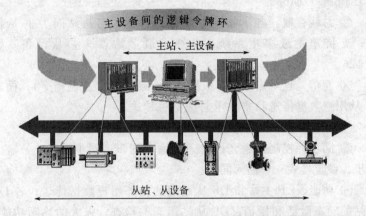

主设备间的逻辑令牌环

主站、主设备

从站、从设备

图 14-7　3 个主站、7 个从站构成的 PROFIBUS 系统

　　在总线系统初建时，主站介质存取控制 MAC 的任务是制定总线上的站点分配并建立逻辑环。在总线运行期间，断电或损坏的主站必须从环中排除，新上电的主站必须加入逻辑环。

　　第 2 层的另一重要工作任务是保证数据的可靠性。PROFIBUS 第 2 层的数据结构格式可保证数据的高度完整性。

　　PROFIBUS 第 2 层按照非连接的模式操作，除提供点对点逻辑数据传输外，还提供多点通信，其中包括广播及有选择广播功能。

14.3　PROFIBUS-DP 简介

　　PROFIBUS-DP 用于现场层的高速数据传送。主站周期地读取从站的输入信息并周期地向从站发送输出信息。总线循环时间必须要比主站（如 PLC）程序循环时间短。除周期性用户数据传输外，PROFIBUS-DP 还提供智能化现场设备所需的非周期性通信以进行组态、诊断和报警处理。

14.3.1 PROFIBUS-DP 的基本功能

PROFIBUS-DP 的基本功能如下。

① 传输技术。RS-485 双绞线、双线电缆或光缆。传输速率为 9.6Kbps～12Mbps。

② 总线存取。各主站间令牌传递，主站与从站间为主-从传送；支持单主或多主系统；总线上最多站点（主-从设备）数为 126。

③ 通信。点对点（用户数据传送）或广播（控制指令）；循环主-从用户数据传送和非循环主-主数据传送。

④ 运行模式。运行、清除、停止。

⑤ 同步。控制指令允许输入和输出同步；同步模式——输出同步；锁定模式——输入同步。

⑥ 功能。DP 主站和 DP 从站间的循环用户数据传送；各 DP 从站的动态激活和撤销；DP 从站组态的检查；强大的诊断功能，三级诊断信息；输入或输出的同步；通过总线给 DP 从站赋予地址；通过总线对 DP 主站（DPM1）进行配置；每 DP 从站的输入和输出数据最大为 246 字节。

⑦ 可靠性和保护机制。DP 从站带看门狗定时器（Watchdog Timer）；对 DP 从站的输入/输出进行存取保护；DP 主站上带可变定时器的用户数据传送监视。

⑧ 诊断功能。经过扩展的 PROFIBUS-DP 诊断功能能对故障进行快速定位，诊断信息在总线上传输并由主站采集，这些诊断信息分为三级。

a. 本站诊断操作。本站设备的一般操作状态，如温度过高、压力过低。

b. 模块诊断操作。一个站点的某具体 I/O 模块故障（如 8 位的输出模块）。

c. 通道诊断操作。一个单独输入/输出位的故障（如输出通道 7 短路）。

14.3.1.1 PROFIBUS-DP 系统配置和设备类型

PROFIBUS-DP 允许构成单主站或多主站系统。在同一总线上最多可连接 126 个站点。系统配置的描述包括：站数、站地址、输入/输出地址、输入/输出数据格式、诊断信息格式及所使用的总线参数。每个 PROFIBUS-DP 系统可包括以下三种不同类型设备。

① 一级 DP 主站（DPM1）。一级 DP 主站是中央控制器，它在预定的信息周期内与分散的站（如 DP 从站）交换信息，典型的 DPM1 如 PLC 或 PC。

② 二级 DP 主站（DPM2）。二级 DP 主站是编程器、组态设备或操作面板，在 DP 系统组态操作时使用，完成系统操作和监视目的。

③ DP 从站。DP 从站是进行输入和输出信息采集和发送的外围设备，如 I/O 设备、驱动器、阀门等。

所谓单主站系统就是在总线系统的运行阶段，只有一个活动主站，如图 14-8 所示。单主站系统可获得最短的总线循环时间。

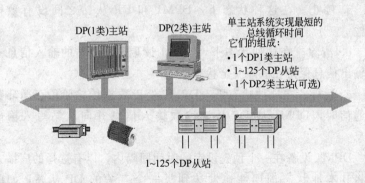

图 14-8　单主站系统

在多主站系统中，总线上连有多个主站。这些主站与各自从站构成相互独立的子系统。每个子系统包括一个 DPM1、指定的若干从站及可能的 DPM2 设备。任何一个主站均可读取 DP 从站的输

235

入/输出映象，但只有一个 DP 主站允许对 DP 从站写入数据，如图 14-9 所示。

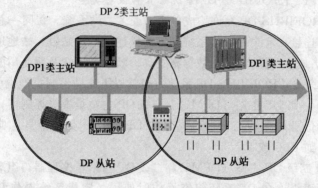

PROFIBUS-DP 多主站系统的组成：3个主站设备(1类或2类)、1到最多124个DP从站

图 14-9　多主站系统

14.3.1.2　系统行为

系统行为主要取决于 DPM1 的操作状态，这些状态由本地或总线的配置设备所控制。主要有以下三种状态。

a. 停止。在这种状态下，DPM1 和 DP 从站之间没有数据传输。

b. 清除。在这种状态下，DPM1 读取 DP 从站的输入信息并使输出信息保持在故障安全状态。

c. 运行。在这种状态下，DPM1 处于数据传输阶段，循环数据通信时，DPM1 从 DP 从站读取输入信息并向从站写入输出信息。

DPM1 设备在一个预先设定的时间间隔内，以有选择的广播方式将其本地状态周期性地发送到每一个有关的 DP 从站，如图 14-10所示。

如果在 DPM1 的数据传输阶段发生错误，DPM1 将所有有关的 DP 从站的输出数据立即转入清除状态，而 DP 从站将不再发送用户数据。在此之后，DPM1 转入清除状态。

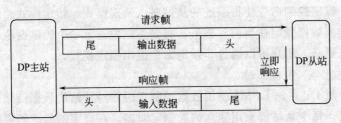

图 14-10 PROFIBUS-DP 用户数据传输

14.3.1.3 DPM1 和 DP 从站间的循环数据传输

DPM1 和相关 DP 从站之间的用户数据传输是由 DPM1 按照确定的递归顺序自动进行。在对总线系统进行组态时，用户对 DP 从站与 DPM1 的关系作出规定，确定哪些 DP 从站被纳入信息交换的循环周期，哪些被排斥在外。

DPM1 和 DP 从站间的数据传送分为三个阶段：参数设定、组态、数据交换。在参数设定阶段，每个从站将自己的实际组态数据与从 DPM1 接收到的组态数据进行比较。只有当实际数据与所需的组态数据相匹配时，DP 从站才进入用户数据传输阶段。因此，设备类型、数据格式、长度以及输入输出数量必须与实际组态一致。

除主-从功能外，PROFIBUS-DP 允许主-主之间的数据通信，这些功能使组态和诊断设备通过总线对系统进行组态。

14.3.1.4 同步和锁定模式

除 DPM1 设备自动执行的用户数据循环传输外，DP 主站设备也可向单独的 DP 从站、一组从站或全体从站同时发送控制命令。这些命令通过有选择的广播命令发送。使用这一功能将打开 DP 从站的同步及锁定模式，用于 DP 从站的事件控制同步。

主站发送同步命令后，所选的从站进入同步模式。在这种模式中，所编址的从站输出数据锁定在当前状态下。在这之后的用户数据传输周期中，从站存储接收到输出的数据，但它的输出状态保持不变；当接收到下一同步命令时，所存储的输出数据才发送到外围设备上。用户可通过非同步命令退出同步模式。

锁定控制命令使得编址的从站进入锁定模式。锁定模式将从站的输入数据锁定在当前状态下，直到主站发送下一个锁定命令时才可以更新。用户可以通过非锁定命令退出锁定模式。

14.3.1.5 保护机制

对 DP 主站 DPM1 使用数据控制定时器对从站的数据传输进行监视。每个从站都采用独立的控制定时器。在规定的监视间隔时间中，如数据传输发生差错，定时器就会超时。一旦发生超时，用户就会得到这个信息。如果错误自动反应功能"使能"，DPM1 将脱离操作状态，并将所有关联从站的输出置于故障安全状态，并进入清除状态。

对 DP 从站使用看门狗控制器检测主站和传输线路故障。如果在一定的时间间隔内发现没有主机的数据通信，从站自动将输出进入故障安全状态。

14.3.2 扩展 DP 功能

DP 扩展功能主要包括两类：一是 DPM1 与 DP 从站间的扩展数据通信；二是 DPM2 与从站间的非循环的数据传输。这些扩展功能允许非循环的读写功能并中断并行于循环数据传输的应答。另外，对从站参数和测量值的非循环存取可用于某些诊断或操作员控制站（DPM2）。有了这些扩展功能，PROFIBUS-DP 可满足某些复杂设备的要求，例如过程自动化的现场设备、智能化操作设备和变频器等，这些设备的参数往往在运行期间才能确定，而且与循环性测量值相比很少有变化。因此，与高速周期性用户数据传送相比，这些参数的传送具有低优先级。

DPM1 与 DP 从站间的扩展数据通信用于实现 DPM1 与 DP 从站间非循环的数据传输。具体包括两方面内容：①带 DDLM 读和 DDLM 写的非循环读/写功能，可读写从站任何希望数据；②报警响应，DP 基本功能允许 DP 从站用诊断信息向主站自发地传输事件，而新增的 DDLM-ALAM-ACK 功能被用来直接响应从 DP 从站接收的报警数据。

DP 扩展功能是对 DP 基本功能的补充，与 DP 基本功能兼容。

14.3.3　电子设备数据文件（GSD）

为了将不同厂家生产的 PROFIBUS 产品集成在一起，生产厂家必须以 GSD 文件（电子设备数据库文件）方式提供这些产品的功能参数（如 I/O 点数、诊断信息、波特率、时间监视等）。标准的 GSD 数据将通信扩大到操作员控制级。使用根据 GSD 文件所作的组态工具可将不同厂商生产的设备集成在同一总线系统中，如图14-11 所示。

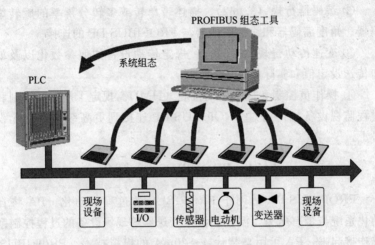

图 14-11　基于 GSD 文件开放式组态

GSD 文件可分为三个部分。

① 总规范。包括了生产厂商和设备名称、硬件和软件版本、波特率、监视时间间隔、总线插头的信号分配。

② 与 DP 主站有关的规范。包括适用于主站的各项参数，如允许从站个数、上装/下装能力。

③ 与 DP 从站有关的规范。包括了与从站有关的一切规范，如输入/输出通道数、类型、诊断数据等。

14.3.4　PROFIBUS-DP 行规

PROFIBUS-DP 协议明确规定了用户数据怎样在总线各站之间传递，但用户数据的含义是在 PROFIBUS 行规中具体说明的。另外，行规还具体规定了 PROFIBUS-DP 如何用于应用领域。使用行规可使不同厂商所生产的不同设备互换使用，而工厂操作人员不需要关心两者之间的差异。因为与应用有关的含义在行规中均做了精确的规定说明。

下面是 PROFIBUS-DP 行规，括弧中数字是文件编号。

① NC/RC 行规（3.052）。描述如何通过 PROFIBUS-DP 对操作机器人和装配机器人进行控制。

② 编码器行规（3.062）。描述带单转或多转分辨率的旋转编码器、角度编码器和线性编码器与 PROFIBUS-DP 的连接。

③ 变速传动行规（3.071）。规定传动设备如何参数化以及如何传送设定值和实际值。

④ 操作员控制和过程监视行规（HMI）。规定了操作员控制和过程监视设备如何通过 PROFIBUS-DP 连接到更高级的自动化设备上。

14.4 PROFIBUS-PA 简介

PROFIBUS-PA 适用于 PROFIBUS 的过程自动化。PA 将自动化系统与带有压力、温度和液位变送器等现场设备的过程控制系统连接起来，PA 可用来替代 4～20mA 的模拟技术。PROFIBUS-PA 具有如下特性。

a. 适合过程自动化应用的行规使不同厂家生产的现场设备具有互换性。

b. 增加和去除总线站点，即使在本质安全地区也不会影响到其他站。

c. 在过程自动化的 PROFIBUS-PA 总线段与制造业自动化的 PROFIBUS-DP 总线段之间通过耦合器连接，可实现两段间的透明通信。

d. 使用与 IEC1158-2 技术相同的双绞线完成远程供电和数据传送。

e. 在潜在的爆炸危险区可使用防爆型"本质安全"或"非本

质安全"。

14.4.1 PROFIBUS-PA 传输协议

PROFIBUS-PA 采用 PROFIBUS-DP 的基本功能来传送测量值和状态，并用扩展的 PROFIBUS-DP 功能来制定现场设备的参数和进行设备操作。PROFIBUS-PA 第 1 层采用 IEC1158-2 技术，第 2 层为总线存取协议，第 2 层和第 1 层之间的接口在 DIN19245 系列标准的第四部分作出了规定。

14.4.2 PROFIBUS-PA 设备行规

PROFIBUS-PA 行规保证了不同厂商所生产的现场设备的互换性和互操作性，它是 PROFIBUS-PA 的一个组成部分。PA 行规的任务是选用各种类型现场设备真正需要的通信功能，并提供这些设备功能和设备行为的一切必要规格。PA 行规包括适用于所有设备类型的一般要求和用于各种设备类型组态信息的数据库。

目前，PA 行规已对所有通用的测量变送器和其他选择的一些设备类型做了具体规定，这些设备包括以下几点。

① 测压力、液位、温度和流量的变送器。

② 数字量输入和输出。

③ 模拟量输入和输出。

④ 阀门。

⑤ 定位器。

每个设备都提供 PROFIBUS-PA 行规中规定的参数，如表 14-4 所示。

表 14-4　PA 设备的标准参数（以模拟量输入功能块 AI 为例）

参　　数	读	写	功　　能
OUT	●		过程变量的现在测量值和状态
PV_SCALE	●	●	过程变量测量范围的上下限的刻度单位及小数点后的数字个数
PV_FTIME	●	●	功能块输出的上升时间，以秒为单位
ALARM_HYS	●	●	报警功能的滞后是测量范围的百分之几
HI_HI_LIM	●	●	报警上上限，若超过则报警，状态位设定为1

续表

参 数	读	写	功 能
HI_LIM	●	●	警告上限,若超过则警告,状态位设定为1
LO_LIM	●	●	警告下限,若过低则警告,状态位设定为1
LO_LO_LIM	●	●	报警下下限,若过低则报警,状态位设定为1
HI_HI_ALM	●		带有时间标记的报警上上限的状态
HI_ALM	●		带有时间标记的警告上限的状态
LO_ALM	●		带有时间标记的警告下限的状态
LO_LO_ALM	●		带有时间标记的报警下下限的状态

14.5 PROFIBUS-FMS 简介

PROFIBUS-FMS 的设计旨在解决车间监控级通信。在这一层,可编程序控制器(如 PLC、PC 机等)之间需要比现场层更大量的数据传送,但通信的实时性要求低于现场层。

14.5.1 PROFIBUS-FMS 应用层

应用层提供了供用户使用的通信服务,这些服务包括访问变量、程序传递、事件控制等。PROFIBUS-FMS 应用层包括两部分,即现场总线信息规范(FMS)描述通信对象和应用服务;低层接口(LLI)为 FMS 服务到第 2 层的接口。

FMS 服务项目是 ISO 9506 制造信息规范 MMS(manufacturing message specification)服务项目的子集。这些服务项目在现场总线应用中已被优化,而且还加上了通信对象的管理和网络管理。网络管理的主要功能有:上/下关系管理、配置管理、故障管理等。

PROFIBUS-FMS 提供大量的管理和服务,满足了不同设备对通信提出的广泛需求,服务项目的选用取决于特定的应用,具体的应用领域在 FMS 行规中规定。

第 7~2 层服务的映射由 LLI 来解决,其主要任务包括数据流控制和连接监视。用户通过称之为通信关系的逻辑通道与其他应用过程进行通信。FMS 设备的全部通信关系都列入通信关系表

（CRL），每个通信关系通过通信索引（CREF）来查找，CRL 中包含了 CREF 和第 2 层及 LLI 地址间的关系。

14.5.2 PROFIBUS-FMS 通信模型

PROFIBUS-FMS 利用通信关系将分散的应用过程统一到一个共用的过程中。在应用过程中，可用来通信的那部分现场设备称虚拟现场设备 VFD。在实际现场设备与 VFD 之间设立一个通信关系表，通信关系表是 VFD 通信变量的集合，如零件数、故障率、停机时间等。VFD 通过通信关系表完成对实际现场设备的通信。

14.5.3 通信对象与对象字典（OD）

每个 FMS 设备的所有通信对象都填入该设备的本地对象字典（OD）。对简单设备，对象字典可以预定义；对复杂设备，对象字典可以本地或远程通过组态加到设备中去。对象字典包括描述、结构和数据类型以及通信对象的内部设备地址和它们在总线上的标志（索引/名称）之间的关系。

静态通信对象进入静态对象字典，由设备的制造者预定义或在总线系统组态时指定；动态通信对象进入动态通信字典，用 FMS 服务预定义或定义、删除或改变。每个对象均有一个惟一的索引，为避免非授权存取，每个通信对象可选用存取保护。

FMS 面向对象通信，它确认 5 种静态通信对象——简单变量、数组、记录、域和事件，还确认 2 种动态通信对象——程序调用和变量表。

14.5.4 PROFIBUS-FMS 行规

FMS 提供了范围广泛的功能来保证它的普遍应用。在不同的应用领域中，具体需要的功能范围必须与具体应用要求相适应，设备的功能必须结合应用来定义，这些适应性定义称之为行规。行规提供了设备的可互换性，保证不同厂商生产的设备具有相同的通信功能。FMS 对行规做了如下规定（括号中的数字是文件编号）。

① 控制器间的通信（3.002）。定义了用于 PLC 控制器之间通信的 FMS 服务。

② 楼宇自动化（3.011）。提供特定的分类和服务作为楼宇自

动化的公共基础。

③ 低压开关设备（3.032）。规定通过 FMS 通信过程中的低压开关设备的应用行为。

思考与练习

14-1 简述 PROFIBUS 总线三个兼容部分的主要功能。

14-2 PROFIBUS 提供了哪些数据传输技术，各应用于哪些场合？

14-3 在 PROFIBUS 总线中，中继器有无站地址？计算分段上所连的站时有何要求？

14-4 PROFIBUS-DP 的设备类型有哪些？

14-5 目前 PROFIBUS-PA 行规所具体规定的设备有哪些？

第 15 章　现场总线在 Delta V 系统中的应用

学习目标

1. 了解 Delta V 系统现场总线的构成。
2. 了解 Delta V 系统现场总线的组态知识。
3. 了解 PROFIBUS 现场总线的诊断维护与调试知识。

Delta V 系统从设计开始就以现场总线技术为标准，系统中所有的 IEC 61131 功能块都是根据 IEC 61158 基金会现场总线规格的要求而设计的，即 Delta V 提供了一个完全集成的基金会现场总线解决方案，是目前极少的具有真正可互操作性的过程控制系统。

15.1　总线的构成

Delta V 系统现场总线的构成示意如图 15-1 所示。在总线的构成中，有如下一些主要的设备。

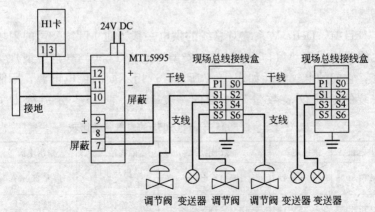

图 15-1　Delta V 系统总线的构成

245

（1）现场总线通信接口模块 H1

H1 模块可安装到 Delta V 系统 I/O 机架的空槽中，同其他的 I/O 卡件并列放置。该模块带有两个口，每个口可接一条 H1 现场总线，其上可连接 16 台总线形设备。当 H1 模块上连接了一台新的总线设备时，Delta V 系统能够自动识别出该设备的类型、制造厂商、出厂序列号、软件版本以及这种设备所支持的功能，同时系统还将为该设备自动分配地址，避免了设备地址的重复分配。

（2）供电电源

总线对供电电源的质量要求不高，两线制的总线仪表供电要求为 9～32V DC（最常见的为 24V DC），大多数现有的模拟供电电源可以为现场总线供电，并且是很好的现场总线大容量电源，关于电源设计需考虑的因素可参见第 13 章。为确保一个网段的通信不会通过供电电源与其他网段发生重叠，一般需在供电电源和现场总线网段之间采用电源调节器。电源调节器可限制网段的最大功率及电流，其典型值为 400mA。

电源接地要求接到工厂的标准地或现场安全地，但总线电缆不能接地。Delta V 系统中所采用的现场设备对电源极性不敏感，这就意味即使现场设备引线的正、负极弄错，该设备和网段也可以正常运行。这一特点使得网段校验的工作量减轻，也避免了很多接线"错误"。

目前，Delta V 系统对总线的供电一般通过 MTL 公司的现场总线供电设备 MTL5995（非本安型）或 MTL5053（本安型）实现，它们的电气特性如表 15-1 所示。选用不同的供电电源，所能安装的总线仪表数量是不同的，表 15-2、表 15-3 分别给出了

表 15-1 MTL5995 与 MTL5053 的电气特性比较

供电设备	供电电源	输出电压	隔离情况	输出电流
MTL5995	20～35V DC	19V DC±2%	输出与供电电源全隔离	最大 350mA
MTL5053	20～35V DC	18.4V DC±2%	安全区与危险区隔离	危险区最大为 80mA

表 15-2 选用 MTL5995 时的总线仪表安装数量和总的电流大小

距离/m	1900	1900	1900	1623	1262	1033	874	757	710
设备数量	1	3	5	7	9	11	13	15	16
电流/mA	20	60	100	140	180	220	260	300	320

表 15-3 选用 MTL5053 时的总线仪表安装数量和总的电流大小

最大距离/m	设备数量	负载电流/mA	最大距离/m	设备数量	负载电流/mA
1900	1	20	1000	3	60
1900	2	40	170	4	80

选用 MTL5995、MTL5053（均采用 A 型电缆）时的总线仪表安装数量和总的电流大小。

（3）现场总线接线盒

Delta V 系统的现场总线一般采用树形拓扑结构，接线盒是其中的重要设备。现场总线接线盒可提供 4～8 台设备的连接器，其中包括网段进入和网段接出的连接器。图 15-1 中的接线盒，P1 为干线入口，S0 为干线出口（用于延伸干线电缆）或接终端器，S1～S6 用于连接支线电缆。在布置现场总线网段时，一般不要将接线盒完全使用，需留出空位，以便将来的扩展。多数现场总线接线盒提供了短路保护措施，当一个分支发生短路时，该短路点将与分支端开，使短路的分支屏蔽，从而只使所连设备受影响，总线上的其他设备不受干扰。

当现场总线采用混合型拓扑结构时，如果某个设备与网段干线距离很近，可采用 T 型连接器使单个设备直接与干线相连。

在现场总线的设计中，可将现有的传递模拟信号的多芯电缆中的一个或多个双绞线通过改动接线方式，从模拟量转换成现场总线，传统的接线盒也就转换成了现场总线接线盒。具体做法为：在接线盒的控制室侧将各对端子的正、负极分别跨接，其中第一对端子上至控制室的信号线就变为总线中的干线；而在接线盒的现场侧端子正、负连线成为支线，与具体设备相连，每个分支可接 1～3 台设备。

（4）现场总线设备

现场总线设备均为数字化通信的智能设备，其技术规格应满足新的现场输入和输出、控制以及以往所不具备的故障诊断功能。输入和输出技术规格主要包括功能块、多变量输入输出块、诊断用的附加信息（如电子设备温度）；控制的技术规格包括设备内的标准PID控制功能块、同一设备中的多功能块（如串级回路中的两个PID）、链路活动调度器等；诊断的技术规格包括基本状态信息（如传感器故障）、健康状况监视、磨损状况监视、统计过程监视、回路诊断等。

总线上连接仪表设备的多少，取决于每台仪表设备的耗电量、所用电缆的形式和中继器的使用。分支仪表连接到主线的距离为1～120m，但分支每增加一台仪表，距离就减少 30m。总线电缆的形式等相关内容参见第 13 章。

总线电缆的长度＝干线的长度＋所有支线的长度

若总线电缆采用混合电缆形式连接，则要求满足：

$$LX/MAXX+LY/MAXY<1$$

式中　LX——所用 X 型电缆的长度（X 可选 A、B、C、D 四种型号电缆的任一种）；

LY——所用 Y 型电缆的长度（Y 为不同于 X 型的一种电缆）；

MAXX——单独使用 X 型电缆的最大长度；

MAXY——单独使用 Y 型电缆的最大长度。

例 15-1　某网段上有 610m A 型电缆及 122m 的 D 型电缆，验证该混合连接方式是否可行。

因 为 LX/MAXX ＋ LY/MAXY ＝ 610/1900 ＋ 122/200 ＝ 0.931＜1，所以该方式可行。

15.2　总线的组态

Delta V 控制工作室用于组态 Delta V 主系统和基金会现场总线设备，为总线设备分配功能块并定义线性化、变换量程等相关参数。通过浏览器查看现场总线设备所包含的资源块、功能块

248

等块对象，实现总线仪表设备的状态转换，完成下装。下面仅就涉及到的一些基本知识作简要介绍，具体的组态过程及方法不作讨论。

15.2.1　现场总线块

每台总线型仪表包含有三种不同的功能块，功能块实现控制策略。功能块图是一种创建控制策略的图形化编程语言。这三种块为资源块 RB、转换块 TB、调度和使用完全由用户定制的功能块 FB。

有关这些块的含义在第 13 章中已详细说明，这里再简要回顾一下。

资源块（RB）描述现场设备的特征，如设备名称、生产商和系列号，它包含设备是否正常运行和操作的信息，并包含写保护并支持仿真等。每台设备中只能存在一个资源块。设计时需考虑如下因素。

a. 用户不得更改定义。

b. 用户可以修改参数。

c. 每台设备中只能有一个资源块。

d. 资源块是现场总线设备中惟一的强制块。

e. 资源块包含 ID 信息，以及与所有资源或资源状态相关的基本信息（并非有关设备功能的实际详细资料）。

转换块（TB）包含诸如校准日期和传感器类型的信息。转换块把功能块从读传感器和命令输出与硬件的本地输入/输出功能分开，即它可以实现设备的参数化、标定和诊断。通常设备的每个输入或输出均有一个 TB 通道（对某些设备有所不同）。

为实现控制系统所需的不同功能，用户需要根据自己的实际应用需求来选择功能块。也就是说，功能块就是控制策略。现场总线基金会已经定义了多种设备规范，列出对多种类型设备的"本质"要求。为实现期望的控制功能，FB 可根据需要嵌入到设备中。现场总线基金会已经定义了很多种标准功能块。附加功能块可由各生产商根据具体控制策略和信号处理的需要加以定义和实现。

现场总线在维持网段上其他设备运行的情况下，可进行设备添加、调试和使用。基金会现场总线支持现场设备中的设备和功能块标签，这意味着总线上的任何设备可以通过标签搜索的方式查找其位置，同时总线设备的组态也可以与主机中采用标签的数据库进行对照。

实现上述功能的做法有两种：一种是生产商在每一设备中都嵌入整套的功能块；另一种是由用户决定、生产商设定限制，设备该支持何种类型、多少个功能块，这种方案称为实例化。

实例化是指在设备中创建一个新的功能块实例（或拷贝）。这是一种方便、经济的添加功能的方法，它无需增加设备数量。例如：压力变送器带一个 AI 块，用于主要过程变量压力的测量。假定压力传感器模块也包含一个温度传感器，它用于检测可能导致设备失效的过冷或过热情况，如果该变送器支持实例化，就可以在变送器中创建第二个 AI 块，用于监视温度测量。

任何类型的功能块都可以实例化，例如处理串级控制时就可以为阀门控制器添加第二个 PID 块。但同时设备必须满足如下要求，否则将无法实例化。

a. 生产商提供的设备必须支持实例化操作。

b. 设备必须具备足够的可用内存和处理功能以支持新增的块。

c. 设备必须能够支持特定类型的新增功能块，如变送器只支持 AI 块，就只能添加多个此类的块，不可添加 PID 或其他类型的块。

控制功能以往只能位于中央控制系统中，而现场总线功能块允许现场设备中包含控制功能，这样整个控制回路包括输入、输出和控制算法都可以在现场总线网段的设备中进行。与传统基于主系统控制的方案相比，将控制放到现场可提高系统可靠性、降低成本，提高性能，但决策的关键取决于工厂的需要。选择在变送器、阀门，或是主系统中执行具体的回路控制将影响过程性能和可靠性。Delta V 系统及其现场总线设备都采用相同的过程控制算法，这意味着无论控制放在何处，控制动作都相同。

一般认为控制就是 PID，但 PID 只是一种算法，它接收来自测量设备的信号输入，并向最终控制部件给出计算后的输出信号。在 PID 算法接收输入信号之前，还包括许多“控制动作”，例如如下的信号调节功能。

a. 用于计算质量流量的温度、压力和差压的测量值。

b. 输入线性化的表征功能。

c. 推算参数，如密度的计算。

d. 流量积分器。

将上述 PID 的前级功能尽量靠近实测点即测量设备中是有必要的，因为如果算法要求有多个输入量，在变送器中进行处理可减轻现场总线网段上的连接和负载量。同时，各变送器中的块通常用于处理特定类型的信号，即满足该类应用场合信号处理的要求。同样，PID 算法给出输出信号后，执行功能越靠近实际实施控制动作的最终控制设备（如阀门），其效果越好。如果现场设备不支持所需的控制功能，比如先进控制，才会考虑基于主系统的控制。

控制是位于变送器还是阀门中，这看上去完全等效，但由于其他方面的考虑，其中的一个将更为合理。例如，当故障导致自动控制失效时，PID 块运行的地点和主系统的功能将对操作员手动控制功能产生影响。

① PID 位于阀门，当传感器失效时，可将 PID 切换到手动控制模式，并利用 PID 块的主回路面板显示操作其输出，PID 输出将正常传送到实际控制阀门位置的模拟输出块。

② PID 位于变送器，当变送器失效时，如果不能调用变送器的 PID 块，操作员必须手动控制模拟输出块。但系统主机的操作员界面一般不支持直接调用和控制模拟输出块的输出，必须通过 PID 来实现输出操纵，此时，手动控制将失效。

③ PID 位于阀门或传感器中，当阀门失效时，PID 控制是无效的，因为最终控制元件阀门将位于其故障保护位置，并且不再受控。

15.2.2　总线仪表设备的状态

总线仪表存在着不同的状态，这些状态如图 15-2 所示，各个

251

状态的含义如下。

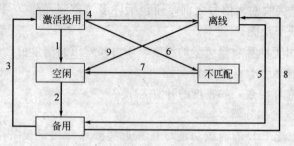

图 15-2　现场总线设备的状态

激活投用（Commissioned）：这是总线仪表的正常运行状态，意味着仪表已经被分配了名字和地址。

离线（Off-line）：为了进行仪表维修，而临时性地将仪表取消激活。

空闲（Spare）：仪表从已经存在的总线网络中移走。

备用（Standby）：在进行激活前，仪表必须被置为这个状态。

不匹配（Mismatch）：在其他总线段中已投用的仪表，H1 卡不能对其进行投用，即 H1 不认可该仪表已经投用。

各种状态之间的转换如下。

① 激活投用→空闲。激活投用的总线仪表被取消激活后，状态变为空闲，在此状态下，总线仪表可移走或安装于另一条总线上。

② 空闲→备用。此时总线仪表不能从总线上移走。

③ 备用→激活投用。备用状态的总线仪表可以直接激活投用，或选择新的接口，生成新的仪表位号和地址。

④ 激活投用→离线。此时总线仪表保留位号，并有临时地址。在总线仪表需维修而从总线上移走并可重新安装时，基本都是这样处理。

⑤ 离线→备用。离线的总线仪表在激活投用前，都需被转为备用状态。

⑥ 激活投用→不匹配。当激活投用的总线仪表从总线上移走

并被安装在其他位置或错误的总线上时发生。

⑦ 不匹配→空闲。不匹配状态的总线仪表转为备用状态前必经的状态。

⑧ 备用→离线。该状态的转换限制使用。

⑨ 离线→空闲。可实现不从总线上移走仪表而清除仪表的位号。

此外，总线仪表还存在下面的状态转换。

① 通信初始化（com initializing）。表示 H1 卡与现场总线仪表建立通信。

② 无法识别（unrecognized）。表示现场总线仪表在这个位置上不能被激活投用。

③ 未知（unknown）。表示现场总线仪表在两个状态之间转换。

通常情况下，总线仪表处于上述状态的时间只有几秒钟，如果总线仪表一直处于一种状态或处于通信失败状态，则表明总线仪表存在故障。

如果总线仪表一直处于通信初始化或通信失败状态，则表明仪表供电存在问题；如果总线仪表处于无法识别状态，则表明总线不具有后备 LAS 功能；如果总线仪表处于不匹配状态，则表明总线仪表存在故障。

15.3　总线的诊断与调试

15.3.1　诊断

诊断可提高设备性能、回路性能和过程性能，保证过程以最佳状态不间断运行。目前的诊断功能大部分集中在提高现场设备的维护，比如测量仪表和控制阀。

Delta V 现场总线设备中的先进诊断传感器块最多可支持四路控制或过程变量，能够按平均值或标准偏差的方式监视其变化。统计过程监视分析上述四种用户选定因素变化的相互关系，进而检测设备故障。例如，当热交换器和过滤器淤塞和堵塞时，无需相应的给定值或流速变化，诊断程序就能够检测到该单元上的差压的平均变化，并提醒操作员或维护厂解决该故障。

诊断可降低过程偏差，例如艾默生阀门包括一种可降低过程偏差的工具，称为阀门信号诊断，它可用于检测由于磨损引起的静摩擦。静摩擦引起阀门被粘在一个固定位置，直至执行机构上产生足够大的力方能调节阀门，随后阀门的移动量很大，可能达到几个百分比，使得大多数时间内阀门都不在正确的位置。当存在静摩擦时，阀门信号诊断显示阀门以一系列的冲击方式移动，而不是随着执行机构上力的增加或减少而做正常的、平滑线性运动。

诊断可提高过程可利用率，例如：利用诊断功能从预定要维护的阀门中读取诊断信息，明确真正需维护的阀门，减少计划停工时间；在关键设备完全失效之前检测到故障，有助于及时采取措施以避免过程故障和意外的停工。

诊断可提高安全性和环境适应性，例如：处于危险场所的设备可在控制室内或修理厂中对其进行故障诊断，从而提高安全性能并缩短技术人员用于发现和解决故障的时间。

15.3.2 报警和警报的管理

Delta V 系统和 AMS 资产管理软件提供报警和警报管理，从而实现报警记录、发布、过滤和抑制，使接收者获取信息的详细程序以及报警目标。

报警广播和窄带广播：对于执行某项特定任务的人，或是特定的个人，可以组态每种报警或警报的类型，同时报警也可以用寻呼机、移动电话或其他方式发送。

报警发布：为确保操作员只接收有意义的诊断报警和警报，设备内部对所有诊断报警和警报进行评估，并只把那些对操作有影响的内容显示给操作员。

报警详情：报警的详细程度与接收者的职责相对应。例如，操作员只需知道现场设备处于非正常状态或是很快需要维护，而技术维护人员收到的则是维修或维护设备相关的信息。

报警过滤和抑制：报警可以过滤和抑制，从而尽量减少干扰性报警带来的烦恼。例如，当某个点产生间歇性诊断报警时，该报警可以不发送给操作员，而发送给维护组。一旦问题解决后，它仍然可以发送给操作员。

报警和警报记录：由设备和 Delta V 系统产生的报警和警报都可以汇总到 Delta V 的日志中。这些报警和警报可出现在日志和历史显示画面上，或是趋势显示画面中。

15.3.3　总线的检查与设备调试

总线系统安装完后，为确保网络成功启动，避免可能的网络通信故障，需对接线、电压、信号等逐一进行检查。

接线检查时，需确认网段所有部分包括所有的接线、终端器和现场设备都已经连接好，同时不得连接网段电源的接线器。主要的检查内容是测量信号线之间、信号线与屏蔽线之间、信号线与地之间、屏蔽线与地之间的电阻和电容，如果各情况下的测量值都在上述范围内，则网段的基本接线情况良好。

网段的接线检查完毕后，接下来要检查的是网段供电。此时，要将网段电源接线器接好，然后测量网段各处的电压，保证均在 $9\sim32V\ DC$ 之间。

通过检查信号波型，可诊断出终端器丢失或过多、分支或网段过长等故障。

当现场总线设备连接到网段时，系统可以识别该设备，但将其视为未调试设备。设备的调试过程如下。

a. 将设备与网段作电气连接，现场总线会将其视为未调试设备，并加上标签。

b. 在组态软件中，利用鼠标拖放功能将最新接入的设备放在相应的位置标志符。这将创建工厂的物理设备与数据库中组态的链接。

c. 由设备向 Delta V 系统上传设备的内部数据，并从系统向设备下装控制策略。

Delta V 系统中的 AMS 软件允许一次调试多个设备，它将 32 个操作地址中的一部分预留给未调试设备。其中 16 个地址用于未调试设备，另外 16 个用于已调试设备。它允许将网段上的所有设备（最多 16 个）一次接入。

在调试的过程中，还需对未组态设备进行组态。其步骤如下。

a. 将未组态设备连接到现场总线网段中，系统将把它视作未调试设备。

b. 在组态软件环境下，用鼠标将各设备拖放到相应的网段。

c. 为各设备分配具体的过程位置标签。

d. 向设备中载入组态信息。

由于 Delta V 系统的嵌入式 AMS 组态工具支持离线方式的组态，因而无需实际设备即可进行组态。

思考与练习

15-1　请画出 Delta V 系统一般的总线构成图，并回答其中的接线盒各个口的功能。

15-2　在第 13 章的思考题 13-14 中，该总线系统的网络电缆总长度为多少？是否满足系统电缆要求？

15-3　现场总线设备有哪些状态，它们之间是如何转换的（画图表示）。

15-4　总线安装完毕后，需进行哪些检查？

附　录

常见的 FF 总线仪表

型　号	名　称	厂　商
3051	FF 总线压力、流量和液位变送器	Rosemount
3244MV	FF 总线多变量变送器	Rosemount
848T	FF 总线多输入温度变送器	Rosemount
4081	FF 总线双线 pH 变送器	Rosemount
5000	FF 总线直插氧量变送器	Rosemount
8742C	FF 总线电磁流量变送器	Rosemount
8800C	FF 总线涡街流量计	Rosemount
DVC5000f	FF 总线数字阀门控制器	Rosemount
4081C	FF 总线电导率变送器	Rosemount
5300	FF 总线流量和密度仪表	Rosemount
ELQ800	FF 总线阀门执行器	Rosemount
GCX	FF 总线工业气相色谱分析变送器	Rosemount
Power Vue	FF 总线风门挡板执行机构	Rosemount
4081FG	FF 总线直插式氧量分析仪	Rosemount
Dpharp EJA	FF 总线差压/压力变送器	YOKOGAWA
YEWFLOE	FF 总线涡街流量计	YOKOGAWA
ADMAGAE	FF 总线电磁流量计	YOKOGAWA
YTA	FF 总线温度变送器	YOKOGAWA
YVP	FF 总线阀门定位器	YOKOGAWA
CLW-1	FF 总线超声波物位计	YOKOGAWA
FF/4	电流转换器	YOKOGAWA
BC302	现场总线(FF)/USB 接口(尚未推出)	Smar

续表

型　号	名　称	厂　商
DFI302	现场总线(FF)/以太网(Ethernet)通用网桥	Smar
FBTools	现场总线设备级维护软件	Smar
FB3050	基金会现场总线(FF)通信栈芯片	Smar
FP302	现场总线(FF)到气动信号转换器	Smar
FY402	现场总线(FF)阀门定位器(单行程)	Smar
LD292	现场总线(FF)压力变送器	Smar
OLE/OPC Server	Smar OLE 服务器端软件	Smar
pH302	现场总线(FF)pH 计	Smar
SYSCON	系统组态软件	Smar
TT302	现场总线(FF)温度变送器	Smar
DF47	现场总线本质安全栅	Smar
DF53/DF49	现场总线电源阻抗匹配器	Smar
DC302	现场总线远程 I/O	Smar
DT302	现场总线浓度/密度变送器	Smar
FB2050	基金会现场总线(FF)通信栈芯片	Smar
FI302	现场总线(FF)到电流转换器	Smar
FY302	现场总线(FF)阀门定位器	Smar
IF302	电流到现场总线(FF)转换器	Smar
LD302	现场总线(FF)压力变送器(高性能)	Smar
PCI302	现场总线(FF)接口卡	Smar
SR301	远传法兰及现场总线清洁型变送器	Smar
TP302	现场总线(FF)位置变送器	Smar
BT302	现场总线终端器	Smar
DF48	现场总线重复器	Smar

主要参考文献

1 高职高专计算机课程教材编委会．新编计算机网络基础教程．西安：西北工业大学出版社，2004

2 郑纪蛟．计算机网络．北京：中央广播电视大学出版社，2000

3 刘长明，郭明桥．局域网组建入门与提高．北京：航空工业出版社，2002

4 贾清水．生产过程计算机控制．北京：化学工业出版社，2001

5 杨宁，赵玉刚．集散控制系统及现场总线．北京：北京航空航天大学出版社，2003

6 王树清．工业过程控制工程．北京：化学工业出版社，2003

7 甘永梅，李庆丰，刘晓娟，王兆安．现场总线技术及其应用．北京：机械工业出版社，2004

8 张曾科．计算机网络．北京：清华大学出版社，2003

9 周泽魁．控制仪表与计算机控制装置．北京：化学工业出版社，2002

10 吴勤勤．控制仪表及装置（第二版）．北京：化学工业出版社，2002

11 王常力．集散型控制系统的设计与应用．北京：清华大学出版社，1993

12 黄叔武，杨一平．计算机网络工程教程．北京：清华大学出版社，1999

13 乐嘉谦．仪表工手册（第二版）．北京：化学工业出版社，2004

14 阳宪惠．现场总线技术及其应用．北京：清华大学出版社，1999

15 邹益仁，马增良，蒲维．现场总线控制系统的设计和开发．北京：国防工业出版社，2003

16 Jonas Berge 著．过程控制现场总线——工程、运行与维护．陈小枫等译．北京：清华大学出版社，2003

内 容 提 要

本书为《仪表维修工技术培训读本》之一，着眼于工业控制计算机系统的应用现状，介绍了计算机控制系统的基本知识和实际应用技术，侧重于实用性，并体现了一定的前沿性。包括计算机控制系统的基本知识，网络基础和通信协议；集散控制系统知识；现场总线控制系统等。内容简明扼要，并且每章都提出学习目标和一定量的思考与练习题，书末附有常见总线仪表型号，便于教学和自学。

本书可作为仪表维修工技术培训和职业技能鉴定教材，也可作为中、高职业院校仪表控制专业学生的实训教材，并供广大自控工程技术人员参考。

化学工业出版社图书推荐

 仪表培训园地

为配合企业对仪表技术工人进行职业技能鉴定及培训，根据国家有关部门职业技能鉴定标准，结合企业技术工人的现状，现推荐化学工业出版社出版的一批培训教材。

《职业技能鉴定培训用书 化工仪表维修工》　　　　　　　68.00元

以国家职业标准为依据，适用于化工仪表维修技师、高级工的培训。

《职业技能鉴定培训读本（技师）仪表维修工》　　　　　26.00元
《职业技能鉴定培训读本（技师）在线分析仪表维修工》　27.00元
《职业技能鉴定培训读本（高级工）仪表维修工》　　　　30.00元
《职业技能鉴定培训读本（中级工）仪表维修工》　　　　25.00元

《仪表工试题集(第二版)·现场仪表分册》　　　　　　　32.00元
《仪表工试题集(第二版)·控制仪表分册》　　　　　　　35.00元

以试题形式编写的培训教材,内容完整连贯,备受读者欢迎,累计销量已达5万余册。

《自动化仪表故障处理实例》　　　　　　　　　　　　　45.00元

选择工业自动化仪表在运行中已经发生过的仪表故障实例，一事一议，单独成篇，按照故障现象、故障原因、分析判断、故障处理进行编排。累计销量已超万册。

要了解以上图书的内容简介和详细目录

请浏览我们网站：http://www.cip.com.cn

各大书店均有销售。也欢迎直接向出版社邮购（邮费为书价的10%）

地址：(100029) 北京市朝阳区惠新里3号 化学工业出版社
邮购：010-64918013，64982530　　编辑：010-64982556（刘哲）
营销：010-64982532（段志兵）